秘色《ひそく》の契り

阿波宝暦明和の変
顚末譚

木下昌輝
Kinoshita Masaki

徳間書店

秘色《ひそく》の契り

阿波宝暦明和の変 顚末譚

目次

秘色の契り 人物表

賀島備前《かしまびぜん》

政良の息子。

樋口内蔵助《ひぐちくらのすけ》

忠兵衛と志を
ともにする中老

山田真恒《やまださねつね》

徳島藩の
五家老のひとり

蜂須賀重喜《はちすかしげよし》

徳島藩十代藩主

賀島政良《かしままさよし》

徳島藩の
五家老のひとり

稲田植久《いなだたねひさ》

徳島藩五家老の
ひとりで洲本城代

柏木忠兵衛《かしわぎちゅうべえ》

徳島藩蜂須賀家の物頭。
藩政改革を目指して
いる

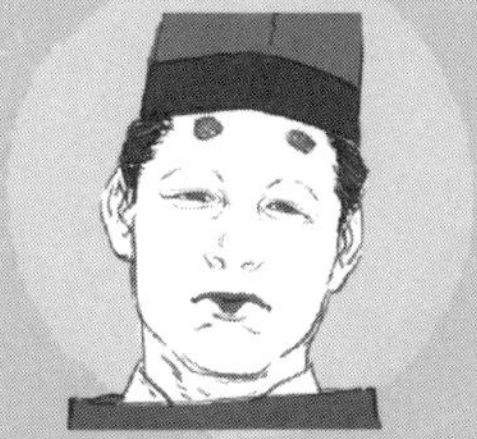

平島義宜《ひらじまよしのり》

平島公方。徳島藩で
百石を与えられている
足利家の縁戚

細川孤雲《ほそかわこうん》

平島公方の家臣。
凄腕の使い手

唐國屋金蔵《からくにやきんぞう》

大坂の藍商人。
元盗賊

寺沢式部《てらさわしきぶ》

忠兵衛と志をともに
する物頭

佐山市十郎《さやまいちじゅうろう》

徳島藩の物頭

長谷川近江《はせがわおうみ》

徳島藩五家老のひとり

長谷川貞幹《はせがわていかん》

長谷川近江の後継。
非役の家老

林 藤九郎《はやしとうくろう》

徳島藩の中老。
改革派のひとり

装画／禅之助
装幀／岡本歌織
（next door design）

一章　末期養子

一

目の前の茶番に、毛が逆立つかと思った。

だから、柏木忠兵衛《かしわぎちゅうべえ》は口走ってしまった。

「家老様たちは明君《めいくん》を探す気がないのか」

衆議の場にいた中老《ちゅうろう》たちが驚いて振り返る。

「忠兵衛、静かに」

朋友《ほうゆう》の樋口内蔵助《ひぐちくらのすけ》が小声で叱りつけた。千三百石の内蔵助は中老の身分で、八百石の物頭《ものがしら》の忠兵衛よりも前の席にいる。わかっているよ、と声に出さずに忠兵衛は頷《うなず》いた。身分は違うが二十五の同い歳《どし》、剣術道場では互いに練磨《れんま》し、寺子屋では樋口内蔵助には随分と助けてもらった。

「そりゃあ、声にも出したくなるさ」

今度は誰にも聞かれぬようにひとりごちた。が、内蔵助は再びこちらを睨《にら》む。秀麗な目鼻立ちは、不機嫌な時は酷薄《こくはく》な顔に見えるから怖い。

徳島藩蜂須賀《はちすか》家の衆議の場は、上の間と下の間に隔てられている。忠兵衛や内蔵助らがいるのが下の間だ。中老や物頭六十人ほどが肩をすりあわせている。目の前には開け放たれた襖《ふすま》があり、その先が上の間だ。五家老と呼ばれる、四千石以上の家格をもつ男たちが何事かを論じあっている。

「では次のお方は……」

五家老のひとりが、指を舐《な》めて紙をくった。

「飯塚藩の分家の御三男で、歳は四十。少々年嵩《としかさ》ではございますが、養子持参金はこの中では一番高いようですな」

「いや、それならば先ほどの岩代藩の御七男はいかがかな。持参金は半分だが、歳が二十とお若い」

五家老が話す内容は、下座にいる忠兵衛らにも聞こえる。衆議の場ではあるが、六十人ほどの中老と物頭は、話を傾聴することしかできない。発言の権を持っているのは五人の家老だけだ。

「そういうならば最初に出たお方は、三代前のご当主の時、将軍家縁《ゆかり》の姫君を迎えておりますぞ。中々のお血筋と見ましたが」

「いや、持参金が少ないのはどうかと。仮にも蜂須賀家は、阿波《あわ》淡路の二国を統《す》べる二十五万石の大藩」

「そうはいうものの末期養子《まつごようし》なのだ。少々のことは、目を瞑《つむ》らなければなりますまい」

忠兵衛の体が震えてくる。この非常の時に、家老たちはなんと呑気《のんき》なのだ。

蜂須賀家八代藩主だった蜂須賀宗鎮《むねしげ》が、三十三歳で隠居したのが今年の五月。その一ヶ月前に養子を他家から迎えたが、七月に急な病で帰らぬ人となった。在位は、隠居した八代藩主が約十五年、急逝《きゅうせい》した九代藩主にいたっては四十八日。そして、藩主急逝の報《しら》せが昨日届き、物頭以上の家臣で衆議の場を持つことになった。

しかし、家老たちに焦りの色はない。本来、後継がいなければお家断絶だが、九代将軍徳川家重《とくがわいえしげ》の御代ともなれば、藩主死後に末期養子を迎えるのは当然の措置だ。

「一年で藩主が二度も代わるのは外聞が悪い。だからこそ、ご養子の格や持参金にはこだわらねば」

「二度も代わるからこそ、少々のことには目をつむるべきです」

もはや限界だった。「ご家老様」と叫びつつ、忠兵衛は立ち上がる。

「恐れながら言上いたします」

下の間の中老や物頭たちがざわめいた。五人の家老も驚いたように忠兵衛を見る。

「柏木、無礼であるぞ。言上の許しは与えておらぬ。黙っておれ」

家老のひとりが叱声《しっせい》を飛ばすが、構わずに忠兵衛は言上する。

「先ほどから聞くに、論ぜられているのは持参金や家格のお話ばかり」

それがどうしたのだ、といわんばかりの目を五家老が向けてくる。五代藩主が、政《まつりごと》を家老任せにしてから百年ほどがたつ。以来、蜂須賀家では五家老による家老仕置《しおき》が続き、藩主は飾り物にすぎない。

「今、わが藩にどれほどの借財があるかをご存知か。三十万両でございますぞ。にもかかわらず、商人から借り入れる額は、年々増えております。このままでは、いずれ徳島藩は立ち行かなくなります。ここは英明な君主をご養子として迎えいれ、藩主直仕置《はんしゅじきしおき》を断行すべきです」

しんと場は静まりかえる。樋口内蔵助は、忠兵衛の暴挙に頭を抱えていた。

「柏木よ、それは……我らが推挙した方々が藩主にそぐわぬというのか」

家老のひとりが睨みつける。

「まず論ずるべきは、持参金や家格ではなく藩主となるお方の器量です。お話を聞いていると、剣が達者なお方なのか論に長じているお方なのか、学を有しているお方なのか、皆目わかりませぬ」

「よせ、忠兵衛。ご家老様、申し訳ありませぬ」

内蔵助が近づき、無理矢理に座らせようとする。

「まあ、待て、藩主急逝の危急の時、大目に見てやれ」

落ち着いた声で制したのは、稲田植久《いなだたねひさ》という家老だ。歳は三十一、口髭《くちひげ》を蓄《たくわ》えた偉丈夫である。徳島藩は阿波国と淡路国の二国からなり、徳島城と洲本城の二城を持つ。稲田家は、代々、洲本城城代を務めている。

「稲田殿、甘い。蜂須賀家の家法を軽んじる行いは、決して見過ごしてはならん。そもそも、中老以下は政もわからぬ烏合《うごう》の衆、本来なら衆議の場には……」

扇子で床を打ちつけていた家老は、はっとして下の間を見た。忠兵衛を制止していた内蔵助が、険しい顔で睨んでいる。内蔵助だけではない。林藤九郎《はやしとうくろう》、寺沢式部《てらさわしきぶ》ら阿波四羽鴉《がらす》と呼ばれる男たちもだ。いかに家老の家格が絶対とはいえ、中老以下を烏合の衆といっていいわけがない。

咳《せき》払いをして皆の注目を集めたのは、稲田だった。

「では、こういうのはいかがでしょうか。中老以下からもひとり、養子の候補を挙げる。その上で、我らの推薦の君とあわせて衆議にて決する」

「悪くないやもしれませんな」

「先例なきことですが、広く意見を求めるのも一手かと」

稲田の威に押されるように、家老たちが次々と賛意を示す。

「柏木といったか」稲田は、目を忠兵衛へ転じた。「言い出したのはお主だ。早駕籠《はやかご》を使って、すぐに江戸へ飛べ。そして、これはという御仁をひとり見つけてこい。江戸には賀島《かしま》殿の嫡男の備前《びぜん》殿がいる。よくよく談合してことを運ぶのだぞ」

言葉遣いはがらりと変わり、奴婢《ぬひ》に命ずるかのような声だった。

賀島政良《まさよし》という家老が頷いている。肉がだぶつく顎と突き出た腹は力士を思わせた。本来なら江戸詰の家老だが、体調を悪くして阿波へと帰ってきていた。今は嫡男の賀島備前が、名代として江戸の藩邸にいる。

二

屋敷への道を、柏木忠兵衛は物でも踏み潰《つぶ》すかのような勢いで歩いていた。背後に続くのは、樋口内蔵助だ。

「くそ、腹黒い家老たちめ」

「忠兵衛、よせ。往来だぞ」

「これが怒らずにいられるか。何が衆議で決する、だ」

忠兵衛が英明な君主を推薦しても、江戸家老名代の賀島備前が「良い」と言わねば衆議の俎上《そじょう》にも載せられない。よしんば選ばれたとて、衆議で決めるのは五人の家老だ。

「それでも、お主は江戸へ上るのだろう」

「当たり前だ。俺は武士だぞ。一番に恥ずべきは、戦わずして負けることだ」

とはいえ、無駄とわかっていて江戸まで足労させられるのはたまったものではない。忠兵衛は天《てん》水桶《すいおけ》に拳《こぶし》を打ちつけた。石造りの桶なので恐ろしく痛いが、それでも怒りが小さくなることはない。

「天水桶がかわいそうだろう」

「内蔵助、策はあるのか。このまま家老たちの言いなりになって、国を傾けるつもりか」

「お前は屋敷へ戻って旅の支度を整えろ。俺も屋敷で所用を終えたらすぐにいく」

一旦、内蔵助と別れ、忠兵衛は屋敷へと急いだ。

そんな忠兵衛の足が止まる。辻から闊歩する男たちが現れた。公家のようななりをして沓《くつ》を履いていた。徳島藩の武士たちが慌てて道を開ける。その中には、忠兵衛より格上の中老もいた。低頭する徳島藩士を一瞥さえせず、傍若無人に通りすぎていく。先頭の男は、真紅の狩衣《かりぎぬ》を身にまとっていた。細面で恐ろしいほどの美形である。

忠兵衛は一旦、彼らをやりすごしてからまた足を早める。

「お帰りなさいませ」という門番の声が終わらぬ内に、玄関から上がりこむ。真っ先に向かったのは仏壇だ。正座して位牌に手を合わせる。

「兄上、徳島藩は危難の時を迎えております。どうか、お力をお貸しください」

祈ったつもりが声に出てしまった。息を整え、なんとか五家老への憤りをねじ伏せる。感情を御せぬなど、武士としてあってはならない。亡き兄に己の不作法をわびてから立ち上がる。

部屋では、妻の美寿《みす》が本を読んでいた。歳はひとつ上で器量は並だが、笑うとえも言われぬ可愛げがある――と内蔵助に以前言ったらからかわれた。読み物に夢中になるたちで、江戸や大坂で流行《はや》った草子を取り寄せるのが何よりの娯楽と考えている。

横で一緒になって本を覗《のぞ》きこんでいるのは、女中の歌代《うたよ》だ。歳は十代の半ば。大工町の生まれで、行儀作法を学ばせたいということで奉公にきている。小柄で細身だが、病弱ではない。逆にいつ休んでいるのだというほどよく働いてくれている。甘いものに目がなくて、どこの店の餡蜜《あんみつ》が美味《うま》いとか、忠兵衛には無価値としか思えぬことばかり知っている。美寿とも仲がよくて、歳の離れた姉妹のようだと界隈では評判である。

「あら、あなた、早かったですね」

草子から顔を離して美寿がいった。

「ああ、これから内蔵助がくる。茶の用意をしてくれるか」

「まあ、内蔵助様が。なら、とっておきのお菓子を用意しないと」

「本当ですね。昨日のきんつばは丁度、食べ終わったところですし」

女ふたりは、この世の一大事とばかりに話しこみ始める。

菓子などなんでもいいからさっさと用意してくれ、とはいわない。

柏木家では、女が家の風を決める。というのも柏木家の始まりは三代藩主の乳母を務めた、長盛院《ちょうせいいん》からで、息子はその縁で蜂須賀家に仕官することができた。その際、父の苗字でなく母方の苗字の柏木を名乗り今に至っている。

そんな経緯の家なので、何かと女人の力が強い。だから、今も美寿と歌代は、内蔵助のためにどんな菓子を用意しようか、忠兵衛をほったらかしにして思案している。下手をすれば、隣町の評判のきんつばを買いに行きかねない勢いだ。

「内蔵助はすぐに来るはずだから、ありあわせの菓子でいい」

思わず忠兵衛がそういったのと、門番が内蔵助の訪《おとな》いを告げるのは同時だった。女ふたりは慌てて台所へと駆けていく。忠兵衛は内蔵助を自室へ案内した。障子を開けて、庭から風をいれる。

「さあ、どうやって明君を探し出す。そして、どうやって家老に明君を認めさせる。早く策をいえ。汗は俺がかいてやる」

手で、よこせとやると内蔵助は苦笑を浮かべた。

「忠兵衛、家老たちはなぜ養子を選びかねていると思う」

「家格と持参金があわぬからだろう」

「そうだ。それというのも、蜂須賀家は二代続けて高松松平家から養子をもらっている」

隠居した先々代と急逝した先代は、高松松平家からの養子である。高松松平家は十二万石ながら、祖をたどれば徳川御三家のひとつ水戸家から分かれている。家格としては間違いなく上の部類だ。

「他家からきた養子二人を隠居と早逝で失った蜂須賀家は、なかなか養子の来手がない。格が落ちる家ばかりだ。格が落ちても持参金が高ければいいと家老たちは考えているが、今はどこの藩も火の車だ」

忠兵衛は膝を揺らして先を促した。

「手はひとつしかない。家老たちが選びたくなるような家柄の君を江戸で探すのだ」

「だが家柄が良くても、器量が足りねば、家老たちの言いなりになるだけだ」

かといって器量のある君主ならば、家老たちはそもそも候補にも選ばない。自分たちの権益を減ずることになりかねないからだ。

「そこよ。この際、器量は問わぬ。放蕩人《ほうとうじん》のような君を選んでもいい」

忠兵衛は、まじまじと内蔵助を見つめた。

「藩主による直仕置は諦める」

「なんだと」

「家老仕置《かろうしおき》に甘んじているのは、藩主が家老に政をあずけているせいだ。そうではなく、藩主が我々に政を託してくれればいい。つまり、藩主直仕置を目指すのではなく、近習《きんじゅ》仕置だ。君主が英明である必要はない。俺たちの建言を取り入れてくれるお方でさえあればいい」

納得できない。藩主が先頭に立ち一丸とならねば、今の窮状は脱せない。

「俺たちが推薦した君が選ばれれば、藩主も恩に着てくれる。俺たちの建言を無下《むげ》にはできぬはずだ。もちろん、藩主が家老たちに取り込まれぬよう、手綱《たづな》を握り続けねばならないがな」

「最善でなく次善の道を行くわけか」

「そうせねば、永遠に家老仕置がつづく」

襖の向こうで人の気配がした。美寿か歌代が茶を持ってきたが、入る機を失ったのだろう。ばちりと忠兵衛は己の頰をはった。気合いをいれる時のいつもの癖だ。

「わかった。内蔵助の策に乗ろう。だが、俺には養子の候補に心当たりがないぞ」

何より忠兵衛らが選んだ男を、衆議の場で家老たちに認めさせるのはもっと困難だ。

「策は俺に任せろ、といったろう。江戸の集堂《しゅうどう》様を訪ねろ。用件を書いた文《ふみ》を先ほど送っておいた。お前の早駕籠より早くつくよう早飛脚でな」

集堂安左衛門《あんざえもん》は、先々代の藩主に仕えた江戸の儒者である。硬骨の士で、家老たちと対立し野に下った。今は江戸で儒学の塾を開いている。

三

大坂行きの船に荷が続々と載せられている。旅仕度を万全に整えた忠兵衛は、船のそばまでいって潮風を味わう。乗船の刻限はまだ先のようだ。大坂につけば、過酷な早駕籠が待っている。

「遅かったじゃないか、忠兵衛」

見れば、内蔵助、寺沢式部のふたりがいる。

「わざわざ見送りに来てくれたのか」

「馬鹿、土産を忘れるなよ、と言いつけにきたのよ」

そういったのは、式部だ。髭《ひげ》の剃り跡が青々しく、眉もまつ毛も濃い。着道楽で有名で、今も上等の藍染めの一着を身につけている。

「よせよ、美寿と歌代の土産だけでも頭が痛いのに」

いいつつ、内蔵助に目をやった。

「見送りとは内蔵助らしくないな」

いつもの内蔵助ならば、屋敷で策を練るか、今後の根回しに奔走しているはずだ。

「根回しの方は藤九郎に任せた。思い残しをしたくなくてな」

内蔵助は刀を握った。これで、忠兵衛は理解した。ふたりは幼いころから道場で鍛えあった。特に忠兵衛は次男だったこともあり、一時、本気で剣で身を立てようと考えたこともある。互いに家を継いでからは、演武の型を完成させることに情熱を傾けた。

「忠兵衛、もし俺たちが近習となり藩政の舵取りをすれば、以前のように稽古はできなくなる。型もきっと完成せぬままだろう」

「そうなるだろうな」

「ならば、最後の型だ。いいか」

忠兵衛は頷いてから、「立ち会い人を頼めるか」と式部に聞く。

「そのために引っ張られてきたんだよ」

髭の剃り跡を撫でつつ式部が返答する。三人は港から離れ、小屋の裏へと行く。広さは十分だ。人目にもつかない。

「いいか、両者、不十分だとわかれば俺が止めるぞ」

式部が大きな声でいう。内蔵助は居合いの構えを取った。一方の忠兵衛は足を前後に大きく開き、無手で構える。真剣白刃取りの型だ。そして、得物は木刀や竹刀ではなく、真剣。無論のこと内蔵助は寸止めだが、決してぬるい斬撃《ざんげき》はしない。忠兵衛が間合いを誤れば、死に至る一刀を繰り出す。

その太刀を、忠兵衛は白刃取りで制する。

忠兵衛は息を静かに吐いた。何も難しいことはない。刀の横面を、平手で殴ればいいだけの話だ。そして、もう一方の手と合掌して刃を封ずる。理《ことわり》の上では至極、簡単。事実、木刀や竹刀では何度も成功させた。

だが、真剣では息があわない。

式部が唾を呑む音が聞こえた。それが合図だったかのように、内蔵助がすうと前に出る。鞘《さや》からきらりと太刀が光った。

来る、そう思った時だった。

「あかんて、あかんて」

頓狂《とんきょう》な声が聞こえてきて、ふたりの呼吸が乱れる。

振り上げた内蔵助の刀の軌道も崩れた。

鈍い音が響く。

忠兵衛は腰の脇差を鞘ごと抜いて、鍔《つば》で内蔵助の太刀を受け止めていた。

「失敗だな」と内蔵助が真剣を鞘に納め、忠兵衛は無言で刀を帯に差しなおす。

「なんだ。今一度、やってみろよ」

式部はけしかけるが無理だ。型といえど真剣勝負。それをしくじった。先ほどのような気合いを今一度といっても無理である。縁がなかったということだ。

「まあ、こういうのもお前たちらしくていいかもな」

呑気なことをいう式部が恨めしい。乗船を知らせる太鼓の音が聞こえてきた。

「じゃあ、いってくる」

「頼んだぞ」「土産忘れるなよ」

友の声を背に聞きつつ、船にかけられた舷梯《げんてい》へと向かった。

「ちょっと待ったってぇ」

型を邪魔した声だった。荷駄を連れた商人が歩いてくる。忠兵衛がぎょっとしたのは、顔の半面にむごい火傷の痕があったからだ。目も鼻も口も大振りで、中背だが肩は横に広い。凄みのある顔は、徒者《いたずらもの》に似た雰囲気がある。

「この藍俵《あいだわら》もいれたってくれ。荷はまだ入るやろ」

半ば強引に船頭を説得して、人足に藍俵を運ばせる。珍しいなと思ったのは、今の時分は、藍の取引きが盛んではないからだ。藍の取引きは、新しい藍玉ができる十二月や一月がもっとも盛んになる。今は秋の入り口なのに、大勢の人足の手を煩《わずら》わせるほどの藍俵を買い取って船に載せようとしている。さらに、大坂の商人が自ら阿波に来ていることも妙だ。

本来なら、阿波の藍作人や藍商自らが藍俵を大坂へと運ぶ。

「お武家様、さっさと乗ってくれよ」

水夫のひとりから声がかかって、忠兵衛は舷梯を上っていく。その後から、人足が担ぐ藍俵がつづいた。船縁から顔を出すと、舷梯の横で顔に火傷のある商人が誰かと話しこんでいる。あれは、忠兵衛とも親しくしている高原村の藍作人の長兵衛《ちょうべえ》だ。若いながらもいい藍玉をつくると評判の男で、何より皆に慕われている。長兵衛は必死に頼みこんでいるが、うるさそうに商人は手をふって舷梯を上ってきた。

船が港から離れていく。鷗《かもめ》の声が忌々しい。大坂へついたら早駕籠に乗る。不眠不休の旅になるのはわかっているので、今のうちに体を休めておきたかった。

しかし、目に飛び込んできたのは顔に火傷のある商人の姿だ。遠眼鏡を手にして、小さくなる阿波の風景を愛でている。いや、口元の野卑た笑みは阿波をかすめとろうとする野盗の長を思わせた。

「遠眼鏡とは珍しいな」

忠兵衛が声をかけると、男は「へえ、長崎で仕入れましてん」と幇間《ほうかん》のような気安い声で答える。威を放つ外見と柔らかい言葉、どちらがこの男の本性なのだろうか。

「知ってまっか。海の外ではえげれすの商人どもがえらい勢いづいてまんねん。天竺《てんじく》を支配しかねんそうですわ」

遠眼鏡から目を離し、忠兵衛に向かって笑いかける。

「随分と詳しいのだな」

「まあ、おらんだと取引きする長崎商人からの又聞きでっけどな。南蛮の商人はほんまに怖いでっせ。えげれすにもお武家さんがいてはるんやけど、逆にそいつらを商人が顎で使うらしいですわ」

商人が武士を使うというのか。この男のいう話が、全く理解できない。

「下手すりゃ、この国もえげれすの商人に食われるかもしれまへんで」

「この国？」と、忠兵衛は復唱した。

「ええ、さいだす」

「国というのは、お前の住む大坂……摂津国のことか、それとも阿波国のことか」

「ちゃいまんがな、もっと大きなものですわ。日本いう国ですわ」

「日本……それは徳川幕府ということか」

あまりのことに、忠兵衛の声がかすれる。

男は、火傷の痕を歪めるようにして笑んだ。

「さて、お武家様は大坂にいかはるんですか。もし、そうなら何かのご縁、ついてからお茶の一杯でもどうでっか。それか芝居見物でもご一緒にどうでっか」

「いや、すぐに江戸に発つ。早駕籠でな」

「ああ、それは残念」

「それよりも、さっき長兵衛と話していたな」

「長兵衛？　ああ、いちゃもんつけてきた若い衆でっか」

「何かあったのか」

「わてらの商売にけちつけたんですわ。藍玉を返せってね」

「長兵衛の藍玉を奪ったのか」

「ちゃいます。兵八《へいはち》いう藍作人のです。それを兄貴面する長兵衛はんが怒鳴りこんできはったんですわ。けど、しゃあないでしょ。約束破ったんは兵八はんが先ですわ。こっちが時期、指定して、藍玉、大坂によこすようにいうたのに、送ってこおへんかった。だから、わざわざ来たんです。それにしても、阿波の藍作人はほんまやることえぐいでっせ。商売の約束を反故《ほご》にするだけやなく、こっちを泥棒扱いですしね。これが阿波の人となりかって……おっと……これは失礼」

男は己の頭を叩《たた》きおどけるが、表情はさらに凄みのあるものに変わっていた。

藍の最大の買い手は大坂の問屋商人で、藍作人は彼らから借財をしていた。それがゆえに、大坂の問屋商人は藍作人から藍を買い叩いたり、あるいは無茶な量の仕入れを命じたりできる。

あるいは、兵八もこの金蔵の無茶な商いにつけこまれたのか。

「屋号と名前を教えてくれるか」

「唐國屋《からくにや》の金蔵《きんぞう》いいます。どうぞ、ご贔屓《ひいき》に。そちら様は」

「徳島藩物頭の柏木忠兵衛だ」

「ああ、それはそれは。柏木様、これからもご贔屓に」

深々と頭を下げて、金蔵は船縁から上半身を乗り出す。そして遠眼鏡にかぶりついた。

「ひゃあ、でっかい屋敷や。ええ暮らししてはるんやろな。庭に櫓《やぐら》みたいなんも建ててはるわ」

盗賊の下見としか思えない下品な声を撒き散らす。その頭上では、鷗も喧《やかま》しい。

四

早駕籠での旅とはいえ、旅塵《りょじん》はこびりつく。藩邸でそれを拭うよりも先に、忠兵衛は集堂安左衛門の住む小さな屋敷を訪ねていた。書架《しょか》が並ぶ部屋で、集堂は眉宇《びう》を硬くして待っていた。歳は四十の手前。顔に刻まれた皺《しわ》が、剛直の士であることを物語っている。

「内蔵助殿からの文は届いている」

つっと忠兵衛にも見えるように文を膝の前へやった。

「難題を押し付けて申し訳ありません。しかし、徳島藩ゆかりの方で、集堂殿ほど江戸に精通しておられるお方はおりませぬゆえ」

忠兵衛は正直に内心をのべた。

「後継の件だが、心当たりがないわけではない」

「まことですか」

忠兵衛は身を乗り出す。

「佐竹《さたけ》家分家新田藩《しんでん》二万石の四男、佐竹岩五郎《いわごろう》様だ。当年で十七歳」

「佐竹家の分家で新田藩――」

忠兵衛は記憶をたぐる。

「その岩五郎様とおっしゃるお方の兄君は、もしや佐竹本家を継いだ義明《よしはる》公ですか」

こくりと、集堂はうなずく。

佐竹家は出羽国秋田二十万石の大藩だ。昨年、蜂須賀家と同じように藩主が急逝し、その支藩である新田藩の長男が末期養子として継承した。

父親の縁から見れば佐竹岩五郎は二万石の小藩の四男だが、兄弟の縁で見れば佐竹家二十万石の弟になり申し分ない。

「して、ご器量はいかがなものでしょうか」

「好学の士といっておこうか」

「それは結構なことではございませぬか」

嬉《うれ》しさのあまり手を叩《たた》きそうになった。

「早まるな。お前の思っているような好学の士ではない。あれは――いや、あのお方は少々癖が強い。好学ではあるが、その反面、嫌いな学問も多くてな。何より……」

集堂は口を濁した。

「まあ、その目で確かめてみることだ。紹介状は書いておいた。先立ってわしがどんな人柄かをいうよりも、直《じか》に会って肌で感じ取る方がいいであろうさ」

用意のいいことに、集堂は帛紗《ふくさ》に包まれた紹介状を差し出してくれた。

「では、すぐに佐竹家に連絡します」

紹介状を胸にしまって、頭を下げる。

「待て、忠兵衛」

「なんでしょうか」

「お前たち四人、本当に藩政を糺《ただ》すつもりか」

四人というのは、阿波四羽鴉の異名をとる忠兵衛、内蔵助、式部、林藤九郎のことだ。

「無論です」

まさか、集堂は忠兵衛の誠心を疑っているのか。

「いっておくが、政は綺麗事だけでは成り立たぬ」

「集堂様がそれをいうのですか」

「清濁あわせ呑まねばならぬ」

「覚悟の内です」

「四人すべてがそうか。いや、お前が呑める濁りだと思っても、他の三人は呑むのがあたわぬ穢《けが》れかもしれんぞ」

「私たち四人の仲を疑うのですか」

つい、声が尖ってしまった。

「思い出すな。十年以上前か。童だったお前たち四人が、参勤交代の船に忍び込んだのは」

集堂の柔らかい声に、忠兵衛も身構えを解かざるをえない。

大人たちにこっぴどく叱られたのが、昨日のことのようだ。いや、忠兵衛はまだ生きていた兄だったたか。

「一心同体と思っていた絆も、政の過酷さの前にはもろくあるぞ」

「私たち四人はちがいます」

「ならいいがな。お前は、童のころ他の三人が喧嘩した時、必死に仲裁したであろう」

そんなこともあったかもしれない。

「政の世界では、あのような態度は通用せん。相手を自分の色に染めるか、自分が染められるか」

集堂が手にしたのは藍染めの手拭いだ。四十八あるという藍の色のうち、半分は留紺《とめこん》という最も濃い藍色、もう半分は最も薄い藍白《あいじろ》。

同じ藍だが、ふたつ並べると黒と白にしか見えない。

「この手拭いのように二つの色は共存できない。どちらかがどちらかの色に染まる。さもなくば
――」

「さもなくば」

忠兵衛は先を促したが、集堂は首をふって「よそう」といった。

「ひとつ、教えてくれ。忠兵衛よ、お主にとって名君とはなんだ。よき政治とはなんだ」

さすがに、まともに答えるのが馬鹿馬鹿しい問いかけだった。借財を減らし、有能な士を重用し、民を慰撫する。それ以外にあるはずがない。

「ご忠告、肝に銘じます」

一礼して、忠兵衛は集堂の屋敷を辞去した。

五

胸をそらし佐竹藩邸へと入っていくのは、五家老の息子の賀島備前である。歳は忠兵衛よりも五つ上の三十。父同様によすぎる恰幅のせいで、腹のあたりがしきりに揺れている。

「こちらでお待ちを」

案内の武士の言われるままに客間へと入り、用意された座布団に腰を落とす。掛け軸と花が、床

の間を上品に彩っている。

「柏木、支度は万全であろうな」

振り向きもしないのは、千石に満たぬ軽輩と侮っているからであろう。

「言いつけられた通り、手土産の品を揃《そろ》えておきました」

忠兵衛は殊勝に答えたが、前日に急に買い付けを命令されたので不満は胸に渦巻いている。

「織りは多摩の極上、染めは江戸の染物屋番付関脇の亀紺《かめこん》です」

「本当だろうな。挨拶の品で侮《あなど》られれば、持参金が少なくなる。蜂須賀家の名折れぞ」

まさか、安い品を購《あがな》って金を懐《ふところ》にいれたと勘繰っているのか。怒りをぐっと呑みこんだ。賀島備前親子が、大坂商人から賄賂を受け取り阿波淡路の民を蔑《ないがし》ろにしているのは公然の秘密だ。

その様子を見て、賀島備前は忠兵衛の内心を悟ったようだ。

「お前たちの考えは見え透いている。藩主の力を借りて、我らを掣肘《せいちゅう》するつもりであろう」

「私は、ただ徳島藩の窮状を憂えているだけです」

一瞬だけ賀島備前は鼻白んだが、気をとりなおしたように侮蔑の表情を浮かべる。

「政を知らぬ者が国の舵を取れば、余計な混乱を生むだけだ」

「政のことをよく知っている五家老様たちが国の舵取りをした結果が、今の三十万両という借財ではないですか」

内蔵助らと議論するのも度々なので、忠兵衛の舌鋒は決してぬるくない。果たして、賀島備前は小さく舌を打った。

「いいか、これだけはいっておく。次の藩主を選ぶのは我ら五家老だ。衆議の席では、お前たちには発言の権もない」

足音が近づいてきているのに気づいた。賀島備前は慌てて姿勢をただす。襖がすっと開いた。

「ああ、ご足労、いたみいります」

若い男が入ってきた。軽輩の武士なのか、まるで室内の調度を交換しにきたかのような風情だ。実際に、床の間の絵をしげしげと見てから、花器に生けられた花を指で弾《はじ》いた。呆気にとられている賀島備前や忠兵衛らをよそに、上座に「よいしょ」と老人じみた声で座った。

「まさか」と、賀島備前がつぶやいた。

「佐竹岩五郎であります。まあ、佐竹家二十万石の藩主の弟なのか、二万石の小藩の部屋住みなのか、自分でもどちらかはわかりかねているところです」

ふたりは絶句し、身を固めるしかできなかった。なんだ、この町人のような馴《な》れ馴れしさは。いや、実際に町人なのではないか。袴《はかま》こそは穿《は》いているが、明らかに着慣れていない。ちょっとした襟を直す仕草の俗っぽさといったら……。

忠兵衛はかぶりを激しくふった。着こなしで人を判断するなどあってはならぬ。気をとりなおし、佐竹岩五郎の顔を見つめた。齢《よわい》は十七と聞いているが、少し幼く見える。しかし、体つきは長身の部類に入るので、遠目で見たら二十《はたち》歳を過ぎているように映るかもしれない。

円《まる》い目は利発さ――というよりも好奇の心の強さを表しているようだ。鼻筋は通って涼しげである。口元に柔らかい笑みをたたえている。好男児といっていいかもしれない。

ただし、それは武士ではなく町人のそれである。

「若、どこにおられる」

まだ呆然《ぼうぜん》とする忠兵衛の耳に、そんな声が聞こえてきた。部屋の外の廊下からである。慌ただしく走る音もする。

「誰かをお探しなのですか」

忠兵衛がこぼした疑問に、「私を探しておるのでしょう」と、岩五郎は真顔で答えた。

「え」と、忠兵衛と賀島備前は振り返る。

「養子の器量を見る顔合わせに、他人の目は不要です。声がしたということは、部屋には隠れていないと気づいたはずです。そろそろ行きましょうか」

岩五郎は立ち上がった。

「ど、どちらへ」と、なんとか声に出したのは賀島備前だ。

「私の部屋ですよ。その方が、私の人柄などがわかりやすいでしょう。ああ、そうだ。お名前は」

ここにきて、まだ自分たちが名乗っていないことに気づいた。

「江戸家老名代の賀島備前と申します。父は――」

「ああ、あなた様が江戸家老の賀島政良殿のご子息か。なら、そちらは柏木忠兵衛殿でよろしいか」

邪気のない笑顔を向けてくる。あるいは、集堂から名前を聞いたのだろうか。

庭に面した障子を開いて、岩五郎は腰をかがめて縁側を忍び足で歩く。同じようにして、忠兵衛たちもついていく。なぜ、大名屋敷で泥棒の真似事をせねばならぬのだ、と思い至った時には、岩五郎の部屋についていていた。

「さあ、入られよ。ここが私の部屋です」

開いた襖を見て、驚いた。書架が三つの壁を埋めていたからだ。そのせいで、窓が隠れてしまっている。本だけでなく、尺八や三味線、木刀、将棋盤も置かれている。床にもさまざまな書物や筆、刷毛《はけ》、ぶんまわし（コンパス）が転がっており、絵でも描いていたのか顔料らしきものが畳にこびりついている。

「適当に物をどけて座られよ」

そうはいうが、賀島備前に仕事をさせるわけにはいかない。片手で贈答の品の入った桐箱を持ち、もう一方の手で筆や書物を動かして、なんとかふたり座れる場所をつくった。ちらりと賀島備前を見ると、すでに疲れた表情を浮かべている。

「書架の本や転がっているものを存分に検分してください。これが私の人となりの全て」

こんな顔合わせは聞いたことがない。とはいえ、無視するのも憚《はばか》られるので、忠兵衛は床や書架にある本を見た。儒学の本が多いようだが、いくつかは草子もあるようだ。『泳法術』『撃剣指南』『戯画勘所伝書』『茶器大鑑』といった書名が目に飛び込んでくる。

なるほど、集堂が好学の士といったのも頷ける。

「おい、ぼけっとするな。贈り物をお出ししろ」

書架を見ていた忠兵衛に、賀島備前が叱声を飛ばした。

「は、はい。どうぞ、こちらをお納めください」

桐箱をできるだけ恭《うやうや》しく差し出す。

「これは何ですか。開けてもいいですか」

そう問いつつも、すでに岩五郎は桐箱を封印する紐を解《ほど》いていた。

「阿波の名産、藍《あい》で染めた小袖でございます」

慌てて、賀島備前が言葉をそえる。聞いているのかいないのか、岩五郎は蓋をさっさと外して小袖を手に持った。絞りで美しい文様が袖に広がっており、さながら鳥が羽ばたくかのようだ。秘色《ひそく》と呼ばれる薄い藍色が目に優しい。

「百聞は一見にしかずと申します。国一の名産の品を用意しました。わが阿波国がいかな国か、存分に堪能《たんのう》ください」

「家老殿、これが阿波の産物なのですか」

「はい。〝阿波の藍か、藍の阿波か〟という言葉があります」

「そんなことぐらいは知っておりますよ。阿波の藍は、ここ江戸でも重宝されておりますから。間違いなく、一級の品です。が、この小袖は全てが阿波の産ではないでしょう」

忠兵衛は目をしばたたかせた。賀島備前も「はあ」と声を漏らしている。

「つまり、染料こそは藍ですが、この小袖は阿波で織られたものではないはず。さらにいうと、この染めもそうでしょう」

図星である。阿波は藍の産地だが、織物や染め物は上方や江戸に劣る。それゆえ、贈り物を調達する時、阿波の藍を使った上方や江戸で織られた着物を探すことになる。

「いや、そうではあるのですが……織物は多摩織の上等の品、染めは江戸番付の関脇の亀紺が手がけた逸品でありますれば」

「それじゃあ、阿波の品といえないのでは。これは江戸の品でしょう」

賀島備前の言葉が詰まる。

「申し訳ありません。こちらの柏木め、気がきかぬゆえ、こんな不調法な物を……」

多摩織の小袖を探せ、といったのは賀島備前ではないか。その細かい指示のせいで、最後は暖簾を仕舞おうとする店《たな》に無理を聞いてもらったのだぞ、と思ったが、忠兵衛は口にしなかった。賀島備前の横暴よりも、岩五郎の小癪《こしゃく》な口調が癇《かん》に障ったからだ。

「不調法失礼しました。次にお会いする時は、藍玉《あいだま》を持ってくることにいたします」

藍玉とは藍葉を発酵させて丸めたもので、藍染めの原料になる。阿波一の特産の品だが、染物屋以外の人が受け取っても無用の品である。

「これ、柏木」

「ほお、それは面白いですな。私はまだ藍玉とやらを見たことがない。興味深いので、ぜひ、持ってきてくだされ」

案に相違して、岩五郎は目を輝かせた。賀島備前の狼狽《ろうばい》はますます大きくなる。

「江戸の小袖とはいったものの、この色はさすが阿波の藍ですな。実に美しい」

前言をたやすく翻《ひるがえ》し、岩五郎は小袖をさっと肩にかけた。遊郭《ゆうかく》に遊びにきた放蕩息子のような風情になって、これはこれで似合っているから不思議だ。

「お気に召していただけたようで何よりです。では、本題に入らせていただきたいのですが」

汗をふきつついう賀島備前に「ああ、待ってください」と岩五郎が言葉で制した。

「その前にいっておきますけど、私は政には興味はありませんよ」

「政に興味がないとは……どういうことでしょうか。見れば書架には、朱子学の書もたくさんあるようですが」

忠兵衛の問いかけに、岩五郎は微苦笑をこぼす。朱子学の学者は幕府も多く抱えている。儒学は、今や出世には必須の教えだ。

「私は学問が好きなだけですよ。出世するために学んでいるわけではありません。さっきもいったように、政に興味がないのですよ。まあ、徳島藩の殿様になれといわれればなりますが、面倒なことは全部、そちらでやってください。私は、書物を読み、絵画や囲碁将棋、撃剣、茶の湯、尺八もろもろのことに打ち込む暇をもらえれば、どんな国や家の養子にもなります。まあ、こんなことをいってるから、旗本の家の養子にもなれないんですがね」

岩五郎は、扇子の尻でこめかみをかいた。

「ああ、そうそう、取らぬ狸《たぬき》の皮算用ですか、私は順養子《じゅんようし》として見込まれているのですか」

唐突な質問に、賀島備前が我に返る。

「そのようにお考えください。隠居された先々代の御藩主様は、蜂須賀家から正室を迎えておりました」

順養子とは、一代限りの養子ということだ。次の代は、本家の血を引く男児が継承する。あるいは、正室として本家の女をもらいうけ生まれた子に継がせる。

ちなみに先々代——高松松平家から入った順養子は蜂須賀家の妻を娶《めと》ったが、彼女は早死にしてしまった。妻を失ったのが心痛となったのか、先々代は気鬱《きうつ》の病になり、隠居したのだ。

「私も含めると三代続けて順養子ですか。蜂須賀家も大変ですなぁ。まあ、私が順養子に選ばれると決まったわけではないですが」

「互いの状況をよく知っておくのは大事なことです。他に、徳島藩のことで聞きたいことがあれば、なんなりとおっしゃってください」

すでに辟易《へきえき》している賀島備前にかわり、忠兵衛が水を向けた。

「うん、それじゃあ、蜂須賀家の墓は何式ですか」

「なにしき、というのは」

「仏教か神道か儒教か」

「仏式です。菩提寺は、臨済宗の興源寺になります」

「ああ、それは有り難くないなぁ」

忠兵衛は呆気にとられる。養子に入る人間が、義理の家の宗派に口出しできるとでも思っているのか。

「ああ、勘違いせんでください。別に宗派替えせよ、と無茶なことをいうつもりはないですよ。ただね、私は仏教全般が嫌いなんですよね」

忠兵衛は、天敵であるはずの賀島備前と目を見合わせる。ここまであけすけに毒を吐く人間を初めて見た。

「だって、そう思いませんか。仏教は学問として邪道だって」

なぜか、勢いこんで岩五郎は続ける。

「悪行を積めば地獄行き、仏教の修行を積めば涅槃極楽《ねはんごくらく》にいたるっていいますけど、じゃあ、実際に地獄や涅槃に行った人を見たことありますか。あるのかどうかわからない地獄や極楽を餌にして信者を増やすなんて、ひどい詐術ですよ」

興奮のあまりか、扇子の尻を突きつけてきた。佐竹家二十万石の藩主の弟とはいえ許される行いではないが、それよりも言っていることがあまりにも突拍子がない。

「まあ、仏教はまだましですよ。嘘の教えだが、それをしっかり学び修行している坊さんもいる。ひどいのは、神道ですよ。あれは不勉強の至りですな。どう思いますか、八百万《やおよろず》の神が実は仏教の神々の化身だったって教え。どうせ嘘をつくなら、もう少し神道を学び直してからつくべきだ」

岩五郎は、床に扇子を強く叩きつけた。

「ですが、儒学の教えはそれほどまでに正しいのでしょうか」

ぎょっとして賀島備前が、発言の主の忠兵衛を見た。

「私は儒学が正しいとは一言もいっていないですが、柏木殿の弁を拝聴しましょうか」

不敵な笑みを浮かべて、岩五郎がいう。

「では、僭越《せんえつ》ながら。浅学の私が聞いたところによると、儒学ではこの世は双六《すごろく》の賽《さい》のように四角いと教えているらしいですな。果たしてこれは正しいのでしょうか」

「ほう、よくご存知ですな」

「友に教えてもらった耳学問ですが」

酒を呑んでいる時、内蔵助が教えてくれた。家康が重用した林羅山《はやしらざん》は、この世は四角いと信じていたという。儒学でそう教えているからだ。それに反論したのがキリシタンの宣教師で、この世は丸いという。四角いか丸いかで論争になった結果、なんと林羅山が勝利したのだ。

「確かに儒学では、この世は四角いと教えております。そして、それが間違いだったことは明々白々です」

岩五郎はあっさりと非を認めた。別段、悔しそうではない。

「では儒学は、仏教や神道よりも劣った学問になるのでは」

「いえ、そうではありません。私の定義する優れた学問とは〝答え合わせができること〟です。逆にいえば、劣った学問とは〝答え合わせができぬこと〟です」

またしても扇子の尻を、忠兵衛の鼻先に突きつけた。

「儒学の世界の取りようは確かに間違っておりました。しかし、その答え合わせができました。これは、優れた学問である何よりの証左です。が、仏教や神道はいかがですか。極楽や地獄があることの答え合わせはできますか。八百万の神が、天竺《てんじく》の仏神の生まれ変わりであることの答え合わせはできますか」

詭弁《きべん》である。儒学には明らかに間違った点があった。仏教や神道よりも長じているはずがない。

ずいと前に出たのは、賀島備前だ。

「しかし、仏教や神道も公儀が推奨する教えでございます」

八百万の神が天竺の仏神の生まれ変わり、という教えは幕府によって編み出された。つまり、賀島備前は迂闊《うかつ》なことは口にするなといっている。

「今、それは関係ないでしょう」

賀島備前の弁に、岩五郎は不機嫌さを隠さない。

「いえ、あります。公儀を軽んじる言葉は災難を招きますよ。なあ、柏木よ」

賀島備前に突然話をふられ、「え、ええ。確かに」と慌てて答えた。

その刹那、岩五郎の顔に影がさした。え、と忠兵衛は腰を浮かしそうになった。日が翳《かげ》ったわけではない。しかし、表情に哀しみのようなものが濃く宿っている。

どうして、と思って目をすがめた時、岩五郎はすっと姿勢をただし、また扇子で床を叩いた。

「まあ、お話はそんなものでいいでしょう。他に私について聞きたいことはありますか」

岩五郎はそういって笑った。先ほどの影は嘘のようにどこかに消えている。

いや、偽物の笑みで影を塗りつぶしたのか。

六

紺袴の稽古着に身を包んだ忠兵衛は、秋空を見上げていた。藩邸の中庭では、竹刀《しない》や木刀をふる者が十人ほどはいようか。皆、汗だくになっているが、忠兵衛はずっと上の空だ。

頭を埋め尽くしているのは、岩五郎のことだ。どういう人間かが、皆目わからない。

好学かと思えば、神道や仏教を唾棄《だき》する。恐ろしい切れ味の論を見せるのに、政には興味を示さない。もらった贈答の品に容赦なくけちをつける。

あんな人間は初めて見た。一体、岩五郎とは何者なのだ。

おかげで、稽古に身が入らない。

なにより、と挨拶が終わった後のことを思い出す。忠兵衛は尿意をもよおし、佐竹藩邸で厠《かわや》を借りた。賀島備前と合流しようと廊下を急いでいる時だった。侍女たちの喧しい声が聞こえてきた。見ると、庭で女たちが雑談に興じている。忠兵衛が厠を借りているとは思いもしなかったのだろう。あけすけな話しぶりに、美寿たちのことを懐かしく思っていると、庭の向こうに人影があった。縁側に岩五郎が座している。ひとりで膝を抱いて、ぼんやりと木々を見ている。だが、何か妙だ。居場所がない、とでもいおうか。

佐竹家の家臣たちが、廊下を歩いていた。

『蜂須賀家に決まれば、岩五郎様もやっとここから出ていってくれるな』

『おいおい、まるで追い出すような言い方をするなよ』

『そういうお前こそ、本心を隠すな』

『まあ、養子先が決まれば、平穏になるとは思っているさ』

笑い声とともに、佐竹家の家臣が通り過ぎていった。

なぜか、あの時の岩五郎の寂しげな様子が頭にこびりついている。

いかんいかん、と忠兵衛は独りごちた。稽古着の襟を開けて、風をいれる。

事は、忠兵衛たちの目論見《もくろみ》通りに進んでいた。賀島備前は岩五郎を藩主として推薦することを許したのだ。偏った論には辟易していたようだが、岩五郎の「政に興味がない」という言葉が決め手になったようだ。岩五郎のことは、すでに飛脚で国元に伝えている。もう、衆議は終わっているはずだ。今は、結果が届くのを待つことしかできない。

「柏木様、飛脚が到着しましたよ。樋口様からの文です」

庭で竹刀や木刀を振っていた男たちが一斉に動きを止めた。間違いなく継嗣にかかわる報せだ。

「藩主が決まったのか」

「誰になったと書いてある」

わらわらと寄ってきたのは、忠兵衛らと志を同じくする藩士たちだ。中老もいれば物頭もいる。

「待て、待て、まだ文が届いただけだ。中身までは知らん」

届いた文は、なぜかずしりと重く感じられた。忠兵衛は宛てがわれている部屋へと急ぐ。同志たちもつづく。扉を閉めて、封を切り、慎重に開いた。藩士たちが、背中に覆い被《かぶ》さるようにして覗きこむ。

――佐竹岩五郎様、当家御養子内定候

そんな文字が目に飛び込んできた刹那、背後でどっと藩士たちが沸いた。

「忠兵衛殿、いよいよ我らのやりたい政ができるのですな」

「言いなりになるだけの仕事は、もう終わりじゃ」

気の早い藩士たちは、もう家老専横の時代が終わったかのように喜んでいる。

「落ち着け。まだ、当家の養子になることが決まったにすぎない。幕府の許しもまだなのだぞ」

何より、岩五郎が家老たちに籠絡《ろうらく》されてしまう恐れもある。

やっと勝負の場に立てたにすぎない。

「見てください、忠兵衛様。やっと……やっとこれが日の目を見ることができます」

佐山市十郎《さやまいちじゅうろう》という若い藩士が取り出したのは、小さな巻物だった。

「なんだ、お前、まだ持っていたのか」

「当然ですよ。私は諦めていませんからね」

佐山が得意げに巻物を広げる。びっしりと小さな文字が並んでいた。

同志たちと作った、建白書である。薪《まき》の使い方にまで気を配り、倹約する項目を書き連ねた。これを実行すれば、一年で四千石の倹約が可能だ。三十万両の借財の帳消しにはほど遠いが、それでもやらぬよりは遥かにましである。しかし、家老たちはこの建白書を退けた。

理由は、前例にない新規だからだ。

「よくぞ、今まで持っていたな。諦めなかった、お前の大手柄だぞ」

佐山の頭を荒々しく撫《な》でてやると、皆がどっと笑った。

「おい、うるさいぞ」

皆の声がぴたりと止《や》む。いつのまにか戸口が開いており、江戸家老名代の賀島備前が立っていた。

「も、申し訳ありません」

忠兵衛らは慌てて膝をそろえ正座する。

「養子決定の件で浮かれているのであろうが、あまりはしゃぐなよ。先方に失礼があってはならぬゆえ、今後は話題にすることは禁ずる」

賀島備前の手にも書状が握られている。きっと同じ飛脚が届けたもので、岩五郎の養子決定の旨が書かれているのだろう。

忠兵衛は素直に頭を下げた。満足気に賀島備前が頷いたのを見て、ふと違和感がよぎる。

「まあ、あまり厳しくいうのも無粋だがな。これから手を合わせる仲ゆえ」

何をいっているか理解できなかった。勝ち誇る笑みを残して、賀島備前は去っていく。

国元から樋口内蔵助がやってきたのは、それから十日後のことだった。

「待っていたぞぉ」

式台に腰をあずけ自ら足を洗う内蔵助の肩を、忠兵衛は乱暴にもんでやった。

「よせよ、洗いにくいだろう」

「なんだ、俺の親切を無にしやがって。はやく上がれ、さあ、足をふけ」

半ば強引に、忠兵衛は宛てがわれた部屋へと内蔵助を押し込む。背後には藩士たち数名も戎顔《えびすがお》でついてきていた。巻物を手に持つ佐山もいる。

「それにしても、よくぞ岩五郎様を選ぶようにしむけたな。どんな手妻《てづま》を使ったのだ」

「おいおい語るさ。それよりも、ここからが大事なのはわかっているだろう」

「ああ、岩五郎様は若い。すぐのご親政は無理だ」

「その通りだ。蜂須賀家はすぐには変わらん。しかし、我らが近習となって岩五郎様と繋《つな》がっていれば、改革はいずれ成就する」

内蔵助は今後の動きを語る。

あと何日もしないうちに、岩五郎が蜂須賀家の養子として幕府に認められる。岩五郎は蜂須賀家藩邸へと移り、それから一月ほどして将軍お目見えがあり、さらに二月ほどして将軍の一字の入った諱《いみな》が岩五郎に下賜される。

聞いているだけで、忠兵衛の胸が高揚してくる。

いよいよ、自分たちの政が始まるのだ。

「そして阿波の国元に帰るのは、老中や大名家への挨拶まわりが終わってからなので、来年の春から夏にかけてのどこかになると思う」

その間、岩五郎は五家老とは接触しない。江戸にいるのは、名代の賀島備前だけだ。

「これが好機なのはわかるな。お前が岩五郎様の世話役になるよう交渉し、認めさせた。つきっきりでお世話しろ。どんなお人柄かを知り尽くして、俺たちの味方になってくれるようにたらしこめ」

「たらしこめはよせよ」

「大丈夫ですよ。忠兵衛殿ならできます」

巻物を胸に抱く佐山が無邪気に褒める。

「それよりも、どうやって岩五郎様を藩主に推したのだ。あの家老たちが、易々《やすやす》と内蔵助の話を聞くとは思えないが」

忠兵衛の疑問に、さっと内蔵助は目をそらした。

「樋口よ、着到の挨拶もせずにいいご身分だな」

部屋の入り口から声がした。太り肉《じし》の武士——賀島備前が姿を現す。

「これは、備前様」

内蔵助が平伏するが、慌てていたのか袴が乱れている。いつも冷静沈着な内蔵助らしからぬ姿だ。

「私が無理やりに部屋に連れてきてしまったのです。内蔵助に非はありません」

忠兵衛もすかさず弁解する。

「上役への挨拶を疎《おろそ》かにするのは感心せんが、まあいいさ」

なぜか、賀島備前は機嫌がいい。だけではなく、気味の悪い笑みさえ湛《たた》えている。

「岩五郎様の一件では、我らは合力した。もう、以前のように憎みあう仲ではない」

忠兵衛は内蔵助を見た。背後の藩士たちも腰を浮かしている。樋口の顔から血の気が引きつつあった。

「近い内に、四千石の加増について談合しようではないか。中老以下が加増に尽力する件、ゆめゆめ忘れるなよ」

「備前様、その話はここでは」

内蔵助の声は、無様なほどに上擦っていた。

「なぜだ。こやつらはお主の同志ではなかったのか。ああ、もしや四千石の加増の件はまだ伝えていなかったのか。これはすまなかったな。てっきり、お前たちはすでに承知のものだとばかり思っていた。許せ、許せ」

豪快な笑声を撒《ま》き散らしながら、悠々と賀島備前は去っていく。

しばらく、沈黙が部屋を満たした。

「四千石の加増とは、どういう意味ですか」

いったのは、財政改革の巻物を胸に抱く佐山だ。内蔵助は何も返せない。

「教えてください。どういう意味かを。まさか、樋口様、あなた、賀島父子と取引したのですか」

しばらく唇を噛《か》んでいた内蔵助は「そうだ」と声を絞りだした。

「四千石加増に力を貸すかわりに、賀島家には岩五郎様の養子就任に賛同してもらうよう頼んだ」

藩士たちがざわつき出す。何人かは不穏な気を隠そうともしない。

「四千石の加増といいましたが、どうやってやるのですか。蜂須賀家には、そんな余裕がないことは知っているでしょう。だから、三年前にこんな大変な思いをしたのに」

佐山は、内蔵助の胸に巻物を押しつけた。腕がわなわなと震えている。

「まさか、倹約令の四千石を加増にあてるなんていいませんよね」

内蔵助は無言だ。秀麗な顔を歪めており、それが何よりの答えだった。

「ふざけるな」

佐山が巻物を内蔵助に投げつけた。咄嗟に割ってはいった忠兵衛の顔にあたり、巻物は帯がほどけるように床に転がる。

「なんで、よりにもよって賀島家なんですか」

佐山が唾を飛ばす。

「賀島家が昔、一万石だったのは知っているだろう。お咎《とが》めをもらい今は六千石。旧規に戻すといえば――」

「賀島家が何かの功をあげたのですか。昔、高禄を食《は》んでいたからといって、それだけが理由で四千石もの加増が許されていいのですか」

佐山が叫ぶが、ある意味で内蔵助のいうことは正しい。どんなに昔であれ家祖の法といえば、悪法も通るのが現実だ。だから、内蔵助は賀島父子と手を組むことにした。

「内蔵助さん、あなた、賀島家に何をされたかを忘れたわけじゃないでしょう」

他の藩士も怒気をみなぎらせて詰めよる。

「賀島家は、俺たちを謀反人扱いしたんですよ」

佐山は敵に対するかのように内蔵助をにらんでいる。

結局、倹約令の建白書を焼くことで、謀反の罪は許された。

あの時は仕方がなかった。四羽鴉はともかくとして、佐山ら他の者を道連れにするわけにはいかない。

「その賀島父子と密約を結んだのですか」

佐山の声は、まるで内蔵助を鞭打つかのようだった。

「密約ではない。これは、将来を思ってのことだ」

「見損《みそこ》ないましたよ。あなたは裏切り者だ。まさか、家老の——それも賀島父子の犬になるとは」

佐山をはじめ藩士たちが、足を踏み鳴らし部屋を出ていく。

残されたのは、忠兵衛と内蔵助だけだ。膝を折って、忠兵衛は乱れた巻物を手にとった。小さな文字がびっしりと書き込まれた紙を軸に巻きつけていく。

たったそれだけで、ひどい徒労感に襲われた。

「内蔵助、他のふたりはこのことを知っているのか」

四羽鴉の林藤九郎と寺沢式部のことだ。

「勿論だ……。相当に論じ合ったが、ふたりには納得してもらっている。国元にいる他の中老や物頭たちもだ」

「じゃあ、なぜ、江戸にいる俺たちに報せなかった」

いや——。

「俺たちに報せなかったのは……俺の耳にいれなかったのは……余計なことを考えて、迷ってしまうことを危惧したのか」

こくりと内蔵助はうなずいた。

いつもなら、お前も賢くなったな、と軽口をいったはずだ。

「忠兵衛、俺を軽蔑するか」

首を横にふってみせた。

軽蔑などはしない。大切な幼馴染《おさななじみ》だ。どんな思いで、賀島父子と取引したのかは己が一番わかっている。

「だが……」

苦い唾が口の中を満たした。

「残念だよ。途方もなくな」

それが正直な気持ちだった。

たとえ、迷いが生じることになったとしても、教えてほしかった。

忠兵衛は床においた、脇差をなでる。

鍔に指がふれた。傷がついている。真剣白刃取りの型をしくじり、内蔵助の太刀を受けた時のものだ。爪に当たり、ぽろりと欠片が床に落ちた。

七

見慣れたはずの徳島の城下町が、忠兵衛にはなぜかとても懐かしく思えた。浦島太郎が竜宮城から帰った時も、こんな気分だったのだろうか。

岩五郎と忠兵衛が対面してから、およそ八ヶ月がたっている。

季節は秋から春の終わりへと移っていた。

岩五郎は無事、蜂須賀家の養子と認められた。将軍から〝重喜《しげよし》〟という諱をもらい徳島藩十代藩主、蜂須賀重喜となって阿波へと入国した。世話役の忠兵衛も入城の儀に付き従い、やっと久方ぶりの我が家への帰路についたところだ。

後ろを振り返ると、重喜が入った徳島城がある。

重喜は、新しい城や御殿にどんな感慨を持つだろうか。佐竹家の部屋住みの頃は、江戸から出なかったそうだ。ひどい田舎に映っていなければいいが。そんなことを考えていると、屋敷に到着した。

「あら、珍しい。内蔵助様は一緒ではないのですか」

式台に座り女中の歌代に足を洗ってもらっていると、美寿が声をかけてきた。

「あいつも色々と忙しいのさ」

嘘である。いつもなら内蔵助を引きずってでも屋敷へと連れ込み、酒と美寿の作ってくれた肴《さかな》で政治談義をしたはずだ。賀島家四千石加増の件を知って以来、互いの間に遠慮が横たわるようになった。

何より、重喜と改名した岩五郎だ。蜂須賀藩の養子となってからも、以前の暮らしぶりを改める様子はない。撃剣や泳法、馬術の稽古に明け暮れるのは武士として立派だが、他にも絵画や算術、儒学などにものめりこんだ。

部屋住みでは買えなかったと高価な書を次々と忠兵衛に購《あがな》わせた。だけでなく、将棋や囲碁は身分を偽り、町道場に通い勝敗に一喜一憂する。負けが納得できねば、幾度も再戦を申し込み、すっぽんの岩五郎と呆れられていた。

賀島備前は遊び呆ける様子に満足げだ。内蔵助も悪くはないといっている。

ただ、忠兵衛は不安だ。この男を藩主にしてよかったのか、と。そして、時折、何かの影のようなものが重喜と改名した岩五郎の表情に走るときがあり、忠兵衛の胸が苦しくなることがある。

「どうされたのですか」

美寿が顔をのぞきこんだ。

「ああ、そうだ。江戸土産があるぞ。忘れぬうちに渡しておこう。これが美寿の分で、こっちが歌代だ」

忠兵衛は明るい話題に転じた。

「私にもくださるのですか。奥方様、いただいてもよろしいですか」

「もちろんですよ。私にも見せてください。あら、かわいいですね」

開いた包みの中からは、動物戯画の形にあしらわれた干菓子が現れた。蛙や兎《うさぎ》たちが人間のような着物姿になっている。

「美寿はこっちだな」

江戸で購った草子を渡してやる。若い男女の人情ものを扱った一冊で、美しい挿絵が巷で評判になっている。まだ大坂にも出回っていないはずだ。

「まあ、嬉しい。ありがたく頂戴します。では、歌代、干菓子でもつまみながら一緒に読みましょうか」

「では、私はお茶を用意いたします」

歌代は嬉しそうに台所へと駆けていく。

「どうしたのですか。お顔が優れませんね。重喜公は、あなたたちが推したお方なのでしょう」

「そうではあるんだがな」

足はとっくの昔に綺麗になったが、尻が式台から上がらない。

「重喜公はどんなお方なのですか」

「何事にも熱中されるたちのお人だ」

佐竹藩屋敷の男たちが口を揃えるのが、重喜の根をつめる性格だ。

絵画で線がうまくひけねば、できるまで徹夜で稽古は当たり前。馬の鐙捌《あぶみさば》きがうまくいかねば、鐙を足につけて寝ることもあったという。将棋の道場で誰も解けなかった百手越えの詰将棋の難題を、一月《ひとつき》以上かけて解いた。

「決して途中で投げ出すことのないご気性だ」

「では、藩主にぴったりではないですか」

「だが、政には一切興味がないとおっしゃった。商売は番頭に任せて、芸事にふける大店《おおだな》の三代目に似ているな」

いってから軽率だったと思い、自分の頬をぴしゃりと叩いた。

「よいではございませんか」

女は気楽だなと思い、無言で足を式台の上にあげた。

「最初から明君だった方などおられませんよ。まだ齢は十七、いえ十八になられたんでしたっけ。すぐに判断するのは酷というものですよ。あなただって、そうだったじゃないですか」

まじまじと妻を見た。

俺も重喜公のようだったとは、どういうことだ。

人情ものの草子を忠兵衛の目の高さに掲げて、美寿がつづける。

「最初に私に買ってきてくれた草子を覚えていますか。軍記物ですよ。そんなものを読みたい女などおりますか」

「それは……お前が何でもいいといったからだろう。だから大坂で一番売れている草子を――」

「旦那様、それじゃあいけませんよ。奥方様が何を読んでいるかを常に見ていれば、どんな草子が好きかはわかるはずでしょう。あの時は、奥方様が機嫌を損ねられてなだめるのに私がどれだけ苦労したか」

いつのまにか、お茶を盆の上にのせた歌代が美寿の加勢をする。

「けど、今はこうして私の好きな草子を買ってきてくれています。あなた様は武士として立派に成長しました」

「奥の好きな物を買ってくることがか」

「望みの褒美の品を与えるのは、主君として大切な心得のひとつですよ」

そう言われれば、反論できない。

「あなたが成長したように、重喜様もきっと変わるはずです」

確かにそうかもしれない。己も十二、三の時は、ただ剣をふることしか能がなかった。それが樋口内蔵助や林藤九郎、寺沢式部らと交わり、今は国政談義に参加している。

「さあ、忠兵衛様、奥方様、お茶にしましょう」

「江戸の土産話を聞かせてください。歌舞伎は見られたのですか」

「おいおい、忙しかったのだぞ。そんな暇があるわけないであろう」

言いながら女ふたりの後をついていく。まだ、重喜が明君なのか暗君なのかわからない。

今、確かなのは——
妙な男が藩主になった。
ただ、それだけである。
そして、それで十分だと思った。

二章　五社宮一揆

一

　強い日差しが、藍畑《あいばたけ》に降り注いでいる。畑の横にある屋根ほどの高さの柱は、撥《は》ね釣瓶《つるべ》だ。ヤジロベエのように梁《はり》を渡し、一方には重い石を、もう一方には桶《おけ》をくくりつけている。撥ね釣瓶の桶が吉野川の水を汲《く》むと、梃子《てこ》の力を使って藍畑のそばまで運ばれてくる。桶いっぱいに入った水を小作人たちが抱え、畑の中へと走り、水をまく。小さな虹があちこちにできた。

「面白いな。撥ね釣瓶をあのように使っているのか」

　蜂須賀重喜《はちすかしげよし》が目を輝かせた。

「我らは、あれを獄門《ごくもん》と呼んでおります。藍は水を多く必要としますゆえ、獄門は藍作りの水取りには欠かせぬものです」

　すかさず柏木忠兵衛《かしわぎちゅうべえ》が言葉を添えた。

「獄門とは恐ろしげな名前だな。だが、それにしてもみな熱心に働く」

　重喜は働く人々に目を転じた。

「藍を作れば出世できるからでございます」

忠兵衛の横にいた家老の賀島政良《かしままさよし》がいう。

「藍は畑で育て、寝床と呼ばれる小屋で藍玉を造り、それを大坂の問屋や染物屋にもっていって生計をたてます」

収穫した藍葉を寝床で乾燥醱酵《はっこう》させ蒅《すくも》にし、それをさらに臼《うす》と杵《きね》で突き固めて藍玉にして初めて商いの品になる。蒅造りや藍玉造りには、酒造りに似た熟練の技が必要だ。そして、その藍玉を江戸や大坂の問屋や染物屋に売る。質の高くない藍玉でも相場によっては高く売れることもあるし、その逆もある。

「藍作りというのは、農と工と商、三つの生業《なりわい》で成り立っているのだな」

「左様でございます。藍葉を育てる藍作人、藍玉を造る藍師、藍玉を手広く売る藍商がおります。昔は小さな藍の畑百姓でしたが、出世して他国の藍問屋と手広く商いをする者も数多《あまた》おります」

賀島政良は我がことのように誇らしげにいう。

「養子にならずとも、職人にも商人にもなれるのか」

重喜が目を細めていう。あるいは、重喜は別の生き方を望んでいるのかもしれない。この若君の気性ならば、殿様は窮屈と感じているはずだ。もっとも、重喜が商家の養子になったとて、放蕩《ほうとう》で財産を食い潰《つぶ》すであろうが。

「藍作りはわが徳島藩の要《かなめ》でございます。昨年も藍の政《まつりごと》を改革いたしました」

ちがう。あれは改革ではなく改悪だ。事実、藍師の地位を手放す者が増えている。なのに、臆面もなくいう賀島政良に、忠兵衛は内心で唾棄した。

「藍師株といいまして、株仲間を制定したのでございます。これにより、わが藩には毎年、多額の冥加金《みょうがきん》が――」

「政《まつりごと》の話はいい。それよりも、藍をどう育て作るかをもっと知りたい」

重喜の反応はにべもない。忠兵衛の胸に失望がたまる。一方の賀島政良は「そうでございましたな」と福々しい顔で応えている。

藍師株――徳島藩が制定した株仲間の制度である。藍葉を藍玉に加工する藍師を許可制にしたものだ。藍師から冥加金を徴収できるが、逆にいえば冥加金を払わねば藍師になることはできない。これによって、藍作人から藍師になるのが難しくなった。毎年の冥加金の支払いに苦しみ、藍師から藍作人へ後退する者もいるほどだ。

藍師株の制は悪政だと糾弾してやりたいが、それをしたところで今の重喜は耳を傾けない。

重喜の一行が次に訪れたのは藍師の屋敷だ。藍葉を醱酵させる寝床は大きな蔵のようで、独特の臭《にお》いが立ち込めている。藍作りに使う道具を重喜の前に並べると、童《わらべ》のように見入る。たっぷりと視察をした後、藍畑の外れにある社《やしろ》へと向かった。境内の真ん中には、大人がやっと抱えられるほどの大きな石が鎮座《ちんざ》している。

「この石は御神体か」

重喜が興味深げに問う。

「祭りに使う力石でございます。この石を担《かつ》いで、いかに速く往復できるかを競います」

忠兵衛は社殿の庇《ひさし》に吊るされた小舟を指さした。

「というのも、吉野川は氾濫することがままあります。そんな時、軒先や家の中に吊るした舟に家財道具を積んで逃げます。そういう土地柄もあり、力のある者は重宝されます。あとは、先ほど見た水取りのように藍作りには力を使う仕事も多いのです。別の神社では、力比べに石ではなく藍葉や蒅をいれた俵を使うところもあります」

重喜がしきりに力石を撫《な》でている。嫌な予感がした。

二

夏の風が吉野川から涼を運んできていた。日は西の山に傾きつつあるが、まだ空は青い。美しい幟《のぼり》がはためき、並べられた提灯《ちょうちん》のいくつかには灯《あか》りが点《とも》されている。吉野川にある鮎喰《あくい》河原の土手には鳥居があり、ふたつの力石が鎮座していた。

「江戸の祭りもいいが、田舎の祭りも風情があっていいものだな」

腕を撫しているのは重喜だ。袴《はかま》をつけないお忍び姿である。護衛の武士たちも、目立たぬよう祭り見物を装ってあちこちに配されている。

「いいですか。くれぐれも身分がばれないように。私の遠い親戚の岩五郎《いわごろう》ということで、お願いいたしますぞ」

社の力石を見た重喜は、力石比べをやってみたい、といったのだ。まさか、身分を明かすわけにはいかず、お忍びで参加することになった。

「わかっている。岩五郎と呼ばれるのも久しぶりだから、何だか嬉《うれ》しいな」

重喜は以前と変わらぬ目差《まなざ》しで辺りを見回している。童の手をひく親子の姿があちこちにあった。

「おーい、忠兵衛様、こっちだ」

二十代半ばの日に焼けたたくましい男から声がかかった。ねじった手拭いで額をきつくしばっている。高原村の若者頭で名を長兵衛《ちょうべえ》という。

「悪かったな、遅くなった」

「いえ、こちらも四羽鴉《がらす》の忠兵衛様に合力してもらって頼もしい限りですよ。今年こそ関村の奴らに勝ちたいんでね。それはそうと、今年は樋口《ひぐち》様はいないのですか」

忠兵衛は高原村の若者と親しくしており、力石比べの助っ人を何度も務めた。昨年は、樋口内蔵助《くらのすけ》と一緒に参加していた。

「あいつは忙しくてな。かわりに、岩五郎殿を連れてきた。私の遠戚で江戸の産まれだ」

「へえ、お若いですな。けど体の芯はできていそうだ」

岩五郎は撃剣や馬術、泳法も嗜《たしな》んでいるので、決して文弱の徒ではない。

「忠兵衛様はご存知でしょうけども、念の為、説明をさせていただきます。鳥居の下にある力石を、鮎喰《あくい》河原においてある神輿《みこし》まで運んで戻ってきます。五人で百回」

「お百度参りのようなものか」

訊《き》いたのは、重喜だ。

「上方の十日戎《えびす》に似ているという人もいますね。勝った村の藍玉が繁盛するといわれています。といっても、俺たち高原村は藍作人ばかりで、藍師や藍商はほとんどいないんですが」

「なぜ、藍師や藍商がいないのだ。藍師になって藍玉を造れば利が大きくなるんだろう。藍商になれば、その藍玉を高く取引できると聞いたが」

重喜の素朴な疑問に、皆が目を見合わせた。長兵衛が忠兵衛の顔をうかがう。忠兵衛は目で、それ以上いうなと釘をさした。近くには、祭り見物のふりをする護衛の藩士がいる。大っぴらに藩政を批判すれば、長兵衛たちが捕まるかもしれない。

「けど、ひとり新しく藍師株を買った奴がいるんですよ。閉じてた寝床も再開させてね。おい、京《きょう》弥《や》」

長兵衛は無理矢理に話題を転じた。呼ばれて出てきたのは、下がった目尻が優しげな若者だ。随分と若く、十八歳の重喜と同い歳《どし》くらいだろうか。

「この歳で、藍師になったんだからえらいもんですよ」

「長兵衛さん、よしてくれよ。死んだ親父が貯めてくれた銭で藍師株を買っただけだよ」

「それだけじゃねえだろう。寝床を新しくしたり、職人呼んだりで、随分と借財もした。なかなかできることじゃない」

長兵衛は我がことのように誇らしげだ。

「だから」と、長兵衛が忠兵衛と重喜に若い顔を向けた。

「忠兵衛様と岩五郎様にはがんばってもらわにゃならんのです。力石比べで負けて質の悪い藍玉しかできなかったら、京弥は借財でこれですよ」

長兵衛が両手で自分の首をしめる真似をしてみせると、みながどっと笑った。

ふと気になることがあった。いつも見る若者がいない。

「おい、長兵衛、兵八《へいはち》はどうした」

さっと、長兵衛の顔が曇る。

「村を抜けました」

「なんだって」

「借財です。藍師株をえるために、大坂商人から借りて。けど、返せなくて。売り物の藍俵を全部持っていかれたんです」

「まさか、金蔵という商人か」

「知っているんですか」

「船であった。お前もその時、港にいたはずだ」

長兵衛の顔が忌々しげに歪む。

「ああ、忠兵衛様もいたんですか。ええ、そうです。あまりにもあこぎな真似を金蔵って奴がするから。止めようと思ったんですけど……」

長兵衛の声が萎《しぼ》んでいく。いかにあこぎでも、法に従って商売しているならば手出しはできない。

「だから、俺は京弥に期待してるんすよ。兵八を守れず、俺の村はひとりの藍師を失った。このまましゃ、若者頭としてご先祖様に申し開きできませんからね」

笑い声が背を叩いた。見ると、京弥がおどけて重喜や村人を笑わせている。

「ほら、あんないい奴が藍師にならなきゃ、阿波の藍作りに未来はありませんよ」

そういう長兵衛の顔は、もういつもの屈託のない若者のそれになっていた。

三

力石比べが始まったのは、提灯の灯りが河原を彩る頃だ。奇声をあげて高原村と関村の若者が力石を運んでいく。鮎喰河原に置かれた神輿につくと「やーそーれ」と声をあげて、力石を上下させる。見物の衆や待ち受けている仲間も「やーそーれ」と声をあわせる。

「岩様、さっせ、さっせ、と言ってください」

重喜に教えたのは、京弥だ。

「なるほど、さっせの声で鼓舞するのだな」

重喜が村人たちと声をあわせる。

——さっせっ、さっせ、さっせ

鼓舞の声を受けて、力石を持つ男たちの足が速まる。関村の若者が先行し、どさりと鳥居の下に力石を置いた。次の若者が力石を運んでいく。

「忠兵衛様、頼みましたぞ」

わずかに遅れた高原村の若者が、力石を託した。

「任せておけ」

忠兵衛は力石に巻かれた縄をつかみ、気合いの声とともに肩に担いだ。おおおお、と歓声が湧き上がる。重さをものともせず、忠兵衛は走る。「やーそーれ」の声で力石を上下させ、「さっさっせ」の声を受けつつ、鳥居へと戻った時には、関村の若者を完全に抜き去っていた。

「よし、次は私だ」

諸肌脱ぎになった重喜が力石に抱きついた。一気に走り、関村との差を広げる。

「おお、すげえ」

見物の衆からも驚きの声が上がった。

「あれじゃあ、すぐにばてちまうよぉ」

そういう長兵衛の顔は笑っている。毎年、八十往復をこえると、走るよりも休む方がどちらの村も多くなる。最後は担ぐこともままならず、力石を何度も下ろしながら運ぶ。昨年、忠兵衛と内蔵助も祭りが終わる頃には膝が笑い、屋敷に帰るのに大変な苦労を強いられた。案の定、高原村が三十往復目を迎える頃には、重喜の足取りは怪しくなっていた。だが、力石は地面につけずに神輿までいき「やーそーれ」の声で上下させる。

「すまぬ、抜かれた」

力石を鳥居の下に置くや否や、重喜は倒れこんだ。

「では止《や》めますか」

しゃがみこんで忠兵衛が囁《ささや》く。

「馬鹿をいうな。私は負けぬ」

「声が大きいですよ。今は、私の親戚の岩五郎ということをお忘れなく」

重喜が悔しげな顔をするので、溜飲が下がった。

「おふたり、気長にやりましょう。村の者が差し入れを持ってきてくれましたよ」

長兵衛の声に振り向くと、村の女たちが握り飯がのったお盆を持っている。かぶりつくと、米粒が口の中でほろりとほどけた。塩味が体の芯に染みていくようだ。横を見ると、重喜が頬に米粒をつけて必死に頬張っている。五十往復ほどする頃になると、もう走れる者はまれになっていた。握り飯だけでなく、酒も並んでいる。串をうった鮎《あゆ》を焼いているのは、京弥だ。ぱちぱちと脂が爆ぜる音が届く。

「忠兵衛様、いい若者ですね」

若者頭の長兵衛が近づいてきた。目の先にいるのは、力石を担ぐ重喜だ。

「だが、もう走れていない。威勢がよかったのは最初だけだ」

「けど、一度も力石を落としていない。大したもんですよ」

そういえば、と思った。忠兵衛でさえ、途中で何度も力石を置いている。

「頑固なだけだ。一度決めたら曲げぬ若者でな」

「いえ、あのぐらいがいいですよ。将来が楽しみだ」

自然と頬が緩《ゆる》んだ。この一言だけで、重喜を探し当てた苦労が報われたような気がする。

「新しい殿様になったら変わりますかね」

どきりとした。まさか、重喜の正体がばれたのだろうか。恐る恐る長兵衛を見ると、瓢簞《ひょうたん》に入った酒を飲んでいる。顔は真っ赤になり、目も眠たげだ。

「藍師株、どうにかなりませんか」

藍を作ることで、生業を変えることができた。しかし、それは過去の話だ。藍師株の冥加金が藍師たちに重くのしかかっている。

「わかっている。いずれ、藍師株にも手をつける」

そのためには、と前を向く。

重喜がよろけながら戻ってくるところだった。

「岩様、よく頑張ったね。さあ、これ食べて精をつけて。高原村の藍師の京弥が焼いた鮎だぜ」

鮎の串を持った京弥が労《ねぎら》う。

「おお、すまぬ」

重喜はひったくるようにしてかぶりついた。

「美味《うま》い。塩がよくきいている。江戸でもこんな鮎は食ったことがないぞ」

無邪気に喜ぶ重喜を見ていると、忠兵衛の喉がごくりと鳴った。

「忠兵衛様もこっちに来てくださいよ。俺の焼いた鮎は早いもの勝ちだよ」

忠兵衛も鮎の串を一本、手にとった。脂が炎をうけて輝いている。かぶりつくと火傷しそうなほどに熱い。脂が口の中をいっぱいに満たし、身がほろりとほどけていく。酒が呑みたいと思った。

力石を運んでいる若者ふたりは、途中で石を下ろし息を継いでいる。見物の衆も、応援より飲食や歓談に夢中だ。護衛の藩士も欠伸《あくび》をしつつ適当な石に腰かけていた。

勝負を忘れ皆の気が緩む一時が、何とも心地いい。

「岩様、江戸ってどんな所ですか。この鮎ぐらい美味いものをだす飯屋はありますか」

「なんだ、京弥、江戸へ行きたいのか」

「そりゃあ、行ってみたいですよ。だから、私は藍師株を買ったんだ。藍師になっていずれ藍商になれば、大坂や江戸にも行けますからね」

「ほお、そりゃ剛毅《ごうき》だねえ。そうだな、江戸の飯屋で美味いところといえば、浅草の蕎麦《そば》屋だな。海善亭ってとこだ。将棋道場の帰りによく寄った」

「へえ、海善亭ですか。江戸前の寿司とかも食べたいんですよね」

京弥と重喜のふたりも話に夢中になっている。

歓声が沸きおこった。力石を担ぐ若者ふたりが必死に競っている。

「さっせ、さっせ、さっせ」

見物の衆の声が夜空に吸い込まれていった。

四

夜更けの御殿で、重喜は将棋盤に向かっていた。ひとりで戦法を考えているようだ。何度も駒を動かしたり、元に戻したりを繰り返している。

力石比べをしてから三日がたっている。最後は接戦になった。百往復目に力石を担いだのは重喜で、関村の若者に猛追された。一度は抜かれたが、相手が石を下ろして休んでいる間に抜き返し、最後はほぼ同時に鳥居の下に力石を置いた。

『高原村の勝ちぃ』

行事役の神主の声が響いた時、群衆が総立ちになった。わずかの差で勝利できたのは、重喜が一度も地面に力石を下ろさなかったからだ。

その時の余韻というわけではないだろうが、重喜からはかすかに土の香りがする。

「もうすぐ藍の収穫らしいな」

盤面を見たまま、重喜はぽつりといった。

「はい。一番刈りから三番刈りまであります。収穫した葉は夜のうちに細かく刻み、次に唐竿《からざお》打ちを行います。竿で打つことで、藍葉が粉になります」

「大変らしいな。京弥がいっていた」

力石比べの最中、京弥が重喜に藍のことを教えていたのは知っていた。かわりに重喜は、江戸の美味い飯屋などを教えていた。

「ですので、藍粉《あいこ》成し歌というものがあります」

忠兵衛はひとつ咳払いをしてから歌う。

——阿波の北方《きたがた》、おきあがりこぼし
——寝たと思たらはや起きた

「他愛もない歌だな」

だが、重喜の表情は柔らかくなっている。

「歌うことで、疲れにくくなるようです。阿波の秋の風物詩です」

重喜が目を細めた。この若者はきっと自分も唐竿を打って、藍粉成し歌を歌いたいと思っている。

ふと見ると、重喜の左手には手拭いが握られていた。

「ああ、京弥からもらったものだ。力石比べに勝った礼としてな」

秘色《ひそく》の藍は、空の色を抜き取ったようで夜目には光るような艶がある。

「京弥と願掛けをしたのですか」

というのも、阿波では秘色の藍には特別な言い伝えがあるのだ。秘色に染めた品を友と共有すれば、互いの願いが叶う。まさかお忍びの藩主とは思わず、京弥は契りを交わしたのであろう。

「京弥は、日本一の藍商になるといっておったわ。その願掛けの証が、この手拭いだ」

「殿の方は何を願掛けされたのですか」

重喜は無言だ。盤面の飛車を静かに動かしている。

「そういえば、お主も秘色の藍を持っていると聞いたが」

どうやら教える気はないようだ。

「樋口や林《はやし》、寺沢《てらさわ》らと契りを交わしました」

忠兵衛や内蔵助らの刀の下緒《さげお》は秘色の藍で染めている。

「どんな願いだ」

「この阿波を立て直す、と誓いました」

毒でも呑《の》まされたかのような表情を、重喜は浮かべる。

「そして建白書を出そうとして、潰されたのか」

「ご存知でしたか。まだ殿が藩主におなり遊ばす前のことです」

「忠兵衛、ひとつ教えてくれ。家老の賀島は水取りの時、藍作人は藍師や藍商に出世できるといっていたな」

いつのまにか、重喜の目が鋭くなっている。

「あれは嘘か」

これは好機かもしれない。重喜は藍作りに強い興味を持っている。

「過去には、藍作人から藍師や藍商に出世する者は多くおりました。ですが、今は藍師になれる者はまれです」

「藍師株のせいか」

そんなことまで京弥はいっていたのか、と内心でひやりとした。

「藍師株は多額の冥加金が毎年必要です。その銭が工面できない者は多くいます」

だから高原村は藍師が少数しかいない。そんな中、京弥は借財して藍師株を購《あがな》った。

「藍作人の窮状を救わねば、徳島藩の政はよくなりませぬ。ですが藍師株など、政は彼らを苦しめるばかりです」

重喜が駒をさす。弾みで、隣の駒が動いた。力石比べで共に汗を流した若者が、藩の不当な制度で苦しんでいる。そのことに重喜は憤りを感じている。今、言葉を尽くせば、重喜は忠兵衛らの改革に心を寄せてくれるのではないか。

「殿――」

「私は政には興味はない。お前の口車には乗せられんぞ」

機先を制されてしまった。

「家老との争いに巻き込まれるなど、まっぴら御免だ。そもそも阿波にきてわかったが、家老たちの地位は盤石。それに歯向かうお主らは、蟷螂《とうろう》の斧《おの》だ」

あまりの言い様だが、反論できない。忠兵衛らに心をよせる藩士は、中老物頭を中心に五十人ほどはいる。だが、徳島藩全員ではない。中老物頭の下には、組士など八つの身分があり千人以上の藩士がいるが、賛同者はぐっと減る。無足《むそく》と呼ばれる足軽や中間《ちゅうげん》階級も千人以上いるが、九割以上が五家老の手の内だ。

「私は水野《みずの》忠辰《ただとき》公の二の舞は御免だ」

三河国岡崎藩藩主の水野忠辰は、三年前に家臣たちと対立した。忠辰は座敷牢に閉じ込められ、新藩主と交代させられた。所謂《いわゆる》、主君押し込めである。そして、二十九歳の若さで早逝。岡崎藩は病死と幕府に届け出を出したが、それを信じている者はいない。

五家老と戦うということは、藩主であれ危険に身をさらす。が、だからといって、藍作人たちの窮状を見過ごすことなどできようか。さらに言い募ろうとした時、重喜が駒を強く打ちつけた。

この話はもう終わりだ。

無言で、重喜がそう命じている。

五

港にひしめく船は、帆に蜂須賀家の卍印を染めていた。その数は数十隻、巨大な安宅《あたけ》船も少なくない。春風を受けて、甲板の上の旗が心地よさげに揺れている。

「蜂須賀家の参勤交代はいつ見ても勇壮よのう」

「蜂須賀水軍は、泰平の世でも健在じゃ」

見物の衆の声を聞いても、忠兵衛の心は沸き立たない。重喜が一年の在国をへて、再び江戸へと発つ。本来なら忠兵衛も供をするはずだが、役を外されてしまった。

藩政改革の理解をえるため、ことあるごとに重喜を説得しようとしたからだ。京弥との契りが生々しいうちに、せめて藍の改革だけでも言質《げんち》をとっておこうとしたのだが、それが裏目に出てしまった。群衆の隙間から、忙《せわ》しげに働く林《はやし》藤九郎の姿が見えた。中背の青年で、一文字に結んだ唇が意志の強さを表している。内蔵助の計らいで、忠兵衛のかわりに林藤九郎が重喜に侍《はべ》る。

「藤九郎、ご苦労だな」

「全くだ。こんなに大変とは思わなかったよ」

「何かあったのか」

「殿の御機嫌が悪いのだ。首途《しゅと》の儀式が気に食わなかったようだ」

参勤交代に出る時、真言宗の僧侶に吉日を占わせることを首途という。百年以上続く行事だが、理《ことわり》を愛する重喜は吉日という迷信を好まない。

「そういう時は、逆に論戦を挑むぐらいがいい。一番悪いのは誤魔化すことだ」

「そういうお主は遠ざけられたではないか」

「論戦が原因ではない。説得しようとして嫌われただけだ。俺は一年以上も殿のそばにいたのだぞ。ご気性はよく知っている」

「そうはいうが、論戦まではなぁ」

実直を絵に描いたような藤九郎には酷な助言かもしれない。

「それはそうと、殿に渡してもらいたいものがある」

「ならば、殿に直接渡せばいい。出発の刻限までまだしばらくある」

無理やりに藤九郎に腕を引っ張られた。床几《しょうぎ》に座り、重喜は船団の様子に見入っている。蜂須賀家の参勤交代の船団はつとに有名で、重喜の目にも新鮮に映っているようだ。忠兵衛に気づくと、柔らかかった重喜の顔が急に硬くなった。

「藤九郎、何用だ」

まだ言上する前から重喜の声が飛ぶ。忠兵衛には一言もくれない。

「殿、出立の前にお渡ししたいものがあります」

忠兵衛は懐《ふところ》に忍ばせていたものを取り出した。手にあるのは、粘土を固めたかのような土塊《つちくれ》で、色は黒に近い藍色をしている。

「なんだ、これは」

声に出したのは、五家老のひとり賀島政良だ。彼も江戸に上り、息子の賀島備前《びぜん》と交代する。

「藍玉であります」

形のいい重喜の眉が動いた。

「そんなことはわかっている。なぜ、殿にそんなものをお見せするのだ」

「殿には阿波の産物をよく知ってほしいと思っております。藍は阿波の宝なれば」

「そのことは、我ら五家老が言葉を尽くしてご説明している」

笑止だ。五家老は藍作人の窮状を隠している。藍師株の悪法をのさばらせるためだ。忠兵衛は、心中の叫びを腹の底に無理矢理に封印した。

「忠兵衛、さすがに藍玉をお渡しするのは失礼ではないか」

ここまで案内した藤九郎が心配そうにいう。

「殿、そろそろ御乗船の刻限です」

近習《きんじゅ》が床几に座す重喜に告げた。帆が風をはらみ大きく膨らんでいる。

「殿、これは高原村の藍師が造った藍玉でございます」

舷梯《げんてい》へ足をかけようとした重喜の動きが止まった。

「高原村の新しい藍師が造った藍玉でございます。大坂の藍問屋も特級をつけました。それほどの質の藍玉です」

ここですうと息を吸う。

「村の者がみないっておりました。京弥は、いずれ阿波一の藍師になると」

暫時、重喜は立ち止まっていた。だが、振り向かない。

「行くぞ」

それだけいって、重喜は船へと乗りこんだ。

六

城からの帰路によった店には、色とりどりの玩物《がんぶつ》が並んでいた。忠兵衛が手にとったのは、でんでん太鼓だ。懐かしいなと思いつつ振ってみると面白い音がなる。

「ご主人様、買っていかれるのですか。きっと美寿《みす》様も喜びますよ」

供をしていた中間がそんなことをいう。

「まだ早いだろう。産まれてくるのは五ヶ月も先だぞ」

重喜が江戸へ発ってしばらくして、美寿が懐妊したことがわかった。忠兵衛にとっては待望の子供である。産まれてくるのは、来年の春の終わりになる。

「切羽詰まってから慌てて買うよりはいいのではございませんか」

それもそうか、と思いなおした。でんでん太鼓ならば、産まれてくる子の性別は問わない。店《たな》の者にいって、男女どちらにでも合いそうな柄の太鼓を選んでもらった。屋敷に帰り着替えると、部屋では美寿と歌代《うたよ》が話しこんでいた。美寿のお腹《なか》が順調に大きくなっていることに安堵《あんど》する。と同時に、己のふがいなさも募った。いまだ、藩政は家老の直仕置が続いている。もうすぐ父親になるのに、己は一人前といえるほどの働きをしていない。

仏壇のある部屋で、忠兵衛は正座した。そして、兄の位牌に手を合わせる。もともと、忠兵衛は次男で、後継ではなかった。父は早逝しており、祖父の家督を兄が継ぐはずだった。しかし、そんな兄は自ら腹を切った。ある男と路上で刃傷沙汰に及んだのがきっかけだ。いや、無理やりに巻き込まれたといっていい。家名を守るために、兄は自ら腹を切った、と祖父はいった。

兄が死んだ日のことを覚えている。部屋で塞ぎ込む兄が心配だったが、寺子屋へいった。そして、屋敷から報せがきて、帰ってくると死装束に身を包んだ兄はすでに棺桶に入っていた。

もし、あの時、己が何か一声かけていれば……。

合わせる手の震えを止めるのは難しかった。誰かが近づく気配がしたので、祈りの姿勢を解いた。女中の歌代が「旦那様」と声をかける。襖《ふすま》を開けると、妻の美寿もいた。

「殿が、立花《たちばな》家からご正室を迎えるという噂は本当なのですか」

嚙《か》みつくように問われた。

「重喜様は順養子ではなかったのですか」

お腹をさすりながら美寿も心配そうにきく。

忠兵衛らにとっても青天の霹靂《へきれき》であった。江戸にいる林藤九郎から、立花家の伝《つて》姫を正室として迎えいれる話が伝えられたのだ。立花家の祖は、戦国時代に名を馳せた立花宗茂《むねしげ》。今も九州柳川《やながわ》十万石の主だ。家格は申し分ない。ただ、問題は重喜にも伝姫にも蜂須賀家の血が流れていないことだ。本来なら順養子の重喜は、蜂須賀家の娘を正室として娶《めと》り、子をなさねばならない。

「殿は、蜂須賀家から養子を迎えるおつもりなのでしょうか」

残る手段は、重喜と伝姫夫妻の養子に蜂須賀家の血をひく子を迎えいれることだ。

忠兵衛は首を横にふった。そんなことをすれば、伝姫の実家の立花家の顔を潰す。

「誰がそんな無茶な婚姻を決めたのですか」

美寿は不安げな顔で聞く。

「五家老に決まっているだろう。我々がいくら諫言《かんげん》しても聞きいれてくれない」

「殿も諾といったのですか」

「藤九郎の話では、よきにはからえ、の一言だけだったそうだ」

思わず、吐き捨てる。重喜は五家老によって完全に骨抜きにされている。やはり、無理をいってでも江戸に同行すべきだったか。

「家中の皆様はどうなのですか。それでよいといっているのですか」

身を乗り出して聞いたのは、歌代だ。

忠兵衛は首をふった。伝姫を娶ることへの家臣たちの反発は強い。

『重喜公は蜂須賀家を乗っ取るお積もりだ』

そんな声も聞こえてくる。

「きっと伝姫様は国に思い人がいるのですよ。その思いを断ち切らせるために、無理矢理に婚姻させられたのです」

「それでは、殿が娶る理由にはならないでしょう。そうではなくて、きっと殿が伝姫様に惚れたのです。順養子の立場を忘れるほどの恋なのです」

美寿と歌代は、あれこれと妄想を逞《たくま》しくしている。もう忠兵衛には目もくれない。

仏間を後にした。

「遠乗りをする。馬に鞍をつけてくれ」

中間にそう命じた。馬にでも乗らねば気が晴れない。

馬乗り袴に着替えて、忠兵衛は鞍上の人になった。

右手に吉野川を見つつ、忠兵衛は馬を駆る。左手には藍畑が広がっているが、収穫を終えたばかりなので土色の大地が横たわっている。ぽつぽつと獄門と呼ばれる撥ね釣瓶が目に入った。

馬の足を緩《ゆる》めたのは、高原村が見えてきたからだ。力石比べをした鮎喰河原を眼下に見つつ、馬に任せて進む。鳥居が川と並ぶように影を延ばしている。一年前の力石比べが、ひどく昔のことのように思えた。途中で下馬して、馬の口をとって歩く。

俺は何をしにきたのだ。高原村の男たちに愚痴でも聞いてほしいのだろうか。

完全に足を止めたのは、小さな屋敷の前で人だかりができていたからだ。大きくはないが寝床らしき蔵もある。

馬を顔見知りの村人にあずけ、忠兵衛は人垣を割った。俵を屋敷から運びだす男たちがいる。この時期の俵といえば、中には収穫を終えたばかりの藍葉が入っているはずだ。なぜ、そんなものを持ち出すのだ。

「やめてください」と声がした。

見れば、京弥が俵を担ぐ男たちにすがりついている。

「その藍葉がなかったら藍玉ができないのです。お願いです。他のものは結構ですから、藍葉だけは勘弁してください」

「何があったのだ」

忠兵衛が駆け寄ると、屈強な男たちが立ちはだかった。

「お武家様、口出しは無用です」

言葉に阿波の訛《なま》りがない。他国者だ。

「口出し無用だと」

「こちらは借財のかたをとらせてもらっているだけですから。見れば遠乗りの最中のようで。さあ、早くお馬にお戻りください」

丁寧な口調とは裏腹に、眼光は恐ろしく鋭い。

「俺は徳島藩物頭、柏木忠兵衛だ。この名を聞いても、口出し無用というか」

忠兵衛が睨《にら》み返す。俵を運んでいた男たちも足を止めた。

「ここ阿波で無法や勝手は許さん。今すぐに俵を蔵に戻せ」

男たちの目がある一角に誘われる。蔵の前に中年の男がいる。こいつが一団の長なのか。忠兵衛に気づき、蔵の前から歩みよってくる。中肉中背の四十代の商人だ。

「柏木様とおっしゃいましたか。これは、まっとうな商いですわ。なんなら証文、みせまひょか」

「お前、金蔵《きんぞう》か」

近寄った商人の顔の片側にはむごい火傷の痕があった。かつて、船の上で遠眼鏡に興じていた金蔵に間違いない。

「はて、どっかでお会いしましたかね」

「二年前、大坂行きの船の上だ。忘れたのか」

「さあ、二年前、阿波にわてがいたんですか。大坂商人のわてがどうして阿波に」

へらへら笑いながら、金蔵が首を傾《かし》げる。

「兵八の藍俵を奪ったのを忘れたのか」

忠兵衛の背後から声がかかった。見ると、ねじり鉢巻の長兵衛が若者たちと共に立っていた。

「へいはち？　ああ、借金踏み倒そうとした兵八さんですか。確かに、借金のかたに藍玉をいただきましたわ。思い出した。その時、阿波まで足労させられたわ」

金蔵がぽんと手を打つ。長兵衛の体から怒気が立ち上るのがわかった。

「せや、兵八はんは元気でっか。よければ、挨拶したいんやけど」

「貴様ぁ」

長兵衛が殴りかかろうとしたので、忠兵衛が割ってはいる。

「忠兵衛様、放してくれ。俺は若者頭として、こいつのいうことを許しちゃおけない」

「その若者頭だからこそだ」

何人かの若者が忠兵衛に加勢してくれた。長兵衛が取り押さえられる。

息を整えてから、忠兵衛は金蔵に向き直った。

「京弥は藍師だ。藍葉がなければ藍玉ができない。なれば借財も返済できん」

はっと火傷のある側の唇を捻《ね》じ曲げて、金蔵は笑った。

「そのぐらいのことは、この唐國屋《からくにや》の金蔵も承知してます。けど、この京弥はんが証文の約束を違《たが》えたんですわ。わしに売るいう証文を結んだにもかかわらず、藍玉を他国の商人に売り捌《さば》いた」

わざとらしく金蔵はため息をつく。

「そんな約束をしたのか」

京弥に目をやると、力なく頷《うなず》いた。

「忠兵衛様、ちがうんだ。こいつのやり方があくどいんだ」

叫んだのは、若者頭の長兵衛だ。

「こいつは、京弥に藍玉を優先して卸させる約束をして借財をさせたんだ」

「そしたら京弥はんが約束破って、大坂以外の他国者に売った。ほんまにえらい迷惑やで」

「当然だろう。あんな安い値をつけられたら、誰だってあんた以外のとこに売るに決まってる。京弥の藍玉は特級の藍玉だぞ」

「仕方ないやん。確かにええ藍玉やったけど、わしが買い付けた時は、相場が安かった」

「あんたは借財させているのをいいことに散々に待たせて、安い相場の時を見計らって買い付けたんだろうが。それも他の大坂の藍問屋にも、安い値でしか買わないように言い含めた」

「それの何が悪いねん。物を安く仕入れるために努力すんのは、商人の本分やないけ。いっちゃん悪いんは、京弥はんやで。わしのつけた値が安いからて、大坂以外の藍問屋に売りよった。おかげでわし、大坂中の笑いもんでっせ。ほんま、堪忍してほしいわ」

大袈裟《おおげさ》に金蔵は肩をすくめる。

「その腹いせで、藍葉をかたにとるのか」

「そういう証文を交わしましたからねぇ」

「随分と阿漕《あこぎ》な商いをするんだな」

忠兵衛は金蔵を睨みつけた。藍玉の値が高いのは、取引がはじまる一月だ。が、二月になれば相場も下がる。今年は他国の藍の出来がよく、相場が崩れるのは早かった。

「正月はどうにも忙しくて、京弥はんとこの藍を買い付ける暇がなくてねえ」

悪びれる風もなく金蔵はいう。が、嘘だ。大坂の藍問屋は、阿波の藍師を呼びつけて買い付ける。暇などいくらでも作れる。

「そうやって兵八も追い詰めたのか」

「今は兵八さんの話してませんけど。話変えるのやめてくれはらへんやろか」

「藍葉を差し押さえることはまかりならん」

「なんでですか」

小馬鹿にするように、金蔵は首を傾げた。

「京弥は、藍師株を持っている。徳島藩御免の藍師だ。徳島藩は、京弥を守る責務がある」

「徳島藩御免ねえ。みかじめをもらった分は働かんと、顔が潰れますわなぁ」

「みかじめだと」

「ああ、そんな怒らんとってください。商人ごときの失言に一々目くじら立てたらあきまへんで」

金蔵が懐から取り出したのは、手形だった。〝公儀御免〟〝大坂藍問屋株仲間〟の文字が彫りつけられている。

「けど、そういうことならうちも株仲間に入ってますねん。大坂の藍問屋の株仲間です。そっちが徳島藩御免なら、うちは公儀御免。そっちの株仲間と同じように、ご公儀にどえらい冥加金を払ってますんや」

七

忠兵衛は、城内の一室で内蔵助とともに顔をつきあわせていた。

「案の定というべきだが、やはり五家老は我らの訴えに耳を貸さなかった」

内蔵助は感情を殺した声でいう。忠兵衛は、京弥と金蔵の確執を五家老に訴え出た。その上で、藍師株を持つ京弥を守るべきだと論じた。だが、五家老が出した答えは、金蔵に非はなし、というものだった。幕府公認の大坂藍問屋株を持つ金蔵に、徳島藩が遠慮したのだ。これに非があるといえば、金蔵は間違いなく大坂町奉行所に訴え出る。悪くすれば幕閣に直接、訴状を出すかもしれない。

「世も末だな。藩が商人の顔色を見るとはな」

不遜な言い様だとは承知していたが、忠兵衛は自制することができない。京弥や長兵衛の無念を思うと、腸《はらわた》が煮えくりかえる。

「仕方ない一面もある。幕府は、商いの利を近年、重く見るようになった」

幕府や藩の収入は、年貢として取り立てる米が柱だった。が、年々、米の値段は下がっている。反対に物の値は上がっていた。どの藩の台所事情も切迫の度を増していて、それは幕府も同様だ。そこで幕府は商人に株仲間を結成させ、そこから冥加金を徴収するようになった。将軍側近の田沼意《たぬまおき》次《つぐ》などは、冥加金を今後の幕府財政の要にしようと画策している。金蔵を弾劾《だんがい》すれば、下手をすれば田沼意次を敵に回しかねない。

「幕府の息のかかった大坂の藍問屋は強敵だ」

内蔵助はため息を吐き出した。

「一番の敵は、藍師を守ろうとしない家老たちだ」

忠兵衛は床に拳を叩《たた》きつけた。これでは藍師株を発行する意味がない。

「それはわかっている。だが、すぐには改革は成就せぬ」

「時がかかるから、京弥を見捨てるのか」

京弥は藍葉の差し押さえを止めるため、違約の銭を金蔵に払ったという。そのおかげで、今年の藍師株の冥加金を払う金が工面できない。

「そうなれば、京弥は藍師株を没収される。藍師でなくなれば、畑で藍を作るしかないが――」

内蔵助は語尾を濁した。藍作人としての稼ぎなどたかが知れている。

「とにかく、京弥の藍師株の冥加金を向こう三年から五年、免除してもらう。問題は、そのことをどうやって五家老に納得させるかだ」

そもそも株仲間は冥加金目当てで作られた制度だ。その冥加金の払いを猶予していれば、何のための制度かわからない。五家老の強い反対は目に見えている。

「頼みの綱は、賀島親子だ」

内蔵助が声を落とす。

「いいのか」

そう忠兵衛がいったのは、賀島親子には借りを作りたくないからだ。四千石加増の件で、賀島親子には逆に貸しを作っている。それを帳消しにすることになりかねない。

「安心しろ。四千石の貸しをここで使うつもりはない」

内蔵助が懐から出した包みを開く。出てきた茶入れを忠兵衛の前に置く。

「まさか、賄賂か」

「仕方あるまい。四千石の貸しは使いたくない」

「だが、これはお父上が大事にしていたものだろう。秀忠公の時にもらったものだといっていなかったか」

樋口家は感状七家と呼ばれる家の出だ。大坂の陣で活躍した蜂須賀家の七将は、時の将軍秀忠から感状を与えられたことからそう呼ばれている。家老の稲田《いなだ》家や山田家も感状七家の出だ。樋口家はその時、さらに茶入れも下賜《かし》されていた。

「藍師を救うために先祖伝来の茶入れを差し出したと知れば、泉下のお父上が枕元に化けて出てくるだろうな」

内蔵助は肩をすくめてみせた。だが、賀島親子は茶道や香道に傾倒している。下手に金銭を渡すよりも、よほど効果が高い。

「力石比べの時、食べた京弥の鮎の味に比べれば、この程度の家宝など取るに足らん……こともないけどな。とにかく、他に策があるとも思えん」

珍しく内蔵助が弱気な顔でいう。

「待て、内蔵助」

「なんだ。策でも思いついたのか」

「いや、俺にも何かさせてくれ。そうだ。代銀を、茶入れの代銀を払う。折半だ」

「先祖伝来の茶入れを銭で購《あがな》うのか。それに、お前の家も楽ではなかろう」

図星である。八百石の体面を整えるため、中間や女中、さらに騎馬を数頭置いているが、そのため毎年、蔵にある鎧《よろい》や刀を質に入れている。

「茶入れの分は、お前の汗で購ってもらうさ。行くぞ」

内蔵助は忠兵衛の返事を待たずに歩きだす。賀島備前の詰めの間からはお香の匂いが漂っていた。訪《おとな》いを告げて襖《ふすま》を開けると、賀島備前がかっぷくのいい体を折り曲げて聞香炉《ききこうろ》を持っていた。江戸から帰ってきて、さらに肉付きが増したようだ。

「なんだ。わしは忙しいのだ。手短にいたせ」

聞香炉を鼻先に近づけて、必死に香りを嗅ぐ。

内蔵助が両手を床についた。そして京弥の件を、理路整然と陳情する。

「どうか、向こう何年か京弥の冥加金を免除してくれませんか」

まずは正論をぶつけ、それが駄目な時は賄賂を渡すつもりのようだ。忠兵衛も加勢のために言葉を添える。

「京弥の作った藍玉は、一年目にもかかわらず特級の出来と評判でした。このまま没落させるのは惜しい人材です。阿波国の藍作りのためにも欠かせぬ――」

「今はそれどころではないのだ」

ぴしゃりと賀島備前が言い放った。

「それどころではない、とは」

忠兵衛と内蔵助が声をそろえる。さすがに聞き捨てならない。

「ふう、阿波に帰ってのんびりできるかと思ったら、この始末だ」

太い腕をのばし、文箱《ふばこ》を手にとった。蓋を開けて、書状を取り出す。

「読んでみろ」

暫時、忠兵衛は息の吸い方を忘れた。

――藍玉株仰せつけられし作人共
――一統困窮仕《つかまつ》り、悪年にまかりなり
――御年貢等も調《ととの》えがたく
――両親妻子牛馬等も養い難く
――作人共申談し、来る二十八日
――鮎喰河原に出合いべく申し候
――鐘太鼓の音聞き候えば
――残らず蓑笠《さりゅう》棒用意して……

これは、一揆の回状だ。

「これは……どこの村から」

かすれた声で内蔵助が問う。一方、忠兵衛は、鮎喰河原という文字から目が離せない。

「この回状を手にいれた稲田様の話では、高原村から出回ったものらしい」

目にみえる風景が大きく傾ぐ。かろうじて、忠兵衛は床に手をついて己を支えた。

「すぐに国元にいる中老以下を呼集せよ。一揆が飛び火してからでは遅い。高原村に兵を繰り出す。すでに稲田殿も動いている」

「お待ちください」

忠兵衛は必死に声をかぶせた。

「高原村の面々と私は親しくしております。どうか、まず私めを派遣してください。この回状が真実か否か、調べてまいります」

「馬鹿め、そんな悠長なことをしている暇などはないわ」

そういって賀島備前は、また聞香炉にむしゃぶりついた。

「くそ、どうして、わしが国元に帰った時にかぎって、騒動が起こるのだ」

先ほどとちがって弱気な声でつぶやいている。鼻の穴を大きく開けて、香りを必死に嗅ぐ。幾分、顔色がよくなっていた。

「もし、高原村の者が主謀者だったならば、忠兵衛よ、お主、説得できるか」

賀島備前が、ちらりと横目で忠兵衛を見る。

「はい、彼らも私の言葉なら耳を傾けてくれます」

「そこまでいうならば、高原村の面々を説得してこい。だが、悠長に時をくれてやることはできん。この一件を報《しら》せた稲田様は、すでに足軽を率いて洲本《すもと》の城を出ているはずだ。稲田様が到着するまでに騒動を収めてこい」

八

忠兵衛は吉野川沿いの街道を馬で駆けていた。昨夜の雨のせいで、濁った水が凄《すさ》まじい勢いで流れている。時折、流木が岩にぶつかり水飛沫《しぶき》が降りかかった。

長兵衛たち、早まるなよ。

そう祈る心が馬の足を速める。

音曲が聞こえてきた。人形浄瑠璃をやっている村でもあるのか。

さらに馬の足を速めた。かすかに聞こえてきていた人形浄瑠璃の音が途絶えている。

高原村の鎮守の森から砂煙が上がっていた。争うかのような怒号も聞こえてくる。刺股《さすまた》や梯子《はしご》などの捕物道具が林立する様子が見えてきた。藩が動いたのだ。

「くそ」と叫び、馬の足を速める。

「何者だ」

棒を持った足軽数人が忠兵衛の馬を止めた。

「物頭の柏木だ。これは誰の采配だ」

馬から降りるなり、忠兵衛は叫んだ。

「い、稲田様です」

慌てて居住まいをただした足軽たちが答える。鎮守の森が広がっており、人形が散らばっていた。人形浄瑠璃は高原村で開かれていたのか。村人たちを一網打尽にする好機と、稲田たちは見たのかもしれない。さらに忠兵衛は足を速めた。足軽が何人もの男たちを組み伏せている。その中のひとりは、長兵衛ではないか。

「俺たちが何をしたっていうんだ」

押さえつけられている長兵衛が必死に叫ぶ。声の先にいるのは、小兵《こひょう》だが猪のように太い首を持った武者だ。手には鞭《むち》を持っている。

稲田家の家臣の鹿山兵庫《しかやまひょうご》だ。撃剣の達人として知られている。

「柏木殿か、どうされた」

鹿山がじろりと睨んだ。

「この男は、長兵衛と申す。私のよく知る男だ。一揆を首謀したという確かな証はあるのか」

「何を悠長なことを。こちらは一揆の回状を手にしているのですぞ」

「確かな証は」

再度、忠兵衛は叫んだ。その回状に、署名はなかったはずだ。鹿山が忌々しげに唇を歪めた。

「証はないのだな」

「我らは稲田様の命で来ております。密告があったのです。間違いなく、こやつらが首謀者です。いずれ、証の品は見つかる」

「ありました」

叫び声が遠くから聞こえた。

「一揆どもの血判状です」

駆けてくる足軽の手には書状がある。

「見せて差し上げろ」

忠兵衛に書状が突きつけられた。ぶるりと体が震える。

確かに長兵衛の名前が記され、血判も捺《お》されていた。他にも数名の名前もある。

「嘘だ。長兵衛、ちがうよな。これは偽物だよな」

忠兵衛が呼びかけるが、長兵衛は答えない。首を持ち上げた。鹿山を睨むや、唾を吐きつける。組み伏せられた姿勢では、稲田の顔に届くはずもない。ただ、つま先を汚しただけだった。

「お前らのせいだ。悪法で阿波の藍を滅茶苦茶にしやがって。藍は、今や大坂商人の食い物だ。その元凶はお前らだ。阿波の藍は天下一なのに、どうして京弥が首を吊らねばならないんだ」

長兵衛の怒号は、忠兵衛にとっては礫を受けたかのようにも感じられた。

「ま、待て、京弥がどうしたって」

長兵衛に近づこうとしたら、足軽たちに阻まれた。

「すぐに牢へ運べ。首謀者はひとりではない。一揆にかかわった全ての男の名を吐かせろ」

そういって鹿山は手際よく足軽たちを差配する。暴れる長兵衛を問答無用で引きずり、やがて姿が見えなくなった。

三章　船出

一

　柏木忠兵衛《かしわぎちゅうべえ》は、江戸藩邸でじっと待っていた。重喜《しげよし》にお目通りを申し込んでから、かれこれ一刻《とき》（約二時間）以上になる。来客を取り次ぐ小坊主に目をやった。「な、何か」と怯《おび》えたような声で応じてきた。

「殿へのお目通りはいつ許しが出るのだ」

「まだ、お許しは出ておりません。どうか、今は中屋敷へお戻りください。許しが出たら、すぐにお報《しら》せいたします。それからでも遅くありませぬ」

　藩主である蜂須賀《はちすか》重喜と正室のいる上屋敷は藩庁ともいうべき場所で、そこから歩いて四半刻（約三十分）ほどいった所に家臣たちが起居する中屋敷がある。阿波《あわ》国から出てきた忠兵衛は、三日前に江戸の中屋敷についたばかりだ。

「そういって昨日も一昨日も、お目通りできなかったではないか。ここで待たせてもらうぞ」

　腰を落として腕を組む。忠告しようとした小坊主は、睨《にら》みつけて下がらせた。

　懐から出したのは、秘色《ひそく》の手拭いだ。そっと撫《な》でた。

まぶたの裏に、鮎喰《あくい》河原の光景が浮かぶ。五つの磔台《はりつけだい》が並んでいた。槍《やり》をもつ足軽が列を作っていた。ひどく美しい夕焼けが辺りに広がり、河原を照らす。奉行の号令のもと、槍が磔台にかけられた男たちの体へと吸い込まれていく。

長兵衛ら一揆《いっき》を企てた首謀者は処刑された。つい、先月のことだ。江戸にいた重喜は処刑に立ち会っていない。せめて、長兵衛と京弥の死の様子を伝えたかった。

だが、重喜は会おうともしない。

「忠兵衛」

声がかかった。林藤九郎《はやしとうくろう》が立っている。忠兵衛のかわりに重喜の側《そば》に侍《はべ》るようになったので、今は上屋敷で起居している。

「藤九郎、殿にお会いしたいのだ」

「今はよせ」

「どうしてだ。一揆のことをお伝えせねばならぬ」

藤九郎の表情が曇った。隠し事があるのだ。実直な性《さが》なので、すぐ顔に出る。

「まさか、一揆のことをお伝えしていないのか」

「騒動があったことはお耳にいれている」

「騒動があったことだけか。詳《つまび》らかにはお報せしていないのか」

「こちらにも都合がある。許せ、今、お前を殿の前にやるわけにはいかぬ」

かっと頭が熱くなった。

「ふざけるな」

「お主と懇意の高原村の者が処刑されたのだろう。それはわかっている」

声を荒《あら》らげた忠兵衛を、藤九郎が必死になだめる。

「命を落とした者の名は、殿の耳にいれる価値もないというのか」

「そうではない。江戸についたばかりのお主はまだ知らぬようだが、殿のご実家がきな臭いのだ」

藤九郎がそういって顔を近づけた。

「秋田の佐竹家が揺れている。藩政改革をしくじった。藩がまっぷたつに割れた」

藤九郎はそこで周りに鋭く目を配った。

「殿の兄君の佐竹義明《さたけよしはる》公は江戸におられるが、国元へのご帰国を間近に控えている。帰れば、間違いなく一悶着《ひともんちゃく》ある。主君押し込めもありうるとの噂《うわさ》だ」

秋田の佐竹家は、四年前に重喜の実兄の佐竹義明が藩主になっている。佐竹家は、蜂須賀家同様に火の車だ。起死回生の策で、銀札を発行した。結果、領内の物価は恐ろしいほどにはね上がった。藩政は混乱し、佐竹家は銀札賛成派と反対派に分かれ、いつ人死にが出てもおかしくないほど反目しあっているという。

「今は、お心が乱れるお報せは耳に入れるべきではない」

兄が心配なのはわかる。しかし、重喜は徳島藩の国主ではないのか。何より、お忍びとはいえともに汗を流した長兵衛や京弥が死んだのだぞ。

拳を握りしめて、忠兵衛は必死に激情に耐える。

「おい、何をしている。お客人がお帰りだぞ」

威圧するような声で命じたのは、江戸家老の賀島政良《かしままさよし》だ。

「ああ、これは失礼しました。そうだ、お主もこい。佐竹家の家老の方々が、先ほどまで殿にお目通りしておられたのだ。ご帰国の挨拶でな」

藤九郎が忠兵衛の袖を引っ張る。玄関には、一目で大身とわかる身なりの武士が数人立っていた。が、その頬は痩《こ》け、目には濃いくまが浮いている。

「林殿、そちらの御仁は」

中のひとりが目ざとく忠兵衛を見た。

「先ほどお話の中に出てきた、柏木忠兵衛でございます」

藤九郎が、目で挨拶をしろと促す。

「柏木忠兵衛友郷《ともさと》と申します。徳島藩の物頭を務めております。以後、お見知りおきを」

「そなたが、か。時折、重喜公の文に柏木殿の名前が出てくるそうだ。まっすぐな気性の御仁だと、文の中で評されておるぞ」

「いえ、融通が利かないだけです」

謙遜すると佐竹家の武士たちが笑った。

「いや、失礼。先ほど、重喜公も同じようにおっしゃったのでな」

目を細めて佐竹家の家老たちはいう。

「柏木殿もしばらく江戸に」

「役目が果たせるまで居座るつもりです」

「ならば、またお会いする時もあるであろう」

そういって、家老たちはきびすを返す。

その足取りは重たげで、心労のほどが嫌でも察せられた。

二

忠兵衛は中屋敷で待たされていた。佐竹家の家老たちと会ってからもう数日がたっている。重喜との対面がかなうまで江戸を離れないと決めていた。常に監視の侍が二、三人そばに控えているのは、江戸家老の賀島政良から上屋敷に近づけるな、とお達しがあったからだ。

「先ほど上屋敷に忠兵衛殿を訪ねるご使者様が来られました。文をあずかっております。佐竹家のご家老様からです」

中屋敷に詰めている侍がそう伝えてきた。名を聞くと、先日、上屋敷の玄関であった佐竹家の家老だという。あずけられた文を開く。

「どこへ行かれる」

立ち上がると、見張りの侍がきつい声で問いただした。

「上屋敷ではない。佐竹家のご家老様が会いたいということだ」

中屋敷を出るが、見張りの侍が数人ついてくる。別にやましいことはないので放っておいた。上屋敷を通りすぎると、ひとり去り、さらに四半刻ほど歩くと残りの侍たちも消えた。江戸の町外れで待っていると駕籠《かご》がやってきた。忠兵衛は膝をついて待つ。護衛の武士たちの様子がものものしく、何人かは露骨に殺気を湛《たた》えている。

駕籠から出てきたのは、三十代前半の武士だ。従者が出した床几《しょうぎ》に腰をかけるが、その仕草がひどく大儀そうだった。

「そなたが忠兵衛か」

声は重喜とよく似ていた。それも当然だ。目の前にいるのは、佐竹家二十万石の藩主、佐竹義明だからだ。忠兵衛は平伏し、名乗った。

「面《おもて》をあげよ。弟には随分と振り回されておるのだろう。岩五郎《いわごろう》にかわって礼をいう」

岩五郎と重喜を呼ぶ声に情愛を、振り回されてという言葉に同情が籠《こも》っていた。どうやらこの兄君も、忠兵衛と同じ目に何度かあったのであろう。

「とんでもございませぬ」

「岩五郎からの文を読んで、安心した。忠兵衛と申す者のことがしきりに書いてあったからな」

義明の頬にはあの時の家老たち同様、影がさしている。心労のほどが痛いほどわかったが、目には柔和なしわが入っていた。

「きっと悪口ばかりでしょう」

「ああ、そうだ。しかし、岩五郎がこれほど人に執着するのは珍しいと思ってな」

忠兵衛は首を傾げた。

「奴は、屋敷ではずっとひとりだった。心を許せる者がいなかった」

初めて重喜と佐竹藩邸であったときのことを思い出す。帰り際、厠へ寄ると重喜が縁側にたたずんでいた。後ろでは、歳の近い家臣や侍女たちが雑談に興じているというのに、だ。

「奴の気性は知っていよう。己が正しいと思ったことを貫き通す。下手に弁がたつので、幾度も大人を困らせた。何より、間違ったと判断したことをやらされることを極度に嫌う。父もそのことで幾度も手を上げた」

そうして、重喜こと岩五郎の周りからどんどんと人がいなくなった。

「藩邸では、まともに話をする者がいなくなっていた。だから、お忍びでいく将棋道場や絵や馬、泳法の稽古に没頭したようだ。『馬は正直だ。私と同じで嫌なことはしない。人間よりよほど賢い』ともいっていたな」

聞く、忠兵衛の胸の内が湿るかのようだ。正しさを愛し、間違いを憎む。重喜にとって当たり前の行いが、彼の暮らしを味気ないものに変えていた。

「だが、蜂須賀家はちがうようだ。佐竹家とちがって、喧嘩ができる相手がいるようだ」

「喧嘩ではございません。納得いかぬことは納得できぬとお伝えしているだけです」

声に出して、義明が笑った。

「お主が蜂須賀家におってよかった」

その瞳はかすかに湿っているようだ。

「蜂須賀家も大変らしいな。といっても、わが佐竹家ほどではないようだがな。ああ、このような場で会うたこと、許してくれ。余計なことを勘繰られたくないゆえな」

一転して硬い口調になっていた。

「いえ、ご心労のほどお察しいたします」

「お主は蜂須賀の家を立て直したいのか」

義明はひしと忠兵衛を見据えていう。

「このままでは徳島藩は滅びてしまいます」

「佐竹家の例を出すまでもない。改革は荊《いばら》の道ぞ」

佐竹義明の達観した瞳は穏やかというよりも、生気が感じられなかった。冷たい汗が滲《にじ》む。この方は何かを決断されている。それは、心身をも蝕《むしば》むほどの大きなことだ。

「わしは政《まつりごと》を誤った」

家老と思しきひとりが「殿」と制しようとしたが動きが止まる。義明の体が震えている。身の内から溢《あふ》れる激情に必死に耐えている。

「国のことを憂い、よかれと思って銀札を出した。そして……国が乱れた。民を苦しめた。だけではない。家臣たちは二分し、このままでは国が成り立たぬほどに憎しみあっている」

護衛の武士たちは皆、うつむいている。

「そなたに頼みがある」

「なんでございましょうか」

「岩五郎を、政に巻き込んでくれるな」

その目は優しい。藩主としてではなく、重喜の兄として忠兵衛に頼んでいるのだ。

「あれは不器用な男だ。藩政改革などという恐ろしく複雑怪奇なことには向かぬ。それにわしと違って、後ろ盾がない」

義明の生家は二万石の小藩だが、それでも佐竹家の分家であり、親戚や知己は家中に多い。が、重喜にはそれさえもない。

「わしは兄として、弟が荊の道を歩むのだけは見たくない。どうか、弟をそっとしておいてやってくれ」

頭こそ下げなかったが、懇願の言葉は丁寧だった。忠兵衛はうつむいた。正論をぶつけるのは容易《たやす》い。しかし、目の前の藩主の心労を慮《おもんぱか》ると、それはできかねた。

「約束してくれるか」

なんとむごいことを、この方は尋ねるのだろうか。

「ひとつだけ、お聞きしてよいでしょうか」

そういって、忠兵衛は顔を上げた。

三

参勤交代の帰国の船は、往路ほどは大船団ではない。大坂の港には卍《まんじ》の家紋を染めた帆を持つ安《あ》宅《たけ》船が三隻ほど停泊していた。すでに重喜たちは船に乗り込んでいるようで、甲板が人で賑《にぎ》わっている。

だが、まだ出発していない。間に合ったことに忠兵衛は胸を撫で下ろした。

「おおい、どいてくれ」

見物する群衆を押しのけて港へ近づく。

「忠兵衛、遅かったな。置いていくところだったぞ」

そういって出迎えたのは樋口内蔵助《ひぐちくらのすけ》だ。船にかけられた舷梯の前で待ってくれていた。大坂には蜂須賀家の蔵屋敷があり、内蔵助はそこで用事を言いつかっていたのだ。そして帰国する重喜一行と合流した。

一方の忠兵衛は――

「おい、秋田から急いで戻ってきたのだぞ。遅いはひどいじゃないか」

誰よりも先んじて江戸を出立したのは忠兵衛だが、その行き先は秋田であった。

「何も参勤交代の帰国の列を追いかけずとも、ゆっくり帰ればよかったのに」

「そういうわけにはいくまいよ。弔問の使者だぞ、俺は。殿にご報告せねばならない」

旅塵《りょじん》がついた体のまま、内蔵助と一緒に舷梯を上がっていく。甲板の上には、蜂須賀重喜がいる。じっと海を見ていた。会うのはいつ以来であろうか。重喜が参勤交代で阿波をたったのは二年前のこと。江戸で立花《たちばな》家の伝《つて》姫をめとった。そして昨年の三月に長兵衛ら一揆首謀者が磔になった。報告のために江戸へと上った忠兵衛は、重喜の兄の佐竹義明と会った。ここから急転したのは、佐竹家の情勢だ。国元に帰った義明は一転して銀札を廃止し、それを推し進めた家臣たちを弾圧した。処分をうけた家老や奉行などは三十人以上、そのうち十人は死罪に処された。そして、義明は病に臥《ふ》した。二月《ふたつき》前の今年の三月に呆気《あっけ》なく死去してしまう。三十六歳の若さであった。江戸にいた忠兵衛は、弔問の使者として秋田まで出向いていた。使者を命じたのは江戸家老の賀島政良で、その時でさえ重喜は会おうとはしなかった。いや、兄が亡くなった悲しさゆえに忠兵衛とは対面できなかったのか。

「柏木忠兵衛、ただ今、戻りました」

「うむ」と声が戻ってきた。が、顔は海に向けたままだ。いつもは自信に溢れる重喜の両肩が下がっている。寂しげに海を見ていた。

「葬式はどんな具合だった」

「家臣たちは皆、悲しみに暮れておりました」

嘘《うそ》をついた。悲しみよりも憤りの方が大きかった。銀札を導入することで、国政は乱れ、多くの死者が出た。涙を流す者は少なく、他人行儀な寒々しさが場を支配していた。

やがて、船が大坂の港をたつ。卍の家紋を染めた帆が勇ましく膨らみ、太く長い櫂《かい》が海原をかきわける。重喜は、やはりこちらへ顔を向けない。

重喜にとっては二年ぶりの阿波国への帰還である。一年でなく二年と江戸在府が長かったのは、娶《めと》った伝姫が身籠り、赤子の誕生まで江戸在府を許されたからだ。

「お主は兄に会ったそうだな」

「国元に帰る直前ですが、お目通りいただけました」

「兄はなんといっていた」

「兄として、弟が荊の道を歩むのは見たくない、と釘をさされました」

乾いた笑いを重喜は漏らした。

「いわれるまでもなく、私は荊の道など歩まぬがな」

やっとこちらへ体を半分向ける。少しやつれている。肉がそげたわけではないが、覇気がないからそう思うのか。

忠兵衛は懐から秘色の手拭いを取り出した。帛紗《ふくさ》を甲板にしいて、その上に置く。

「京弥の遺品でございます」

重喜から返答はない。

「京弥はもう約束を果たすことはできませぬ」

だが、あなたはちがうはずだ。そう心中で叫んだ。

「もう、耳に入っているはずです。京弥は首を吊り、それを憤った長兵衛は一揆を首謀し処刑されました」

潮風が強く吹きつけた。重喜の鬢《びん》をなびかせる。かもめが頭上を通り過ぎた。

「お主は、秋田の惨状を見てもまだ、藩政改革をするというのか」

頭に血が昇る。またしても話をはぐらかすのか。

すんでのところで、忠兵衛は怒りをやり過ごす。

荒々しく息をはいてから、重喜へと言葉をぶつけた。

「兄君は、義明公は私にこうおっしゃいました。生まれ変わっても同じことをする、と」

「なんのことだ」

「藩政改革のことでございます」

佐竹義明と別れる時、忠兵衛はこう聞いた。

もし、三年前に戻れたならば、藩政改革を諦めるのか、と。しばらく考えて、義明は答えた。

『たとえ失敗するとわかっていても、もう一度同じことをする』

忠兵衛は睨むようにして重喜を見た。

『借財をそのままにしておけば、確かに今は争いが起きない。誰も不幸にはならない。しかし、十年後二十年後に秋田は地獄を迎える。わしの息子や孫のためにも改革をなす』

まるで、乗り移ったかのように忠兵衛は義明がいったことを叫んでいた。そして、つづける。

「徳島藩も同じでございます。五家老たちは、いくら借財があろうと今のままで不自由がないとおっしゃいます。しかし、蔵に余分な米はなく、借財も山のように積もっております。もし、飢饉《ききん》がくれば、吉野川が大氾濫すれば、多くの民が苦しみ死にます」

それが己の代に起こるのか、それとも子や孫の代かはわからない。ひとついえるのは、今のままでは大きな災厄が起きた時に国が傾くということだ。

忠兵衛の脳裏をよぎったのは、息子の顔だ。無事、美寿《みす》は男児を産んでくれた。皮肉にも長兵衛が磔にされる数日前のことだった。市《いち》と名付けられた男児は順調に育っていると、美寿は文で報せてくれた。普通の赤子よりも大柄だが、大きな音にすぐ驚いて泣く臆病な面もある、と嬉《うれ》しそうに記してくれている。

「千代丸《ちよまる》様のためにも、阿波国を変えたいと思わないのですか」

重喜の瞳が揺れた。千代丸は伝姫との間にできた男児である。今は江戸の藩邸で、伝姫とともにいる。

「私は泥船には乗らぬ」

「泥船ですと」

「そうではないか。そもそも貴様らにどんな策がある。秋田には銀山があった。だから銀札を発行しようとした。兄上のやったことは理にかなっている。それでもしくじったのだ。阿波や淡路《あわじ》には、秋田の銀山に匹敵する宝などあるまい」

「あります」

秘色の手拭いを突きつける。

「阿波には藍があります」

「その藍で、どうやって立て直す。お前や樋口たちは藍師株を廃止しようとしている。収入をなくして、財政をどうやって好転させるのだ」

「そ、それは――」

「お前たちは愚かだ。そんな矛盾にも気付かず、藩政を改革するのか」

「それは違います」

背後から声がした。林藤九郎が硬い顔で近づいてくる。

「藍は阿波の要です。しかし、藍作人たちは借財で思うように商いができておりません。まずはこれを脱却せしめることからはじめます。一時、年貢は減りますが、藍作人や藍商が力をつければ、いずれ何倍にもなって返ってくるはずです」

重喜が鼻で笑う。

「なぜ、買い叩かれているかを貴様らは知らぬのか。藍作人は大坂の商人たちから莫大な借財をし、その質として藍葉や藍玉を握られている。藍作人たちの窮状を、藍師株を廃止した程度で救えると思っているお主らは阿呆《あほう》だ」

反論できなかった。確かにそうだ。藍葉や藍玉を質で差し押さえられているから、安い値でしか売れない。そして、藍葉を育て藍玉を造るには、人手と手間がいる。有り体にいえば銭が必要だ。それを賄うために、また大坂商人から借財をする。

忠兵衛と藤九郎の足元に影がさした。見ると、樋口内蔵助が立っている。

「我々、徳島藩が藍作人たちに貸付ければいいのです」

内蔵助は凜《りん》とした声でつづける。

「藍作人の窮状を救うために安い利子で、銭を貸付けます。我らもわずかではありますが、利子によって益をえることができます」

「武士が高利貸しの真似事をするのか」

「真似事ではありませぬ。藍作人を救うための援助です」

樋口内蔵助の秀麗な顔は、いつになく切羽詰まっていた。

「甘いわ。もし、商人どもが利子を下げたらどうする。徳島藩の利子よりも安くして、藍作人の支配を続けるはずだ。奴らは、それぐらいのことは平気でやるぞ」

重喜が、藤九郎、内蔵助、忠兵衛を睨みつける。

「私は江戸で生まれ育ったからわかる。阿波の藍は一級の品だ。高く取引きされておる。それなのに藍作人たちは困窮している。理由は簡単だ。商人たちが藍作人を支配し、搾取しているからだ」

さらに声を強めて、重喜は忠兵衛らを責める。

「それを見過ごしたのは、他ならぬお前たちだ。藍作人を苦しめているのは、徳島藩の家臣たちだ。お前らは、そんなこともわからずに藩政改革と叫んでいる。秋田の二の舞よ。だから泥船なのだ」

重喜の嘲《あざけ》りの声に、忠兵衛の顔がゆがむ。周りからはざわめきの声も聞こえた。遠巻きにする藩士たちは、その数を増やしている。

その時、ひらめくものがあった。

「年貢――です」

全員の目差《まなざ》しが忠兵衛へと集中する。

「藍も米と同じように、生《な》り物で年貢を納めさせるのです」

米を作る農家の年貢は米で納めるが、藍や煙草《たばこ》などを作る農家は銭で納める。ほぼ全国の藩がそうしている。

「藍作人の年貢も、藍葉や藍玉で納めるようにすればいいのです。そうすることで、藍葉や藍玉が商人たちの手に渡ることを阻止できます」

幕府から許されて、徳島藩は阿波国や淡路国を治めている。有り体にいえば、民たちから年貢を納入させることを許されている。これは全国の藩に与えられた聖域だ。大坂商人のように幕府の後ろ盾があったとて、この聖域に手をつけることはできない。よしんば訴えられたとしても、年貢を受け取っただけと言い張れば幕府も認めざるをえない。

「気づかなかった。確かにその方法なら……」

「忠兵衛にしては鋭いことをいうではないか」

藤九郎と内蔵助がそれぞれの言葉で忠兵衛を称賛する。

「お前たちは本当にめでたいな。度し難い愚か者だ」

だが、重喜の舌鋒《ぜっぽう》は鈍らない。次々と、三人が考えた策の欠点をあげつらう。それを、忠兵衛、内蔵助、藤九郎が必死に反駁する。いや、いつのまにか周りを囲む藩士たちも議論に加わっていた。

「藍で納めさせるというが、その後、どうやって銭に変える」

「堂島で米を売るように、御用商人に任せればいいではないか」

「だが、大坂商人ほどの目利きはおるまい」

「いるとも。阿波の藍商に任せればいい」

「もっと問題もある。藍玉を阿波の藍商たちが大坂に売りにいっている。ここをまずは糺すべきだ」

「そのためにも、やはり徳島藩による貸付は急務だ」

「貸付する銭をどう調達する」

「まずは倹約令だ。以前、五家老に潰された建白書を使おう」

「それなら、もっといい案がある」

藤九郎が皆の意見をまとめ、内蔵助がそれらに改良を加える。忠兵衛は、出てきた良案を必死に帳面に書きつけた。それを離れたところから見ているのは、重喜だ。忠兵衛は帳面と矢立を藩士に任せ、そっと近づいた。

「感謝いたします」

「なにがだ」

「我らの藩政改革の不備を指摘していただきました」

そして議論させて良案へと導いてくれた。今まで漠としていた藩政改革の輪郭が、はっきりと見てとれるようになっている。

「お前らの考えがあまりに愚かだったから、からかってやっただけだ」

「その上でお願いがあります。我らと一緒に徳島藩を立て直してくれませんか」

「私に荊の道を歩めというのか」

その声には敵意さえも感じられた。当然だろう。藩政改革によって一族や家臣が憎しみ合う様を、重喜は見てきた。それを今一度、当事者として味わえといっているようなものだ。

「京弥とどんな契りを交わしたのですか」

重喜は黙った。

「養子になる家のよき当主となる、と誓ったと聞きました」

驚いたように忠兵衛を見た。長兵衛の処刑の直前、牢を訪れた。長兵衛がぜひに会いたいといったのだ。そして、京弥から託されたという秘色の手拭いが置いてある場所を教えてくれた。

「岩五郎様にすまぬと伝えてください、と京弥はいったそうです。約束を守ることはできない、と。だから、かわりに岩五郎様に託すと」

重喜は金縛りにあったように固まっている。

「私は嬉しく思いました。殿が、よき当主となると誓ってくれたことがです」

「あれは、嘘だ。本当の願いではない」

そうだろう。身分を偽る岩五郎として芝居をしたにすぎない。そんなことはわかっている。

「なぜ、私を巻き込むのだ」

即答できなかった。

「お前たちだけでやればいいではないか。私を飾り物の藩主にしておけばいい。お前たちが家老たちと戦え。勝てば、私はお前たちの言いなりになって藩政改革を諾といってやる。それでいいだろう。なぜ、私を巻き込む」

なぜだろうか。忠兵衛にはわからない。岩五郎と名乗る重喜と初めて対面した時のことを思い出す。小憎らしい青年だった。政などやらぬと断言した。御家人に扮して、市井の者と交わった。真剣に、将棋や剣術、絵画に取り組んでいた。力石を一度も落とさずに運びきった。

「私は、殿と一緒にやりたいのです」

そんな言葉が口からこぼれた。

「秋田の惨状を見ました。私たちの見通しが甘かったのは事実です。改革は、恐ろしく険しい道です。だからこそ、私は殿と一緒に苦楽を味わいたいのです」

そして、秘色の手拭いを重喜へと突き出した。

「しくじるにしても、殿と一緒にしくじりたいのです。京弥や長兵衛の無念を一緒に晴らしたいのです」

忠兵衛の言葉に、重喜の体が大きく震えた。

手が動く。重喜の手が秘色の美しい手拭いへと吸い寄せられていく。

が、次の瞬間。

懐から取り出した短刀で、重喜は手拭いをまっぷたつに裂いた。

「な、なにを——」

片割れを、重喜は突き出した。

「誓え、忠兵衛」

胸に手拭いの片割れを押し付けられた。

「私は藩政改革とやらをやってやる。全身全霊でもってな」

忠兵衛は目を瞬《しばたた》かせた。言っていることは理解できたが、感情が追いつかない。

「私は誓った。次はお前だ。何があっても私を裏切るな。改革は荊の道だ。親子兄弟で憎みあい、時に殺しあう。だが、お前だけは俺の味方でいろ。どんなことがあってもだ。仲間や旧友を敵に回すことがあっても、決して私を裏切るな」

「承知」

そういって、秘色の手拭いを手首に握った。手拭いを互いに手首に結びつける。痛みを感じるほどに強く縛った。

重喜は談義の場へと向き直った。

「それほど大きなことをなすには、人材がいる。そもそも、これだけの企みの意味を理解できる者が何人いる。五家老でわかるのは、長谷川《はせがわ》ぐらいぞ。まさか、五家老全員を敵に回すのか」

重喜の指摘に、何人かが勝ち気な目を向けた。

「それについては腹案があり申す」

内蔵助がずいと前に出た。それを押し除《の》けるように、別のものが代案を叫ぶ。皆が、次々と考えをのべる。

鯨が潮でも吹いたのか、海に虹がかかっていた。その下を、重喜と忠兵衛を乗せた船がくぐっていく。

四

金蔵は、遠眼鏡で大坂の海をのぞいていた。海原に虹がかかっている。その横を、船帆に卍の紋を染めた蜂須賀家の船団が通りすぎた。先ほどまで甲板の上に藩士たちが集まっていたが、もうその様子はわからない。

金蔵は遠眼鏡を懐にしまった。

「ふん、藩政改革か。ちっぽけな阿波や淡路の国のことしか考えられへん奴が、いっちょまえに」

そういってから、海に背を向けた。金蔵が向かったのは、堂島だ。川に張り出した長い建物があり、その道の前に大勢がひしめいていた。

「さあ、次は肥後の米だ。いくらをつける」

台にのった男がそう叫ぶと、手が次々と挙がり、指をたてたり、掌を向けたりして合図を送りあう。

堂島の米市だ。しかし、あたりに米俵はない。しかも、今、売り買いされているのは現物のない米である。帳合米《ちょうあいまい》取引きといって、今年の秋にとれる米を先んじて売買しているのだ。

いや、今ある米もここの米市にはない。米を買ったとしてもそれを買い手が引き取ることはなく、米切手というものをもらうだけだ。そして、また買った方が売り手になり、相場の高い時に米切手を売る。そうやって、米市にはない米が延々と売買されていく。

そんな光景があちこちで繰り広げられていた。

値が決まるや否や、何人もが走り出す。米の値段を各地に伝えるのだ。橋の近くには飛脚たちがたむろし、男たちが書き殴った書状を慌てて箱にいれて走り去る。いや、それだけではない。近くの屋敷では旗が振られている。ここから離れた高台に、遠眼鏡を持つ一団がおり、信号を読み取り、また別の高台の男たちに知らせる。旗による信号で、米の値を遠方に知らせているのだ。大坂で決まった値が、一日もへずして江戸にも伝わるという。

ここ堂島で決まった米の値が、全国の米市の値を決める。

金蔵は堂島に足を運ぶのが好きだった。これほど洗練された市は、きっとえげれすにもおらんだにもない。

「ああ、金蔵はんやないですか」

声をかけたのは、蘇我屋という商家の主人だ。金蔵と同じく藍問屋の株仲間である。

「どないしたんですか。金蔵はんも米商いにいよいよ手を出すんですか」

「いや、こっちは藍だけで手一杯ですわ。それよりも蘇我屋はん、ええんでっか、米商いに手出して」

この蘇我屋の主人は放蕩人で、番頭と女将が屋台骨を支えていると評判だ。

「ああ、いやなことというわ。嫁と番頭にはくれぐれもこれやで」

番頭が唇に指を持っていく。金蔵は大袈裟に苦笑した。

「ああ、せや、ほなら、こんど歌舞伎でもおごりますわ。知ってまっか。三桝《みます》大五郎座が新作、考えてるらしいでっせ」

「ほお、何を材にとるつもりですか」

「驚きなや。日本《にっぽん》左衛門やで」

思わず、金蔵は火傷の痕を手で隠してしまった。

「すごいと思わへんか。東海道を荒らしまわった日本左衛門が歌舞伎になるんやで」

懐かしい名前だ。金蔵は日本左衛門の右腕として数々の殺しを行ってきた。その半分が賊を抜けようとする仲間で、もう半分は何の罪もない商人とその家族だ。金蔵の火傷の下には、一味の証である千手観音の彫り物があった。殺すたびに腕を増やし、その数は三十を超えていたはずだ。

その日本左衛門が処刑されて十一年がたつ。

まさか、またこの名前を聞くとは。

「どないしたん。火傷の痕が痛みはるんでっか。それとも歯痛でっか。それやったらいい歯医者、知ってまっせ」

「ああ、大丈夫です。頬がかゆいだけですわ。そうでんな、ほな、お内儀と番頭に黙っとく見返りた。


に、日本左衛門の歌舞伎、特上の席で奢らされてもらいますわ」

「金蔵はん、かなわんわぁ、ちゃっかり特上の席をたかるんやもん」

「十一年前やったら、お前みたいなぼんくらは片手で首をひねり折ったたったのに、と口の中で呟いた。

面白いと、金蔵は空を見る。金蔵は商人として稼いだ銭で、今は悪党たちの金主を務めている。そして、久々にある悪事を陣頭指揮する。そんな時に、かつて兄貴と慕った男の芝居の話を聞くとは。

これはきっと吉兆だ。

空は、青というより藍に近い色をしている。四十八あるどの藍の色かまでは興味はない。

ただ――

阿波の藍は、全てこの金蔵がもらう。

いや、藍だけではない。阿波の国、そのものを、だ。そのための手札も人も用意してある。

金蔵は手を頭上にあげた。そして、藍色の空を一気に鷲摑みする。

四章　明君か暗君か

一

木綿の小袖と袴《はかま》に手足を通した忠兵衛《ちゅうべえ》の体は英気に満ちていた。ただひとつ不満なのは……。忠兵衛は袖を見た。袖が足りず、腕が無様に露出している。

「あなた、似合っていますよ。気にしないで」

息子を抱く美寿が笑顔でいう——が頬はひきつっている。

「そ、そうですね。きっと、先代のご主人様も喜んでおりますよ」

そういう歌代《うたよ》の声もうわずっている。蔵から亡き兄の着物を取り出してきたのだが、袖や丈が短い。足首や手首が寒々しい。だが、仕方がない。生憎《あいにく》、古いものはこれしかない。

「ほら、市《いち》もよく似合うと」

親指をしゃぶる市の小さな掌《てのひら》は唾だらけになっている。が、なぜかそれがとてつもなく愛おしい。朋輩《ほうばい》の子がよだれまみれになっていても、以前は汚いとしか思わなかったのに、だ。撫でてやると市は手足をばたつかせ、弾みで唾が顔に飛んだ。

そうだ、己はこの子のためにもやらねばならない。

「なんだ、忠兵衛、そのなりは。丈が短すぎるだろう」

外へ出て声をかけてきたのは四羽鴉《よんばがらす》のひとり、寺沢式部《てらさわしきぶ》だ。たくましいあごとぎょろりとした瞳、高すぎる鼻が男臭さを感じさせる。

「仕方ないだろう。質素なものといったら亡き兄のものしかなかったのだ。そういうお前は、なんだ。全然、質素ではないではないか」

寺沢式部の身につけている着物は、美しい染めと洒落た紋様が入っている。並んで歩くと匂い袋の香りもただよってきた。

「俺が着道楽なのは知っているだろう。質素な一着などない。まさか、倹約のために質素な一着を購《あがな》うわけにはいくまい。本末転倒だ」

小袖や打掛のために蔵をひとつ建てたほど、寺沢式部は身だしなみにこだわる。

城までの道中、出仕する侍たちが縄を編むかのように合流してくる。質素な身なりが四分の一、それ以外の者はいつも通り華美な姿をしている。

「面白いな。我々の味方か否かが一目でわかる」

「そういうお前は、我々の敵のような身なりだぞ」

忠兵衛の嫌味も、式部にとっては褒め言葉に感じるらしい。豪快に「そうか、そうか」と笑う。重喜が倹約令を命じたのは、二ヶ月前の正月一日のことだ。正月挨拶で出仕してきた家臣たちに、倹約令を命じた。が、家臣たちは何年かに一度出る形ばかりの倹約令だと思っているようだ。忠兵衛の姿を見て、ほとんどの者が不思議そうな顔をしている。

横道から合流したのは、樋口内蔵助《ひぐちくらのすけ》だ。質素な身なりだが、着こなしがいいのか逆に男振りをあげている。

「おおい、内蔵助」

たくましい腕をふって、式部が声をかける。内蔵助は一瞬、こちらを見たが、露骨に無視して先へと進む。

「おい、俺だ。なぜ挨拶しない」

「声をかけるな。なんだ、その派手ななりは。一緒だと思われたくない」

「これでも精一杯地味なものを選んだのだ、って待て待て」

離れようとする内蔵助を、式部が必死に追いかける。次に合流したのは林藤九郎《はやしとうくろう》で、まるでいつも着ているかのように質素な装いが似合っている。聞けば、登城のない日も毎日身につけて、着こなすように努めてきたという。

「ほとんどの者が、形だけの倹約令だと思っているな」

「だとしたら今日の衆議が始まれば、皆、驚くぞ」

冷静な藤九郎の分析に、式部が嬉しげに言葉をかぶせる。今日、家臣たちを集めての衆議が開かれる。そこで、重喜《しげよし》が藩主直仕置《じきしおき》を宣する。そのために、忠兵衛らは連日のように討議をした。重喜も加わった。だけでなく、毎晩遅くまで重喜は阿波の国情を記した帳面や巻物を読み漁《あさ》っている。芸事の稽古は、阿波国に帰って以来、手控えているようだ。

四人は堀にかかる橋を渡り、城へと入っていく。家臣たちが集まったのは、いつもの衆議の場ではない。大広間へと人が吸い込まれていく。小坊主が必死に席順を整えていく。一段高くなった上座があり、そこから一番近い席にまず五家老が座る。ただし淡路国洲本《すもと》城代の稲田植久《いなだたねひさ》と江戸家老の賀島政良《かしままさよし》は不在だ。名代の賀島備前《びぜん》と三人の家老が腰を下ろしている。そして、中老と物頭およそ六十人がつづく。さらに組士が二百余名、武官ではない高取《たかとり》奉行が百名ほど、小姓がおよそ百名。総勢でおよそ五百人の家臣が大広間にひしめく。ちなみに、これ以外にも無足《むあし》とよばれる家臣が約五百人、陪臣格の無格《むかく》が一千人以上いる。

大太鼓が打ち鳴らされた。雑談が、ぴたりと止《や》む。

「殿のおなぁりぃ」

高らかな声に、一斉に平伏する。ざ、ざ、ざ、と足捌《あしさば》きの音が聞こえてきた。着座の音もつづく。

「面を上げろ」

凛とした声が響いた。木綿《もめん》の小袖と藍染《あいぞ》めの裃《かみしも》に身を包んだ重喜がいる。その姿に、場が揺れた。質素倹約の令を出したのは重喜だが、まさか本人も質素な姿で現れるとは思っていなかったのだ。その姿は、組士や高取奉行と変わらない。

家老たちが身を硬くしている。装いはいつもと同じだ。藩主よりも華美であるが、それゆえにまるで見せしめのように感じられた。

重喜がゆっくりと皆に目差しをはわす。ひとりひとりの服装を検分しているのだ。そして、大きくため息をついた。

「さて、正月に倹約令を出したはずだが、どうもうまく伝わっていないようだな」

何人かの藩士が赤面してうつむく。

「わが藩の借財は年々増えつづけている。このままでは、遠からず藩は傾く。蜂須賀家は存亡の時を迎えている。倹約は必須だ。身分に係りなくな」

何人かの中老や物頭の顔に苦いものが走る。華美な着物を着ており、五家老に同調して改革に反対する男たちだ。

「思うに、費《つい》えが莫大なのは適材適所が行われていないからだ。ここ徳島藩では高取といわれる身分だけで、家老中老物頭など六つの家格がある。その下の無足には日帳格《ひちょうかく》や徒士《かち》などの四つの家格。この十の家格ごとに、つける役職が決まっている」

家格と役職——徳島藩にはこのふたつが細かく決まっている。役職は、仕置《しおき》役、江戸家老、近習役、裁許《さいきょ》奉行、本〆《もとじめ》、目付役、奏者、小払奉行、右筆《ゆうひつ》などだ。家格によって、つける役職が規定されている。仕置役と江戸家老は家老の家格のみがつける。近習役や裁許奉行などは中老の家格のみ、本〆や目付役などは物頭の家格のみ、奏者などは組士の家格のみ、小払奉行などは高取奉行の家格のみ、右筆などは小姓の家格のみという具合だ。

これとは別に、稲田植久が世襲する洲本城代という役職もあるが、淡路国の仕置役と兼任することが多い。

「これでは適材適所にほど遠い。国の費えが増えるばかりだ。また、有事の際にもいたずらに事を大きくし、解決が遠のくばかりであろう」

あちこちで家臣たちが顔を見合わせている。ひそひそと話しこむ声も聞こえてきた。

「こたび、倹約令を発布した。それは年々借財がかさみ減る兆しがないからだ。そもそも適所に人材が配されていないから、余計な費えが多く出るのではないのか」

重喜の指摘にささやき声が止んだ。

「倹約を徹底し、政《まつりごと》を清らかにし商いを富ませ田畑を充実させる。そして、借財を減らし、国難や天災に備える。これを行うには、有為の人材を家格にこだわらず登用し、高い役職につけるべきだ」

とうとう重喜は本題へと切り込む。知っていた忠兵衛も期待と不安で胸が苦しくなる。

まずは、五家老の専制を崩す。重喜や四羽鴉ら同志たちと話しあった結果、これを全てに優先することになった。いかに詳細に倹約令を定めても、今のままでは五家老によってうやむやにされる。

「よって役席役高の制を導入しようと思う。これは家格によらず、役職につけるようにする制である」

「お待ちください」

声を上げたのは、五家老のひとり山田真恒《やまださねつね》だ。阿波国の仕置役も任されており、家臣団の長ともいうべき存在だ。齢《よわい》は三十代の半ば、引き締まった顎の線はいかにも武人という趣である。

「それは、例えばでございますが、中老や物頭も仕置役になれるということでございますか」

「中老や物頭だけではない。組士や高取奉行、小姓の家格であっても、ふさわしい能力を有していれば仕置役になれる」

動揺の声があちこちから起こる。家老たちなどは腰を浮かしていた。賀島備前は凄《すさ》まじい形相で振り返り、忠兵衛を睨んでいる。「やってくれたな」と、その顔がいっている。

「では、いまひとつお聞きいたします」いたって冷静な声で山田真恒がつづける。「小姓が仕置役をやることもあるとのことですが、小姓の禄高は高くても五百石程度、せいぜいが二百石ほどでございましょう。これで、どうやって仕置役がつとまりましょうか。僭越《せんえつ》ながら、我が山田家は何度も仕置役を務めておりますが、多くの費えと人の手を必要としております。それを賄っているのが、山田家が拝領している五千石の領地と家臣らです」

真恒の言うことは正論だ。しかし、重喜に動揺はない。予想の内だからだ。

「家格が低いものには、役高を与える。家禄が五百石ならば、仕置役の任にある間は二千五百石を給する。家格の低いものが高い役職につく場合は、必ず役高を支給してその任にあたらせる」

「それは新規でございます。そのような制は、今まで徳島藩で行ったことはありません」

〝新規〟という山田の言葉に、場の緊張が一気に増した。古きものは善、新しきものは悪。江戸の世——特に武士の世界で〝新規〟という言葉を浴びせることは、最大の否定を意味する。新しき善きものが、今まで幾度となく〝新規〟の評価のもとに世に出る道を断たれた。

そして、悪しき法でも〝旧規〟の美称を付せばまかり通る。

「ほう、山田は役席役高の制に反対するのか」

「何度もいいますが、先例や旧規になきもの——新規は否でございます」

新規の部分を特に力をこめていう。

「では、お主は吉宗公の足高《たしだか》の制を否定するつもりか」

山田真恒の体がぴくりと動いた。八代将軍徳川吉宗《とくがわよしむね》は、身分の低い者を積極的に登用した。そのため、足高という制をつくり、石高を臨時に給した。

「これは幕府が行った足高の制にならったものだ。これを新規といって差し戻すは、幕府の政を否定するも同然ぞ」

徳川吉宗の故事を出されては、さすがの仕置役も反論ができかねるようだ。

「殿、少々、性急すぎはしませんか」

窮する山田を助けたのは、賀島備前だ。身についた肉のせいで他を圧倒する貫禄を有している。

「遅いぐらいだと私は思うがな」

「いえ、我々はそうは思いませぬ」

「では、私の弁が間違っている、と」

重喜の目に宿る光はさらに鋭さを増した。しかし、賀島備前は恰幅のいい体を揺らして気にする素振りも見せない。

「殿は秋田の小藩のご出身……ああ、失礼」

賀島備前の故意の失言に、あちこちから笑いが漏れる。

「殿は、秋田佐竹家の分家から来られております。養子に入られて、確か……四年と数ヶ月ほどでしょうか。うち、二年以上は江戸におられました。我らが考えるに、二十五万七千石の伝統ある徳島藩の内情を知るには、十分な時がかあったとは思えませぬ」

三人の家老だけでなく、多くの家臣たちが頷いている。

「まずは従来通り、我ら五家老に政をお任せください。直仕置をされるのは、よくよく阿淡二カ国のことをご理解してからにするべきかと」

たるんだ頬を持ち上げ、賀島備前は満面の笑みをつくった。あまりにも見え透いた言い逃れだ。重喜の無知につけこみ、十年たっても二十年たっても時期尚早というつもりだ。

「ほお、私が阿淡二カ国のことをわかっていないと申すか」

「全てを知るには、四年では時が足りなすぎると申しておるのです。ここは佐竹のご分家とはちがい、二十五万七千石の大藩です」

「徳島藩の石高を誤って覚えているような者にいわれるとはな」

「はい」賀島備前が半眼で重喜を見つめた。「今、なんとおっしゃいました」

「徳島藩の正しい石高を知らぬ賀島備前に、阿淡二カ国のことを十分に知らぬといわれるとは思ってもみなかった、といっておるのだ」

「私めが、徳島藩の石高を間違って申したというのですか。ははは、これは面白い」

同意を求めるように、左右の家老に賀島備前は目をやった。

「そうではないか。事実、お主は石高を間違えた」

内蔵助が忠兵衛に振り向いた。忠兵衛は慌てて首をふる。全く予期せぬ問答だった。一体、重喜は何を仕掛けようとしているのだ。林藤九郎を見ると、不安げにやりとりを注視している。一方、寺沢式部は波乱を楽しむかのように目を輝かせていた。

「間違えてはおりませぬ。徳島藩の石高は、二十五万七千石でございます。まだ家督を継いでおらぬ父の名代ではございますが、この賀島備前、徳島藩の石高を間違えるようなうつけではございません」

「いや、お主は間違っている」

「ほう、では徳島藩の石高はいかほどか教えていただけませぬか」

「いいだろう」

重喜は大広間に集まった家臣たちの目差しを一身に集めた。

「徳島藩の石高は二十五万六千――」

重喜の答えに賀島備前が呆《あき》れたように首をすくめた。

「――九百四十石一斗八升八合」

賀島備前が目を大きく見開く。

「もう一度いう。徳島藩の石高は、二十五万六千九百四十石一斗八升八合だ。これが正しい徳島藩の石高だ。備前よ、二十五万七千石ではない」

「い、いや、その」

「備前よ、私とそなた、どちらが正しくてどちらが間違っている」

賀島備前の顔が歪んだ。

「と、殿が正しいと存じます」

「では、もう一度、お主の口から正しい石高をいってみよ」

「え」

「私のいった石高が正しいと断じられるならば、お主の口からもう一度いってみよ」

「そ、それは……」

「私は二十五万六千九百四十石一斗八升八合といった」

賀島備前がこくこくとうなずいた。

「だが、今、思い返すに、二十五万六千九百四十石一斗八升八合……でなく七合であったかもしれん。藩主として石高を間違えるなどありえぬことだが、私は徳島藩にきてまだ四年と数ヶ月ほどゆえ、正直、自信がない」

重喜が意地の悪い目でつづける。

「備前よ、八合か七合、どっちが正しい。長く徳島藩で禄を食《は》む一族の嫡男ならばわかるであろう」

賀島備前はうつむいて黙りこむ。

「なんだ、お主は家老名代も務めておるのに、そんなこともわからんのか」

重喜がわざとらしくため息をついた。

「仕方あるまい。おい、誰か今すぐに検地帳を持ってこい」

「少々、お待ちください」

飛ぶようにして大広間を出たのは、佐山市十郎《さやまいちじゅうろう》だ。聞けば、重喜が夜更けまで阿淡二ヵ国の国情を記した帳面や巻物と向かいあう時、常にそばに侍《はべ》っているという。まるでこのことがあるのを知っていたかのように、素早い動きだった。やがて忙《せわ》しない足音とともに、佐山が戻ってきた。両手に検地帳を抱えている。すぐに席に戻り、丁をくりはじめる。

「ありました。徳島藩の総石高は――」

「待て」

重喜が、鋭い声で佐山の答えを制した。

「総石高だけがあっていてもいかん」

重喜はそういって咳払《せきばら》いをひとつして間をとった。胸をそらし浪曲でも歌うかのようにあごをあげる。

「まずは阿波《あわ》国三好郡から。村の数は二十八、その全ての石高は……一万五千八百五石七斗一升二合」

ここで言葉を切って、重喜は佐山を見た。

「あ、あっております」

「つづいて美馬郡、二十一村で石高は九千七百四石五斗二升二合」

「あっております」

「つづいて阿波郡、三十二村で石高七千七百五十八石一斗。ただし、いくつかの村から上田を中田に格下げするように嘆願が出ておったな。中田に格下げしているならば、石高はこれよりは下がる」

「いえ、中田格下げの嘆願は取り下げられました。おっしゃる石高であっております」

「では、次は板野郡で村数は百一で――」

「では、次は板東郡で村数は七十四で――」

「では、次は板西郡で村数は二十四で――」

重喜は歌うように郡ごとの石高を述べていく。その全てに「あっております」の声が添えられた。

「以上、阿波国十六郡、淡路《あわじ》国二郡、あわせて十八郡、全六百六十四村の石高は、二十五万六千九百四十石一斗八升八合……いや七合だったか。さすがに算盤《そろばん》がなければ、合計の石高はわからぬわ。佐山、どちらだ」

「八合です。あっております」

満足げに重喜はうなずいてから、目を賀島備前へとやった。

「さて、先ほど述べた私の石高に間違いはあったか。指摘できる者がおるならば、名乗りでよ。家格は問わぬ、直言も許す」

誰も答えようとはしない。忠兵衛もあまりのことに見いることしかできない。十分に待ってから、重喜が口を開く。

「先ほど家老たちは、私が阿淡両国のことをまだよく知らぬゆえ、藩主直仕置は時期尚早と献策した。今一度、問う。私がまだ、領国について不案内と申す者はおるか」

そして、重喜は間をとった。家老はじめ皆がうつむいている。ただ、粗衣をまとった忠兵衛らだけが顔を上げていた。

「おるならば、名乗りでよ」

まるで戦に挑むかのような声だった。

場は静まり返り、誰からも答えがない。

すくりと重喜は立ち上がる。

「おらぬな。ならば、私は――蜂須賀家十代当主、蜂須賀重喜は、この場でもって皆に宣する。藩主直仕置だ。今日より家老仕置は停止《ちょうじ》し、藩主直仕置へと舵《かじ》を切る」

忠兵衛は拳を握りしめた。体がかっと熱くなる。今まで封印していた感情が身の内から溢れ、体をゆする。見ると、内蔵助は後ろ姿でもわかるほどに闘志をくゆらせていた。藤九郎は涙ぐみ、式部は嬉しげに白い歯を見せている。

「まずは、役席役高の制について議論する。だが、今日はもう日が暮れようとしている。二日後に、衆議をこの場にて行う。役席役高の制について是か非か、よくよく熟考して参れ」

重喜の声につづいて、終幕を知らせる大太鼓が高らかに打ち鳴らされた。

二

一、役席役高の制は蜂須賀《はちすか》家の御作法にない新法なり。百八十年続いた御作法を重喜公が覆《くつがえ》すは、先祖崇拝の道理にあわない。

一、孔子《こうし》の『論語《ろんご》』に三年、父の道を改めずとある。最初はただ先君の教えを守るのが正しい君《くん》子《し》の姿。いわんや、重喜公は養子である。まずは父の道を守ることに年数を費やすべし。
一、たとえ今の御作法が悪《あ》しきといえど、百八十年にわたり、阿波淡路《あわあわじ》両国は治《おさま》っている。重喜公もまずは旧規にのっとり政《まつりごと》をなすべき。
一、御新法を私一人が賛成しても、他の家老近習《きんじゅ》御用人が合意せぬのは明白。畢竟《ひっきょう》、政が手狭なること間違いなし。
一、我ら家臣は正道にあい勤め、誠心を第一に心掛けている。政は上下を一統し和合することこそが肝要《かんよう》。

佐山市十郎が、届けられた書状を読み上げる。時折、つかえたのは、重喜の改革に対する激烈な反論だったからだ。

「以上、家老、山田織部真恒《おりべさねつね》、これを上申す」

佐山市十郎が、上座にいる蜂須賀重喜に目をやった。柏木忠兵衛、樋口内蔵助、林藤九郎、寺沢式部らもつづく。こめかみに血管を浮かべる重喜が、不敵に笑っていた。

大広間で、重喜が役席役高の制を発表したのは昨日のことだ。朝になって、仕置家老の山田真恒から諫書《かんしょ》が届いた。

「さて、皆の意見を聞きたい。この山田めの諫書をどう見る」

皆の前に置いた書状を、重喜が扇子《せんす》の尻で叩いた。

「不届きな意見。懲罰《ちょうばつ》に値するかと」

勢いこんでいったのは佐山だ。最近、重喜の信頼厚く、常に侍《はべ》るようになった。

「しかし、まさか山田殿がここまで強硬に反対するとは」

そう漏らしたのは、林藤九郎だ。五家老の中では、山田が一番まともというのが藤九郎はじめ四《よん》羽鴉《ばがらす》の意見でもあった。

「山田の意見に流される家臣は多いでしょう。いや、同調者を得た上で、このような不埒《ふらち》な書状を送ってきたはず。次の衆議までに、早急に手を打つ必要があります」

樋口内蔵助は冷静に分析する。

「面白い。敵は強いほど倒しがいがあるぞ」

寺沢式部は無邪気に腕をぶした。

「忠兵衛、そなたはどう思う」

重喜が目をやった。

「まずは使者をやり、山田様を説得するべきかと。今までの悪しきところを指摘し、改革案の良きところを説《と》けば――」

「山田は前言を翻《ひるがえ》すのか」

皮肉に満ちた重喜の言葉だった。

「翻させてみせます」

「誰もお前に説得の任を与えていないぞ」

式部が大袈裟《おおげさ》に呆《あき》れる。

「わかっている。俺が主君なら、俺を説得の使者にしないこともな。だが、命じられれば全力でことにあたる」

「相変わらず猪突猛進《ちょとつもうしん》よのう」

式部が大きな目を細めて喜ぶ。

「まあ、そのおかげで殿を見つけることができたのだしな」

実直な藤九郎が、忠兵衛の立場を慮《おもんぱか》る言葉を添えてくれた。

「山田ひとりを説き伏せても意味がない。反対する家臣全員を説得する必要がある」

忠兵衛の意気込みなど焼石に水だといわんばかりの重喜の言葉だった。

「当面の敵となるのは五家老――特に山田様です。いかに、衆議の場で説得するか」

憂《うれ》いのある声でいったのは藤九郎だった。

「説得などする必要はないわ」

重喜が、扇子を床に打ちつけた。

「おのれ、山田め。よくもここまで、こしゃくな弁を弄《ろう》することができたものだ。衆議の場で、いかに奴が不分明だったかをわからせてやる」

握る扇子がきりきりと鳴っている。

「何か策はおありか」

「策など必要はない。ただ、奴の誤っている点を教えてやるだけだ」

内蔵助の心配を、重喜は怒鳴り声で退ける。

佐山を残し、忠兵衛ら四羽鴉は部屋を退出した。

「どうなることやら」

言葉とは裏腹に嬉しげな顔で式部はいう。藤九郎は苦しそうに胃のあたりをさすっている。内蔵助が忠兵衛に近づいてきた。

「山田様のもとへいってくれるか」

「まさか、俺に説得の使者を任せるつもりか」

そんな弁は持ち合わせていない。忠兵衛以外の三人の方が適役《てきやく》であろう。

「わかっている。説得は期待していない」

冷徹な言葉でいわれると、さすがの忠兵衛も落ち込むが、構わずに内蔵助はつづける。

「お前ならば万が一にも相手に説得されない。寝返ることも絶対にない。俺や藤九郎は、理《ことわり》や利があちらにあれば説き伏せられてしまう恐れがある」

「俺がいってやろうか」と笑顔で割って入ったのは、式部だ。

「お調子者のお前は論外だ」内蔵助は式部に目もくれずにつづける。「その上で、忠兵衛を山田殿のもとへやるのは物見だ。相手がどれほどの覚悟で、この諫書をしたためたのか。どれほど同調する者がいるのか」

「それを説得しながら探るのか」

「探れるほど忠兵衛は利口ではないだろう。とにかく全力で説得して、帰ってからどんな具合だったかを俺たちに報《しら》せろ」

三

美しい妻が、忠兵衛を客間へと誘《いざな》ってくれた。柳のような腰と肉付きのいい下肢は、式部の好きな部類の女だな、といらざることを忠兵衛は考えてしまう。三十に近いはずだが、随分と若く見える。山田が正室を喪《うしな》ったのは、三年ほど前だったか。親戚筋から後室を迎えているのは知っていた。

「待たせたな」

山田がやってきた。ぴんと背筋を伸ばして、忠兵衛の前に座る。窓から見える庭は華美《かび》ではないが、手入れが行き届いていた。

「諫書を拝見いたしました」

「殿のご様子はいかがであった」

「お怒りでございました」

直截《ちょくさい》にいうと、山田の表情が硬くなった。

「柏木が来訪した目的は説得か、それとも取引か」

まさか偵察《ていさつ》のためとはいえない。

「もちろん、説得でございます。諫書を撤回し、こたびの新法に賛同してください」

「賄賂を持ってこなかったのは正解だったな。が、答えは否だ。諫書に、私の腹の内は全て書いた」

「では、このまま蜂須賀家の財政が悪くなるのを見過ごすのですか」

「見過ごしはしない」

おやと忠兵衛は思った。予期していた返事ではない。

「わしが諫書で示したかったのは、ひとえに家のしきたりを守る大切さだ」

忠兵衛は諫書の内容を思い返す。先祖を崇拝し、孔子の教えを守り、上下が和合する。冒頭にあった「新法は不可」以外は、ごく当たり前のものだ。

「悪しき新法を行えば、上下和合が崩れる。それは徳島藩滅亡の基《もとい》になりかねん」

「ですが、伝統に固執するゆえに、借財がかさんだのではないですか」

「わしは倹約令に反対とはいっていない」

思わぬ言葉に、忠兵衛は戸惑った。

「賛同……していただけるのですか」

「無論《むろん》だ。ただ、こたびの倹約令はいつもの形だけのものと思っていた。ゆえに、見苦しい姿を殿の前にお見せした」

ばつが悪そうに山田はいう。

「では、なぜ山田様は新法に反対なのでしょうか」

「蜂須賀家のしきたりを乱す役席役高の制に反対しただけだ。繰り返すが、わしは倹約令には反対ではない。逆に、借財はなんとしてでも減らさねばならぬと思っている」

意外な風向きだった。内蔵助からは説得を期待していないといわれていたが、突破口を見つけたのではないか。

「旧主やご先祖様が制定された、十の家格は絶対だ。それを蔑《ないがし》ろにするなどありえない。逆にいえば新規を導入し、国を傾けた例も多い」

山田の言葉で思い出すのは、秋田でおこった騒動だ。銀札を発行したことで物価が上がり、三十人以上の家臣が処分された。

「まずは古きを立て直すことからすべきなのだ。倹約令に関してならば、このわしが先頭になって他の四家老を説得してもいい」

忠兵衛は目を見開いた。

「ですが、役席役高の制には反対される、と」

「ああ、あんな悪法は断じて許すわけにはいかん」

語気を強めていう。くそっと内心でつぶやく。忠兵衛の弁がつづかない。やはり、己は使者には不適だ。

何者かが訪《おとな》いを告げた声が届いた。山田は「もうそんな刻限か」と驚いたようにいう。

「すまぬ、これから用事がある。今日はここまでにしてくれぬか」

腰を浮かしている。こちらも急な来訪だったので、無理強いはできない。

「わかりました。今日は帰らせていただきます」

役席役高の制には反対だが、倹約令には賛同してくれた。それがわかっただけでも収穫である。

客間を出ると、山伏《やまぶし》が廊下を歩いていた。十人近い弟子を引き連れている。筋骨逞《きんこつたくま》しい男だ。彼らを、山田の美しい奥方が誘っている。

そういえば、山田が後室との間に子に恵まれていないことを思い出した。噂では、懐妊のために山伏に祈禱《きとう》を依頼したとも聞いた。確か、名を観喜院《かんぎいん》といったか。

履き物をはこうとすると背後に気配があった。山田の美しい妻が立っている。

「なにか」

「いえ、もし不調法があればと思って。大きな声が聞こえてきましたので。殿の使者であることを忘れてなければいいのですが」

「そんな、私の方こそ五家老の山田様に身分をわきまえぬ弁があったやもしれません」

忠兵衛が頭を下げると、安堵《あんど》したように奥方が息をついた。

「もし行き届かぬことがあったならば、私にそれとなく教えてもらえますか。ご存じのように、夫は分家からこちらに来ました」

そうだった。山田家の先代は娘にしか恵まれなかった。そのため、分家から山田真恒が婿養子に入った。

確か、十七年前のことか。

「夫も必死なのでございます。もし家が傾けば、養子のせいだと陰口を叩かれます。そのせいか、私の目から見ても時に行きすぎることがあるようです」

山田真恒の元の家格は物頭の次男か三男だったはずだ。

「いえ、今日は急な来訪でしたが、山田様に古き家格の大切さを教えていただきました」

「まあ、それは」

妻の顔に笑みが咲いた。廊下の奥から「八重」と妻を呼ぶ声がした。そろそろ祈禱が始まるようだ。弁解するように来訪の礼をいって、妻は廊下の奥へと消えていった。

護摩《ごま》が焚《た》かれる匂いと薪《まき》が爆《は》ぜる音が、忠兵衛のもとにも届く。

四

そんなことがあったせいか、登城前の仏壇での祈りはいつになく長かった。忠兵衛は、亡き兄にひたすら掌をあわせ、訝《いぶか》しんだ美寿が「そろそろ刻限が近いですよ」と声をかけるほどだった。

城への道中を歩いていても、やはり山田との問答が心を占めている。「養子か」と、つぶやく。次男の忠兵衛は本来なら他家に養子に出されるはずだったが、兄が急逝《きゅうせい》して家を継いだ。部屋で思い伏せる兄の姿を、嫌でも思い出す。なぜ、あの日、寺子屋へいったのだ。兄は助けを求めていたのではないか。

拳を痛いほどに握りしめていたのを小者《こもの》に気づかれた。

「大丈夫でございますか。ほら、内蔵助様がおられますよ」

辻を歩いているのは内蔵助主従だ。

「昨日はご苦労だったな」

内蔵助が立ち止まり労《ねぎら》った。山田邸を辞去した足で、ことの顛末は重喜や内蔵助に伝えていた。

「今日はどうするのだ。役席役高を通せば、山田様とぶつかるぞ」

「まず、諌書の是非を皆の前で問う。そして、それが間違いだと周知させる」

「山田様は倹約令には賛成なのだぞ。他の五家老とはちがう」

「役席役高の制と倹約令は車の両輪だ。片輪だけでは進むことはできん。諌書を出した山田様は、我らの敵だ」

厳しい声で、内蔵助はいった。躊躇は微塵もないようだ。

「そうか」と、忠兵衛の声が沈む。理屈はわかる。山田の諌書を無視することはできない。

「だが、下手をすれば、山田様が倹約令に反対の立場に回ってしまうのではないか」

「その程度のことで信念を曲げるならば、最初から我らの仲間にはなれない」

正論であった。

道中で出会う家臣たちは、半分ほどが質素な身なりをしていた。倹約令が浸透《しんとう》し始めている。

「なあ、内蔵助、俺は、いずれ山田様が我々の味方になってくれると思っているんだ」

横目で内蔵助が睨《にら》む。

「思っているでなく、願っている、だろう」

そして、ため息をついた。

「わかった。殿には、山田様の面目《めんもく》をなるだけ潰さないようにと言い添えておく。お主がいうように、倹約令に賛成してくれる家老を敵に回すのは得策ではないからな」

「すまない」

ふたりは足を早めて城を目指そうとした。が、立ち止まる。内蔵助が舌打ちをした。華美——というよりも公家のようななりの男たちが歩いている。数は四人。腰には太刀を帯び、先の尖《とが》った沓《くつ》、深い緑色の狩衣《かりぎぬ》に立烏帽子《たてえぼし》をかぶっている。蜂須賀家の武士たちが慌てて左右に分かれた。

「忠兵衛、道を変えるか」

内蔵助が珍しくこちらを慮った。

「いや、いい。逃げたくはない」

忠兵衛の心の臓が嫌でも激しくなる。「兄上」と口の中でつぶやいた。

ふたりは道の端による。四人が近づいてきた。ひとりがこちらを睨みつける。

「おい、鼻紙《はながみ》はあるか」

無礼にも片手を忠兵衛に突き出した。真紅の狩衣に身を包み、細面で吊り上がった目をもつ男だ。顔立ちが美しく上品なせいか、剣呑な目つきは凶々しく感じる。公家のなりをしているが、相当な使い手だとわかった。事実、突き出した手には剣胼胝《けんだこ》ができている。

——この手で兄を……


ぶるりと忠兵衛の体が震えた。

「聞いているのか。鼻紙があれば渡せ」

「鼻紙ならば」と、忠兵衛の従者が懐《ふところ》を探った。

「わしはこやつに頼んでおるのだ。平島公方《ひらじまくぼう》の直臣が、わざわざ声をかけてやったのだぞ。なのに、従者に対応させるのか」

平島公方——室町将軍だった足利義澄《あしかがよしずみ》の血をひく武士である。戦国の世、戦に敗れ、阿波へと流れついた。足利の血をひくゆえに、蜂須賀家も無下《むげ》にはできず、客将待遇で平島という場所に封土を与えた。ゆえに平島公方と呼ばれている。

その一方で、平島公方は蜂須賀家を軽視していた。蜂須賀家のもとは美濃土岐家の被官——から没落して木下藤吉郎という百姓上がりの男の家臣から成り上がっている。本来なら、平島公方の直臣とは口もきけぬ存在だ。だから、蜂須賀家の家臣と出会っても決して道を譲らない。

そのことで、過去には刃傷沙汰にまで発展した。

今、目の前で鼻紙を要求する美貌の男と忠兵衛の兄とが、だ。

「どうした。鼻紙をよこせ」

兄にもこんな真似をしたのか。そして、愚弄を尽くし兄に刀を抜かせた。

動いたのは、内蔵助だ。無言で鼻紙を取り出し、男に差し出した。

明らかに嘲りとわかる笑みを浮かべて、平島公方の家臣が洟《はな》をかむ。

「捨てておけ」

内蔵助に鼻紙を投げつけた。そして、談笑しつつ去っていく。従者が拾うよりもはやく、内蔵助が鼻紙を踏み潰した。

「たしか、あいつの名前は細川《ほそかわ》だったたな」

忠兵衛は頷いた。忘れるはずがない。兄に手傷を負わせた男――細川孤雲《こうん》。

そして、兄は部屋に籠るようになり、とうとう自害した。

「残りは、仁木《にき》、吉良《きら》、石堂《いしどう》だったか。大層な名前をつけやがって」

みな、足利将軍家の名門の苗字を名乗っている。

「忠兵衛、よくこらえたな」

なんでもないという表情を作ろうとしたが無理だった。顔が強張り、血が体中を駆け巡っている。

「いずれ、奴らも追い出してやる。覚えていろよ、無駄飯食いどもめ」

いつになく内蔵助は激している。すまないな、と忠兵衛は内心で礼をいった。内蔵助は、忠兵衛のためにわざと怒っているのだ。そうやって、忠兵衛の憤りを引き受けてくれている。

「忠兵衛、急ごう」

ふたりは城の門をくぐり、衆議が開かれる御殿へと入っていった。

「先に大広間にいってくれ。俺は、殿に山田殿の件を具申しておく」

内蔵助の声には、もう怒りは感じられなかった。心を切り替えているのだろう。

忠兵衛も静かに息をしてから、「くれぐれも頼む」といって内蔵助と別れた。

評議がはじまる前はうるさいはずの大広間だが、やけに静かだ。足を踏み入れると、三々五々といった具合で、家臣たちが所定の席についていた。ばらばらに席が埋まる様子は、歯の抜けた櫛《くし》を思わせた。奇妙だ。誰も雑談に興じていない。礼儀正しく着座している。

上座を見て、「あ――」と声を出した。木綿《もめん》の袴《はかま》と小袖、藍染《あいぞ》めの裃《かみしも》を身につけた蜂須賀重喜がいる。一瞬、刻限に遅れたのかと思った。いや、大丈夫だ。始まっているならば、太鼓の音が鳴り響いていたはずだ。聞き逃すはずがない。

では、なぜ、重喜はすでに座っているのだ。

「柏木様、こちらへ」

ぎこちない動きで小坊主が案内しようとする。式部はすでに着席しているが、さすがに硬い表情をしていた。こちらを向いたので、「何があった」と小声で聞くと、「わからん」と首を小さく横にふる。

重喜は何かを企《たくら》んでいる。

談笑の声が聞こえてきた。数人の物頭たちが大広間に入るや、驚いて立ち尽くす。辺りを見回し、泥棒が歩くようにこそこそと席へと急いだ。まだ、家老たちは来ていない。当然だ。評議が始まる四半刻も前なのだ。

十数人の足音が聞こえてきた。これほどの人数を引きつれるのは、家老しかいない。

「これは――」

声に振り向くと、案の定、取り巻きを連れた山田真恒だった。目を見開き、すでに半分ほど埋まっている衆議の席を見ている。

「遅かったな、山田」

声を発したのは、重喜だ。

「いや、しかし、衆議の刻限は――」

「半刻以上も待ったぞ」

「も、申し訳ありませぬ」

足を早め、山田が席へつこうとする。

「よい、そこでいい。時が惜しい」

重喜が言い放った時、山田は物頭たちの席を通りすぎんとしていた。

「ここでいいとは――」

山田は辺りを見廻している。

「そこに座せ」

「ですが、ここは物頭の席です」

「時が惜しいといったろう。それとも、この上、まだ私を待たせるのか」

「しゅ、主君の命とあらば」

声を押し殺し、山田は腰をゆっくりと落とした。一体、今から何が始まるのだ。いつのまにか重喜の横に控えていた佐山が、抱えていた紙を集まった家臣たちに配りだす。

「私のもとに届けられた諫書の写しである。数は二十枚ほどゆえ、均等に行き渡るようにせい」

忠兵衛らのもとに紙が届いた。式部もやってきて覗《のぞ》きこむ。まだ墨が乾ききっていないが、間違いなく昨日見たものと同じ内容だ。

「山田よ、この諫書はお主のもので相違ないな」

膝下にある一枚を、重喜が高く掲げた。こちらは山田直筆の諫書である。

「殿には、そこに書かれた署名が読めぬのですか」

ざわりと場が揺れた。山田が重喜を睨みつけている。

「皆の衆、聞いての通りだ。この諫書は山田がしたためたものである。まことに残念といわざるをえない。これほどの不分明な書が、まさか家老の手によって書かれていたとはな」

わざとらしく重喜はため息をつく。

一方の山田は、敵意のこもった声で応じた。

「ほお、殿は私の書いた書を不分明とおっしゃるのですか」

「お主は、大真面目でこの書を書いたというのか。何かの軽口の類かと思ったぞ」

高く掲げていた諫書を指でつまみなおし、ひらひらとふる。山田のまなじりが吊《つ》り上がった。

「これでは、私が稀代《きたい》の悪君のようではないか」

「殿が新法を行うならば、そうなりましょうな」

「では、ひとつ聞くが孔子の『論語』に三年、父の道を改めず、とあるが、そもそも私は蜂須賀家に来て、四年と八ヶ月。すでに三年以上たっている。ならば、新法を行い父——先代の道を改めるには、十分な時を待ったのではないか」

「確かに先君が不幸にも身罷《みまか》られてから四年がたっております。ですが、先々君の宗鎮《むねしげ》公はまだご健在であります」

高松松平家から養子入りした蜂須賀宗鎮《むねしげ》は、約二十年前に八代目藩主となり、五年前に三十三歳の若さで隠居した。今もまだ存命で、徳島城に起居している。

「ならば、宗鎮公も大事にされた家格を守ることこそが、残された我らの務め。また、先君が身罷られて確かに四年がたっておりますが、殿は養子でございます。実子ではございません。より慎重になるべきです。特に家法を守る年月についてはです」

「つまり、そなたも賀島らと同じく、私が藩主直仕置をするには早いというのか」

山田はこくりとうなずいた。騒々しい音に振り返ると、賀島備前と三人の家老たちだった。大広間の異様な空気を察し、みな一様に顔を強張らせた。

「何度でもいいます。役席役高の制は、御旧格、御作法にありません。開祖以来、およそ百八十年、十代にわたる家格と御作法を、殿一代で立て替えること、ご先祖様方へ、いかに道理を説明されるのでしょうか」

「道理というが、山田よ」

重喜は前屈みになって睨む。

「君子の過ちや、日月《じつげつ》の食の如し。過つや人、皆これを見る。あらたむるや人、皆これを仰ぐ」

重喜のいったのは漢文の読み下しだ。

――日食や月食のように、君主の過失は皆から見える。これを改めれば、人は尊敬する。

「何の言葉かわかるか」

「論語でございますな」

山田はすかさず答える。

「そうだ。そして、これこそが君臣の道理だ。大臣たるものの第一の責務は、君主の過ちを補うこと。食で欠けた太陽や月をもとの円《まろ》やかなものにする。そうであろう」

「ですから、私は諫書をしたためたのです」

「ならば、これを先代と次代の君主に置き換えたらどうなるか。君主が先代、大臣が次代となるはずだ。次代の君主は大臣として、先代の過ちを補う。これこそが次代の君主の本分だ」

そこで、重喜は扇子を突きつけた。

「だが、お主らのやっていることは逆だ。先君の過ちを見過ごしている。これは先君の悪を助け、過ちを助長するものだ」

「私たちは決して先君の過ちを助長してはおりませんし、先君は悪ではありません」

「悪ではないだと。ならば、どうして三十万両もの借財がある。どうして、難事に備えるはずの蔵に十分な米や麦、鉄砲や槍がないのだ」

山田は、何かを飲み込むかのように喉仏を上下させた。

「さらに聞くが、山田よ、そなたらは今までどんな先君の過ちを補ってきたのだ」

山田は表情を硬くするだけで何も言い返せない。

「言えるはずがあるまい。ただ、旧規の美名を付して同じことを繰り返していただけだからな。そのことが、どれだけ先君や先祖を愚弄することかわからぬのか」

山田は反論しようとして前のめりになったが、何もいえず口を噤《つぐ》んだ。何十万両もの借財があるのは事実だ。先君に過ちがなかったといえば、今までの借財の経緯を説明できない。逆に先君に過ちがあったといえば、それを見過ごしてきたことになる。過ちはあったが大臣として糺してきた、といえばやはり借財の説明がつかない。

「たとえ今の御作法が悪しきといえど、百八十年にわたり、阿波淡路両国は治っている。重喜公もまずは旧規にのっとり政をなすべき」

重喜は諫書の一節を自ら読んだ。

「これも先の論でいえば、全くもって見当外れ。治っているならば、なぜ三十万両もの借財がある。今の大臣どもは、先君の悪を助け、先祖の過ちを放置している。その結果、民を苦しめている。そういう輩《やから》を何というか知っているか。民賊というのだ」

ざわりと場が動いた。

「わ、我らが民賊だというのですか」

そう叫んだのは賀島備前だ。

「民賊が不満なら、国家の大罪人とでも呼ぼうか」

何人かが怒気を漲《みなぎ》らせ立ち上がろうとした。

「また、山田はこうも申したな」

重喜の鋭い声が場を制する。

「家老ひとりが賛成したとて、他が同心せねば無意味、と。逆に、政を手狭にする——足を引っ張る者もいるとな。笑止だ。大臣たるものは道理に仕え、これが無理ならば去るのが大義だ。それは論語にも記されておる。しかるに、ここ蜂須賀家では君主の過ちを補い糺すのではなく、その政を手狭にするときたものだ」

意地の悪い笑みを、重喜は顔に張り付けた。

「私は蜂須賀家にきてたったの四年だが、家臣どもがこれほどまでに道理知らずだとは知らなかったわ。政を手狭にするのが家臣の本分だとはな。このような輩こそを、窃位窃禄《せついせつろく》と申すのであろうな」

「せついせつろく――」

誰かが復唱した。最初、忠兵衛は意味を理解できなかったが、位《くらい》と禄《ろく》を窃《ぬす》む、とわかった。爆《は》ぜるかのような怒気があちこちから立ち上がる。

「殿、それはあまりの言いようではないですか」

盗人呼ばわりされて、何人かがとうとう声を上げた。

「では、お主らはこの山田めの諫書の一条をどう読んだ。政が手狭とあるのが見えぬのか」

重喜は諫書を突きつけた。

「なぜ、私でなく山田の論が間違っていると糾弾《きゅうだん》せぬのだ」

「ちがいます。山田殿は――」

「黙っておれ」

家臣のさらなる反論を封じたのは、五家老のひとり長谷川近江《はせがわおうみ》だ。歳の頃は五十代半ばで、頭髪は半分以上が白い。武よりも文を重んじる家柄として有名である。

「しかし……」

「確かにそう書いてある。殿がそうとってもいたしかたない」

長谷川は眉間に何本も皺《しわ》を刻ませながらそういった。

「また、諫書には、政は上下を一統し和合することこそが肝要とあるが、この有様で――主君の政を手狭にするような家臣しかおらぬ様で、いかにして和合するのだ」

　重喜の問いかけに答える者はいない。

「それは、先君が残した悪弊《あくへい》を助長するだけではないのか」

「き、旧規こそが正しいのでございます。これこそが、最も優先される道理でございます」

　思わずという具合に反論したのは、賀島備前だった。

「旧規だと。そういうならば、なぜ先規奉公人夫役御免の制を廃止した」

　賀島備前が目を瞬《しばた》かせる。先規奉公人夫役御免の制は、三十五年前に廃止された法だ。

「古きものが善だというならば、法度や制は始祖の代から変わっていないはずだ。だが、私が調べただけで――蜂須賀家に来てたったの四年の私が調べただけで、多くの法度や制が廃止され、新しいものが制定されている」

　重喜は鋭く家臣たちを見渡す。

「逆にいえば、役高の制は過去に類例を見ることができるぞ」

　重喜は横にいる佐山を促す。佐山は、大きな帳面を開いてみせる。ところどころにこよりが貼付けてあるのがわかった。

「こちらの記録によれば、宝暦二年の頃、長井殿、村瀬殿らが留守居役についた時、それぞれ百石の役高を与えたとあります。同年には乗方役として野口殿に五十石の役高を支給しております。このように、役高の制と思《おぼ》しき禄の給付例は、ざっと調べただけで数十件はあります」

　重喜は山田へと鋭く視線を移す。

「山田よ、このように役席役高の制は過去にいくつも例がある。探せばもっとあるだろう。これでも、お主は新規だというのか。役席役高の制に反対するお主たちこそが、実は新規ではないのか」

山田はただ拳を握りしめて、沈黙している。

「最後にもうひとつ、山田に問う。孔子の『論語』には三年、父の道を改めることなきようあるといったな」

山田は小さくうなずいた。

「子曰《いわ》く、三年父の道を改むる無きは、孝と謂《い》う可し」

重喜は迷わず論語の一説を暗誦してみせる。

「これは、中国では三年の喪を務める制があるゆえにできた教えだ。ここ日ノ本とは、そもそも風習がちがう。さらに、論語の注には『大事は三年を待たずして可』と記されている」

重喜は場を見回した。いつのまにか家臣たちは揃っている。ただ、あまりの事態ゆえに自分の席にはつかず入り口辺りで立ち尽くしている者がほとんどだ。

「山田よ、教えてくれ。そなたは、論語の注を知らずに『三年、父の道を改めず』としたためたのか」

何人かが目を見合わせた。

「もし、知らずにそうしたためたのならば、お主は愚鈍《ぐどん》だ。救いようがないほどにな。その無学は、大臣の職にあるべからざる怠惰《たいだ》さの証であろう。だが、もし知っていてあえて書いたのならば、お主は私を——蜂須賀家君主であるこの重喜を騙《だま》そうとしたことになる。その場合は、お主は邪悪《じゃあく》だ。政を手狭にする奸臣《かんしん》ということになる。山田よ、教えてくれ。お主は、愚鈍なのか邪悪なのか、どちらなのだ」

残酷な静寂が場を支配する。誰もしわぶきひとつたてない。

「お主に耳はないのか。私は聞いているのだ。愚鈍か邪悪かどちらだ」

さらに静寂が重くなる。

山田の額や頬は汗で濡れていた。まるで夏の炎天下にいるかのようだ。

「主君である私の問いに沈黙で答えるのが、五家老である山田家の流儀か」

忠兵衛は目眩《めまい》を感じた。なぜ、ここまで追い詰めるのか。

「わ、私は――」

山田が声を絞りだした。

「知りませ……」

「私は、愚鈍か邪悪かどちらなのかと聞いておる。返答によって、お主への処遇が変わる」

「と、殿――」

とうとう忠兵衛は立ち上がった。

「下がれ。私は山田と問答しておるのだ」

重喜の一喝が飛ぶ。忠兵衛の袖を引いたのは、いつのまにか席についていた内蔵助だ。必死に首を横に振っている。

「し、臣は、ぐ……愚鈍でありました」

「では、この諫書が見当違いであったと認めるのだな」

制止しようとした忠兵衛の腕を、内蔵助が痛いほどに握りしめた。

「は、はい」

すっくと重喜が立ち上がる。

「大臣の身でありながら、筆先だけで論語を弄《もてあそ》び、過ちを是とし正しきを誤りとしたるは大罪なり」

鞭《むち》打つような重喜の声だった。

「よって、山田真恒には閉門を言い渡す。今すぐにここを去り、屋敷の門を固く閉じよ」

五

大広間にいる家臣たちはぐったりと疲れ切っている。自分たちの席で、力なく腰をおろしていた。先ほどの山田真恒解任劇の衝撃があまりにも強すぎるのだ。小休止を挟むと重喜は宣言したが、皆は行軍したかのように疲れ切っている。

「大変なことになったな。一体、何があったのだ」

巻物や帳面を抱える林藤九郎がやってきた。小休止が終われば役席役高の制の詳細を、藤九郎が皆に言い渡す。そのための支度に忙殺されており、先ほどの解任劇は終盤からしか見届けていないという。

「俺も途中からだ。殿に具申することがあったので奥へといったらすでに不在だった。忠兵衛と式部は最初からいたのではないか」

「おうよ」

勢いこんでうなずいたのは、式部だ。講談師のように、起こったことを話す。

「やりすぎだ」と、藤九郎がうなった。ここまで山田の面目を潰す必要はない。そもそも、内蔵助を通じて手心を加えるように具申するはずだった。しかし、全てをぶち壊された。

「起きてしまったことは仕方がない」

内蔵助はいつもより低い声でつづける。

「今は、結果だけを粛々と受け止めよう。五家老の一角を崩した。これは確かなことだ」

「山田様は倹約令には賛成だったのだぞ」

思わず忠兵衛は嚙みついてしまった。

「そうだ。そして、こうなっては倹約令で山田様の賛意は得られないだろう。これもまた起こった結果のひとつだ。粛々と――」

「受け止められるか」

忠兵衛の声がとがる。山田真恒は、物頭の家から家老の家へと養子に来た。そのために必死に務めを果たした。そんな山田を物頭の席に座らせて、難詰したのだ。これほど酷《むご》いことがあろうか。

「では聞くが、こたびの殿の弁で何か間違っていたことはあったのか」

忠兵衛は言葉につまる。

「確かに、弁舌は鋭すぎたやもしれん。しかし、先の式部の話、そして俺が途中から見聞したことをあわせて判断するに、殿は何も間違っていない」

「だが、途中で止めることはできたのではないか」

忠兵衛の声が震える。

「下手に割って入れば、殿の面目を潰す。あそこまで拳を振り上げたのだ。下ろしどころなどない。逆にいえば、忠兵衛がもっと早くに殿を止めるべきだったのだ」

「なんだと」

「おい、よせ」「そうだ。喧嘩は帰ってからにしろ」

藤九郎と式部が割って入った。

「とにかく、まだ衆議は終わっていない」

叱りつける藤九郎に、忠兵衛と内蔵助は「わかっている」と同時に答えた。

「次は役席役高の制の是非へ移る。今度は、俺と藤九郎が矢面に立つ」

式部が胸を反らした。

役席役高の制の詳細を発表するのは、藤九郎と式部だ。きっと激烈な反論がやってくる。

「危うい時は、俺も助ける。思い切ってやれ」

弁舌に長じた内蔵助は、こたびは前に出ない。状況を見極め、苦境に陥った時に助ける。

大太鼓が打ち鳴らされた。

「殿のおなありぃ」

そんな声が響く。忠兵衛らは慌てて席へと戻った。平伏し顔を上げると、厳しい顔つきの重喜が上座にいた。その貫禄は、藩政を十数年は取り仕切っているかのようだ。

「それでは、これより役席役高の制の衆議に移ります」

重喜に侍る佐山が高々と宣した。

「まずは、林藤九郎殿、寺沢式部殿、詳細を皆様にご説明ください」

「は」と、ふたりが立ち上がる。

「では今より役席役高の制についてご説明いたします。まずは、格上の役についたとき、いかほどの禄を支給するかについて殿と我らが考えた案を披露いたします。仕置役や江戸家老などの家老格の職については最低で三千石を給します。五百石の家臣の場合は、二千五百石を給することになります」

藤九郎が硬い声で、中老格の職の場合の支給石高、物頭格の職の場合の支給石高を述べていく。猟犬のように辺りを見回しているのは、内蔵助だ。誰が二人の提案に賛意を持ち、反感を持っているかを必死に嗅ぎとらんとしている。

「以上が、役席役高の制で支給する禄の詳細になります」

途中から言葉をひきとっていた式部が言う。ざわめきが波のように広がった。場をしきる藤九郎と式部はあえて待つ。席の近い者同士で、まずは意見を出し合えばいい。

十分に間をとった。

「では、役席役高の制について、ご意見がある方は挙手してください。前にも周知した通り、蜂須賀藩の行末を決める大事な衆議。身分によらず、臨席する方々は忌憚《きたん》なく心の内を述べられよ」

藤九郎の声は、ざわめきを一気に鎮めた。が、挙手はない。先ほどの論戦を見た後では、誰も一番手になろうとは思わないのか。忠兵衛の前に座る三人の家老たちも沈黙している。

すっと腕が挙がった。手首には秘色《ひそく》の手拭いが巻きつけられている。

「え」と、藤九郎が間抜けな声を漏らした。式部は大きな目を何度も瞬かせている。上座にいる蜂須賀重喜が、真っ直《まっす》ぐに手を挙げていた。

「藤九郎、式部、どうした。私が手を挙げているのが見えぬのか。私は、先ほどお主らが出した案に反対だ」

藤九郎と式部は金縛りにあったように固まっている。

「評議を仕切るお主らが呆《ほう》けていてどうする。先ほど藤九郎はいったな。この場に臨席する全ての者に発言の権があると。それは、藩主である私にも適用されるはずだ」

「も、勿論《もちろん》です」と、藤九郎が上擦《うわず》った声で応えた。内蔵助は腰を半ば浮かせていた。何が起こっているのか、誰も理解できていない。

「先ほど藤九郎、式部のあげた役席役高の制であるが、勿論のこと私は承知している。では、なぜ反対か。昨夜、よくよく勘案してみて、気づいたのだ。この制は半端だとな。穴がある」

藤九郎、式部は顔を青ざめさせている。いや、内蔵助もだ。きっと、忠兵衛の顔もそうなっているであろう。

「そもそも政が混乱しているのは、直臣の身分だけでも十もの家格があることだ。それとは別に役職が分化している。これに陣触れの時の陣立の制も絡み、さらに煩雑さが増す」

重喜は咳払いをひとつして間をとった。

「役席役高の制は決して悪いものではない。が、大きな一揆――島原の乱のような一大変事が起これば、対応するに十全とはいえない」

誰も一言もない。まさか、重喜はとんでもないものを破壊しようとしているのではないか。

「そこで、三塁の制を新たに導入しようと思う。これは役席役高の制をさらに良くしたものと思ってくれてよい」

重喜が佐山に目をやる。立ち上がり、大きな紙――いや白布を掲げる。数人がかりで持つ横に長い布は、〝壱塁〟〝弐塁〟〝参塁〟と墨書され、その下にさらに小さな文字で役職らしきものが書き連ねられている。

「まずは一塁から。これは阿波と淡路の仕置役、江戸家老などを務める家格とする」

つまり、一塁は家老の家格という意味だ。

「さらに二塁は、近習、裁許奉行、組頭などを務める家格とする」

中老が務める役職や陣立の職だ。二塁は、中老の家格という意味になる。

不穏な空気が一気に嵩《かさ》を増す。誰かがごくりとつばを呑んだ。

「そして、残る三塁は本〆、目付、町奉行、郡奉行――」

重喜があげた四つの職は物頭や組士の家格だ。三塁は物頭や組士の家格という意味なのか。では他の家格はどうなるのか。

「――だけではなく、組士以下の他の家格もこれに準ずる」

重喜が言い切った。

場は呆気《あっけ》にとられている。

「これが三塁の制だ。これに先ほど申した役高をあわせ、適材適所を徹底する」

「そ、それはつまり」

物頭の席からひとりが立ち上がった。粗末な身なりは、倹約令の賛同者であることを示している。

「物頭の家格はなくなるのですか」

「なくなるのではない。物頭、組士、高取奉行、小姓、中小姓、日帳格、徒士、小奉行はひとしく三塁となる」

問うた物頭は、重喜の答えが聞こえなかったかのように反応を示さない。

「こうすることで、分化した職に今までの家格によらずつけるようになる」

とうとう物頭が首を横に振りはじめた。

「私は——須藤家は蜂須賀小六公の代から仕えているのです。あの太閤秀吉公からも親しく声をかけられた、と家伝に残っております」

「それがどうしたのだ」

心底、不思議そうに重喜が先を促す。

「そうして戦を生き抜いて、奉公の証として物頭の家格をえたのです。代々目付の役職を拝命し、勤め上げてきたのです。しかし、その三塁の制でいえば、先祖が拝命した物頭の身分を捨てろといっているように聞こえます」

「捨てるのではない。物頭以下の八つの家格を統一するのだ」

「それを、物頭の身分を捨てるというのです」

須藤が叫んだ。本来なら制止すべき不敬だが、誰も止めない。どころか同じ物頭の席の男たちは、敵意ある目で重喜を睨《ね》めつけている。

「納得できませぬ。この須藤家の家格が、高取奉行や小姓と一緒になるのですか」

「中小姓や日帳格、徒士、小奉行とも同じだ」

平然といった重喜に、須藤は怒鳴りつけた。

「蔵米の無足と須藤家を同列に断じないでいただきたい」

小姓以上の家格は知行地を持っており、みな、この衆議に参加している。それ以下の中小姓や日帳格らは蔵米を支給される無足という身分で、この衆議にも各家格から代表の数人が参加しているにすぎない。

「認めませんぞ。このような悪例を、どうやってご先祖様にご報告すればよいのですか」

何人もの物頭がうなずく。

「百歩譲って小姓や中小姓と一緒なのはまだ納得がいきます。しかし、高取奉行と同じ家格は受け入れ難くあります」

須藤が吐き捨てた。

「なんとおっしゃった」

高取奉行の席の男たちが一斉に立ち上がる。

「確かに我らは吏僚として認められた家格。しかし、いかに物頭の家格とて、いっていいことと悪いことがありますぞ」

「そこまでいうならば、お主らは足軽を率いることができるのか。我ら物頭の代わりはつとまるまい」

争いは物頭と高取奉行の席だけではなかった。

「なぜ我ら小姓が中小姓と席を同じくせねばならぬのだ」

「我らが小奉行だからといって、侮ることは許しませんぞ」

各家格から数人しか列席していない無足たちも侮辱されれば受けてたたねばならない。

「侮っているのはあなたたちでしょう」

「その口の利き方、三塁の制が導入されてからもできるのですか」

「馬鹿が、まだ三塁の制など導入されておらぬわ」

あちこちで口論がはじまり、扇子や煙管《キセル》、根付けが飛び交った。最前列の三人の家老——そして忠兵衛たちはただ立ち尽くすことしかできない。

六

のんびりとした梟《ふくろう》の鳴き声が忠兵衛の耳に染み入る。蝙蝠《こうもり》が飛んでいるのか、奇声も聞こえてきた。大広間は盗賊にでも荒らされたかのように、物が散乱していた。何人かが壁によりかかり、仮眠をとっている。上座を見ると、重喜の魂が漂っているかのような錯覚を受ける。事実、熱は上座だけでなく大広間全体に燻《くすぶ》っている。

「柏木様、片付けは我々がしておきます。今はお休みください」

小坊主がそういってくれた。ただ、休もうにも疲労があまりにも大きい。人は疲れすぎると逆に目が覚めると聞いたことがあるが、どうやら本当のようだ。

「後で水と握り飯を持っていきます。どちらのお部屋にいかれるか教えてください」

小坊主の目の先には握り飯がのった盆と水筒が並んでいる。

「いいよ、俺が運んでおく。お前たちは大広間を片付けておいてくれ」

盆と水筒を両手に持ち、疲れた足をひきずる。衆議は紛糾した。重喜の提唱した三塁の制は、改革派の中老や物頭たちも反対に回るほどだった。いつもは長くても二刻《ふたとき》ほどで終わる衆議が、夜が更けても終わらなかった。亥《い》の刻を回り、ひとまず一刻ほど休息をとろうということになった。いくつかの部屋を通りすぎる。襖《ふすま》ごしに家臣たちが話しこんでいる声が聞こえてくる。

「何が三塁の制だ。無茶苦茶だ」

「あの外様の殿は、蜂須賀家のことを何もわかっておらん」

「やはり五家老様のいうことが正しかったのではないか」

「三塁の制だけ撤回していただければいい。無理ならば、わしは家老様につく」

今日の衆議がはじまるまで、敵と味方は大まかだが把握できていた。だが、今はわからない。考えようとすると、頭がどんよりと重くなる。

「藤九郎、お前はこのことを知らなかったのか。近習役のお前が殿の手綱を握らずに誰が握る」

目当ての襖の前で、式部の怒声が聞こえてきた。

「仕方ないだろう。俺に役席役高の制の案を練るようにいったのは、お前たちだ。一体、どれだけの折衝が必要だったと思うのだ。殿のそばに常に侍ることなど不可能だ」

「よせ、ふたりとも。それより開けろ、両手が塞《ふさ》がっているんだ」

しばしの沈黙の後、襖が開いた。摑《つか》みあっていたのか、藤九郎と式部の襟が乱れている。握り飯ののった盆と水筒を部屋の中央に置いた。

「なんだよ。行軍してるんじゃないんだぜ」

言いつつも、式部は握り飯にかぶりつく。藤九郎も手を伸ばすが、途中で吐き気を催したのか腹と口を押さえてうずくまった。その一方で、部屋の隅では内蔵助が寝転がっている。寝てはいない。この男の寝相の悪さは、幼馴染《おさななじみ》なのでよく知っている。眉間には深すぎる皺が刻まれていた。無理に声をかければ機嫌が悪くなると察して、空嘔吐《からえず》きをする藤九郎の背中をさすってやった。

自然とため息がもれる。

こんな様で、本当に藩政を良い方向へと導けるのか。重喜の兄の佐竹義明の姿が脳裏をよぎった。必死にかぶりを振る。同じ轍《てつ》は踏まない。絶対に、だ。なのに——

「俺は退《ひ》かぬぞ」

目をつむる内蔵助がそういった。

「負けるぐらいなら死んでやる。座して死を待つぐらいなら、最後の一瞬まで悪あがきしてやる。一時、敵に膝を屈してでも最後は勝ってやる」

「死ぬのか、抗《あらが》うのか、降伏すんのか、どっちなんだよ」

米粒を飛ばす式部が茶化すが、声に力はない。

「俺は阿淡一の知恵者だ。絶対に負けぬ」

「そういっているのはお前だけだろう」

式部が指についた米粒を舌で舐《な》めとる。

「とにかく、善後策を練ろう」

腹をさすりつつ藤九郎がいう。

「問題は、三塁の制だ。青天の霹靂《へきれき》とは、このことだ。俺たちの作った役席役高の制がめちゃくちゃにされた」

いいつつ式部が最後の握り飯に手を伸ばす。

「なんなんだ、あれは。いつ、殿はあんな案を考えたのだ」

式部が藤九郎を睨む。

「わからんといったろう。おっしゃったように、昨日の夜かもしれん。いつもそばにいる佐山は、間違いなく絡んでいるはずだ」

藤九郎は諦めたようにいう。

「なあ、みんな、三塁の制はどう思う」

忠兵衛は疑問を素直に言《こと》の葉《は》にのせた。

「俺はお前たちのように頭がいいわけじゃないからよくわからん」

というよりも今、胸のうちにある思いをうまく言葉にできない。

「あれは悪法なのか」

「三塁の制のせいで、どれだけ振り回されたと思っているんだ。鵯越《ひよどりごえ》の奇襲を受けた平家の気分だ」

式部が吐き捨てた。

「悪手ではあったと思う。我々の同志だった中老や物頭たちの何人かは反対派に回った。まあ、その逆で高取奉行や小姓の中から賛同者が出てきそうだがな」

藤九郎の意見に「家格が低い者が味方になっても知れてるだろう」と式部は毒づく。

「三塁の制は素晴らしい案だ。間違いなく、良案だ」

寝転がる内蔵助だった。いつのまにかまぶたをあけ、天井を睨みつけている。

「一塁の家老は総大将として責《せき》を負い、二塁の中老は侍大将として戦場の采配を振り、三塁はその下知《げじ》に応える。ああ、いっておくが戦場だけの話ではないぞ。あらゆる政の局面での話だ」

さらに眉間の皺を深くして内蔵助が続ける。

「役席役高の制にも欠点がある。家格の上の者が、下の職につけない。だが、物頭以下を三塁にすることでそれが可能になる。その上で、役席役高の制とあわせれば、我らにとっての最上の政になるだろう」

「では、殿のなさったことは正しかったのか」

式部が寝転がる内蔵助に近づく。

「見事だよ。俺でさえ言われるまで気づかなかった。こんな案があるのかと驚いた」

ゆっくりと内蔵助が上体を起こす。

「なのに、なぜだ」

一転して、怒りに満ちた言葉を内蔵助は吐き出す。

「なぜ、三塁の制という妙案を思いつくほど明晰なのに、それを実現するには十年二十年の時があってても足りぬことがわからぬのだ」

拳を床に叩きつけた。

さらに強く床を叩きつけた。

「あれほどの激烈な新法は、我ら一代ではとてもではないが成せぬ。なぜ、あのお方はそれがわからぬのだ。あんな案をあの場でいっても場が乱れるだけだと、なぜ気づかぬのだ」

「三塁の制を強行すれば、家がまっぷたつに割れることが、なぜ理解できぬのだ」

三度、床を打擲《ちょうちゃく》しようとした拳は、内蔵助の頭上で止まった。ぶるぶると震えている。顔は伏せている。泣いているのだ、とわかった。必死に涙を流さぬように歯を食いしばっている。

「なあ、忠兵衛、藤九郎、お主らは殿のそばに侍っていたからわかるだろう。教えてくれ」

荒い息とともに内蔵助はつづける。

「殿は、明君なのか暗君なのか、どちらなのだ」

床にぽたぽたと水滴が落ちる。

「蜂須賀の家中を混乱に陥れ滅びに導く暗君なのか、それとも三塁の制を考え実現させる明君なのか、どちらなのだ」

藤九郎は力なく首を横にふる。式部が忠兵衛を見た。目を真っ赤にする内蔵助も顔を向けた。

忠兵衛は手にある水筒を口に持っていき、一息に呑み干す。

「わからん。俺だってどっちかわからん」

だから、俺たちはあの男に振り回されているのだ。

窓の外を蝙蝠が飛んでいる。空に傷をつけたような細い月を横切り、闇の中へと消えていった。

五章　蠅取り

一

　一体、幾度目の休息であろうか。もう、柏木忠兵衛《かしわぎちゅうべえ》にもわからない。二日前の昼から始まった衆議は、波乱がつづいた。三塁の制という忠兵衛らさえ聞いたことがない法度は、改革に賛成だった家臣たちでさえ反対に回るほどだった。夜を徹した衆議は、翌日になっても終わらず、とうとう三日目を迎えようとしている。

「くそう、このままでは千日手だぞ」

　無精髭《ぶしょうひげ》が濃く浮く寺沢式部《てらさわしきぶ》が珍しく弱音をはく。朝陽が、忠兵衛の目には痛いほどにまぶしい。

　仮眠はとっているが、疲れが全身にこびりついている。

「いや、改革派の家臣たちが次々に反対に回っている。このままでは負ける」

　目の下に隈《くま》を浮かべる樋口内蔵助《ひぐちくらのすけ》だった。

「だが、殿のいっていることは間違ってはいない」

　林藤九郎《はやしとうくろう》の声は、悲愴ささえ感じさせた。事実、重喜は反対者をことごとく論破している。

　三人が忠兵衛を見た。お前はどう思うと目で問う。

「こうなれば、殿に殉じるのみだ」

三人が呆《あき》れたように肩をすくめた。

「このまま三塁の制に固執すれば、蜂須賀家は滅ぶかもしれんぞ」

内蔵助は怜悧《れいり》すぎる声でいう。忠兵衛が懐に手をやって握ったのは、秘色《ひそく》の手拭いだ。何があっても重喜を裏切らないと誓った。その思いとは裏腹に、悪寒が背を走る。

重喜のやることは性急すぎる。押し通せば、蜂須賀家はまっぷたつに割れる。行き着く先は、銀札で混乱した佐竹家か、それとも――。

「郡上《ぐじょう》の金森家の例もある」

藤九郎がいったのは、美濃国《みののくに》郡上を支配していた金森家のことだ。郡上一揆がおこり、結果、四万石の金森家は改易《かいえき》となった。今まで一揆は数多く起こってきたが、藩が滅ぶことはなかった。しかし、幕府開闢《かいびゃく》百五十八年目にして、とうとう金森家が改易された。

蜂須賀家もそうならないとも限らない。

「どうせ潰されるなら、赤穂《あこう》浪士のように派手に討ち入らせてほしいがな」

式部は伸びた無精髭を乱暴にさすった。

談合する四人の部屋の襖《ふすま》がさっと開いた。険しい顔の佐山市十郎《さやまいちじゅうろう》が入ってくる。

「何かあったのか」

異変にいち早く気づいたのは内蔵助だ。佐山の目が真っ赤に充血している。

「殿が、決断されました」

四人は目を見合わせた。

「隠居されるとのことです」

髭をさすっていた式部の手が止まる。

「馬鹿な。ありえない」

藤九郎が首を横にふった。

「いや」と、皆を制するようにして内蔵助がつづける。

「これは殿の策だ。だとしたら、悪くない。隠居を盾にすれば、五家老たちも折れるやもしれん」

「改革に反対する五家老にとっては、殿が隠居してくれれば万々歳だろう」

「ちがう」と、式部の目論見を内蔵助は否定した。

「ここで隠居されれば、さすがに蜂須賀家の面目がたたん。三人もの若君を他家から養子にもらって、三人とも若くして退位させるなどありえん。かといって、蜂須賀家には殿の跡をつぐ適当な君がいるわけではない」

蜂須賀家の血をひく者は何人かいるが、みな何かしらの問題を抱えている。かといって、重喜の嫡男の千松丸《せんまつまる》では三歳と幼なすぎる。

藤九郎がうなずきつついう。

「確かに、殿が隠居されれば困るのは五家老だ。下手をすれば、幕府から改易や移封もある。巻き返しの一手になるやもしれん」

「俺はそうは思わんぞ」

忠兵衛の声にみながふりむいた。

「殿は、そんな虚言を弄《ろう》するお方ではない。佐山、そうであろう」

「おっしゃる通りです。これは駆け引きではありません。殿は本気です」

「佐山、すぐにお目通りを願いたい」

珍しく焦りの色をみせて内蔵助がいう。

「無駄だと思いますがね」

そういう佐山を押しのけ、みなで奥へと進んだ。

「殿、柏木忠兵衛です。内蔵助や藤九郎、式部もいます。お目通りよろしゅうございますか」

「勝手にしろ」

投げやりな声が聞こえてきた。小坊主が襖を開き、中へと誘う。

「これは――」

忠兵衛は絶句した。紙や書があちこちに散らばり、その中央で重喜が腕枕でだらしなく寝転がっていた。

「殿、これはどういうことですか」

重喜が大儀そうに忠兵衛を見た。

「馬鹿馬鹿しくなった。こんなに虚《むな》しいことがあるか」

「藩政改革を諦めるのですか」

忠兵衛の背後からいったのは藤九郎だ。

「ああ、諦める。蜂須賀家の家臣たちがあんなに阿呆だとは思わんかったわ」

あまりの返答に、藤九郎は言葉を継げない。いつもは剽軽《ひょうきん》な式部も眉間を硬くしている。ずいと前に出たのは、内蔵助だ。

「隠居を切り札にするのはよき策です。五家老たちも殿に退位されては面目が立ちません」

「策ではない。本当に隠居するのだ」

重喜が背中を見せた。内蔵助の体がわなわなと震えだす。

「あの――」

四人の背後から声をかけたのは小坊主だ。

「そろそろ、衆議を再開する刻限ですが」

「まだ早い。いましばし待て」「すぐに出る」

忠兵衛の声に言葉をかぶせたのは重喜だ。驚いて振り向く。ゆっくりと起きあがろうとしている。

「まさか、隠居を公表するのですか」

「そうだ。悪いか」

「今少し熟考をお願いいたします」

忠兵衛は道を塞《ふさ》ぐようにして、重喜の前で膝をついた。

「くどい」

「約束を破るのですか」

忠兵衛は懐から秘色の手拭いを取り出した。重喜の手首にも同じものが巻きつけられている。

「約束は破っていない。私は全身全霊をもって三塁の制を考えた。これは考えうる最高の案だ。三塁の制を成し遂げることこそが、約束を果たすことになる。だが、どうだ。衆議では、三塁の制に反対の声ばかり。納得できるものならばいい。私は喜んで従う。しかし、みなが口にするのは伝統や家格の話ばかり」

最後は吐き捨てるように重喜はいう。

「隠居を宣するのは悪くありません。それを取引の材として、新法を呑《の》ませましょう」

内蔵助が話を蒸し返す。

「隠居を取引の材にすれば、家老たちに三塁の制を呑ませられるのか」

「いや……さすがに、三塁の制は性急すぎます。まずは藤九郎や式部らが献策した、役席役高の制を衆議の俎上《そじょう》に載せます」

「話にならんわ」

重喜は内蔵助から顔を背けた。そして、忠兵衛を睨《にら》みつける。

「私は約束したのだ。全身全霊をもって改革をする、とな。役席役高の制では、全身全霊の改革とはいえぬ。不完全な改革では約束を守ったことにはならぬ」

「だからといって、隠居するのはあんまりではないですか。なぜ、途中で投げ出すのですか」

「あんまりなのは、三塁の制に反対する輩《やから》たちだ。私は妥協しない。するぐらいならば、腕を切り落とした方がましだ」

秘色の手拭いをまきつけた腕を、忠兵衛の目の前に持ってきた。

小坊主が恐る恐る聞く。

「あの……衆議はいかがいたします」

「大太鼓を鳴らせ。衆議を再開する」

怒声とともに重喜は忠兵衛らを押しのける。

再開された衆議は、まず重喜の宣言から始まった。

「私は隠居する。藩主の資質に欠けると、こたび思い知らされたからだ」

ざわついていた衆議の場が、しんと静まりかえる。遅れてどよめきが沸き上がる。

「と、殿、い、隠居とはどういうことでございますか」

白い髪を乱して近づくのは、五家老の長谷川近江《はせがわおうみ》だ。

「そのままの意味だ。嫡男の千松丸は幼少ゆえ、家督を引き継ぐのは無理であろう。卿《けい》らでよき君主を見つけるがいい。私はもう知らぬ」

それだけいって、重喜は大広間を去っていく。

「は、長谷川様、どうしたらよいですか」

一番歳若の賀島備前《かしまびぜん》がすがりつく。

「隠居などもってのほかだ」

長谷川の言葉に、賀島備前は必死にうなずく。

「殿のいったことが本当ならば一大事じゃ。備前殿、江戸にいるお父上にすぐにお報《しら》せしてくれ。わしは洲本《すもと》の稲田《いなだ》殿へ使者を走らせる」

「わ、わかりました。おい、早くこれへ」

肉を揺らしながら、賀島備前が与力を呼びつけている。

「忠兵衛、藤九郎」

内蔵助が近づいてきた。

「お前たちは殿を説得してくれ。隠居させてはならぬ。必ず翻意させるのだ」

「内蔵助は」と、忠兵衛が聞く。

「俺と式部は家臣たちの様子を探る。俺は五家老や反対派が、殿の隠居についてどう思っているかを調べる。式部は、賛成派を探ってくれ」

内蔵助は、隠居を切り札にする策を諦めていないようだ。「わかった」といって、式部は大広間の隅で集まっている物頭たちのもとへ足を進めた。内蔵助は残された五家老のひとり池田《いけだ》のもとへと歩いていく。

「よし、俺たちは殿のもとへ行こう」

忠兵衛と藤九郎は、重喜のいる奥の間へと急ぐ。といっても、ついさっきまで押し問答をしていた部屋ではあるのだが。襖は開いていた。あるいは、忠兵衛らが来ることを予期していたのかもしれない。藍染めの裃《かみしも》を脱ぎすて、壁にだらしなく背をあずける重喜がいた。あぐらを組んで、煙草《キセル》をふかしている。襟も崩しており、岩五郎《いわごろう》という名前だった頃の姿が嫌でも重なる。

「どうした忠兵衛、怖い顔をして」

煙をはきつつそんなことをいう。

「ひどいお姿ですな」

「もう、藩主ではないのでな」

忠兵衛と藤九郎は、重喜の前に膝を揃えて座る。

「失望しました」

「それはこちらの台詞《せりふ》だ」

袖をひいたのは、藤九郎だ。自重しろと目がいっている。確かに、今の己では感情でしかものをいえない。かわって、藤九郎が堂々とした論をのべる。

「殿、新法は一朝一夕では実現しませぬ。三塁の制は素晴らしき法度です。しかし、性急すぎるのです。まずは、役席役高の制からはじめるべきです」

「性急すぎるのではなく、家臣どもが鈍重すぎるのだ。阿波淡路の二カ国でどれだけの借財がある。藍師たちがどれほど困窮している。五社宮《ごしゃみや》一揆のような騒動が、いつ起こってもおかしくないのだぞ」

五社宮一揆とは、長兵衛らが起こした騒動のことだ。磔《はりつけ》にされた五人を鎮魂するために五つの社が建立されたことから、そう呼ばれている。

「いえ、ちがいます。性急すぎる改革は、逆に災いを引き起こします。ご実家の秋田藩の例があることをお忘れですか」

藤九郎の弁に、重喜の眉尻が撥《は》ねる。

「銀札を発行するわけではない。三塁の制は、適材適所の法度だ。どうして、正しい政《まつりごと》をして、秋田藩のような混乱が起こるのだ」

重喜が煙管を床に叩《たた》きつけた。

「私は正しきことをやる。それが反対にあうならば、政などやらん。濁った水を呑まされるなどごめんだ」

説得は延々とつづいた。藤九郎の粘り腰と重喜の頑固さがぶつかり、両者、折れる気配がない。

「そもそも、改革は一朝一夕にならず、というが、時をかければかけるほど法度が濁らされるのは目に見えている。妥協を強いられ、全くちがう形に変えられるだけだ。一気呵成《いっきかせい》にことを進めねばならぬ」

忠兵衛の頭が徐々に下がっていく。冷たい怒りが忠兵衛の体を満たしていた。役席役高の制をなすために、一体、どれだけの苦労をしたと思っているのか。内蔵助や藤九郎、式部がどれほど汗をかき、下げたくない頭を下げたか。重喜を見た。ただ、反対するだけだ。そこには、家臣たちの苦を労《いたわ》る気持ちなど微塵もない。ただ、自分の意を通そうと躍起になっている。

そうか、今、己を満たす冷たい怒りは――

感情の正体を察した時、忠兵衛は口走ってしまった。

「殿には、人の気持ちがわからぬのです」

必死に弁をくっていた藤九郎が、ぎょっとこちらを見る。唾を飛ばしていた重喜は呆けたような表情をつくった。一瞬後に眦《まなじり》が吊り上がり、顔が朱に染まった。

立ち上がり、忠兵衛の胸ぐらを摑んだ。

「貴様、今、なんといった」

襟を持ち上げられ、忠兵衛の体も傾ぎそうになる。

「言え、貴様、今、なんといった。俺のことをなんと評した。一体、どんな覚悟があって俺を愚弄した」

唾が顔にかかった。忠兵衛は目をそらさない。

「どんなお叱りも受けます。斬ってもらっても構いません。先の言葉は、私の本心でございます」

それから、また駆られるように忠兵衛は言葉を継ぐ。

「殿にはわからぬのです。人の――」

強い力で突き飛ばされた。

「殿っ」

藤九郎のすがる声よりも、重喜が床を蹴る音の方が大きかった。床にばらまかれた紙を踏みにじり、重喜が出ていく。小坊主たちが慌てて追いかけた。

忠兵衛と藤九郎は、書状が舞う部屋の中に取り残される。

二

近習や小坊主たちが必死に重喜を探している。藤九郎もだ。忠兵衛は広縁から庭へと降りた。下駄や草履はないが構わない。足袋ごしに庭の土の感触が伝わってくる。木々の間をぬっていくと、池の畔《ほとり》にしゃがみこむ人影があった。重喜だ。じっと濁った水面を見つめている。

その後ろ姿が、嫌でもある男のものと重なる。忠兵衛の兄だ。平島公方《ひらじまくぼう》の家臣の細川孤雲《ほそかわこうん》と往来で刃傷沙汰となり、謹慎の処分を受けた。部屋で鬱々とする兄と、なぜかそっくりだった。

土を踏んで近づいていく。

「忠兵衛か」

力のない声にぎょっとした。思わず足を止める。両膝をついて平伏した。

「お前のいう通りだ。俺は、人の心がわからぬ。だから、佐竹の家でも疎まれていた。そんな俺に――」

「そんなことはありませぬ」

慌てて、忠兵衛は言葉をかぶせた。

「ただ、奔走した藤九郎や内蔵助、式部らの苦労を察してやってください」

「苦労をしたら、優っているものより劣るものが採用される道理でもあるのか」

心底、不思議そうに重喜はいう。石を池に投げ込む音がした。御殿を探す藤九郎らにも聞こえたのか、騒々しい音がこちらへ近づいてくる。

「人の心は、そのように割り切れるものではありません」

重喜の背中がしぼんだような気がした。もう、怒ってはいない。かわりに体を支配するのは、哀しみだ。いや、寂しさ、といっていいか。

「忠兵衛、俺は人の心がわからぬ。なぜ、間違っているものを尊いというのか、なぜ劣るものを有り難がるのだ。俺は、人というものがわからぬ」

また、重喜が池に石を投げ入れた。

「私にはわからぬ。苦労がなんだというのだ。そんなものが何の役にたつ。結果が全てではないか。正しいか誤っているか。優れているか、劣っているか。それ以外に尊いものがあるのか」

重喜は、忠兵衛に何かを伝えたいようだ。きっと、己がどんな人間かわかってほしいのだろう。しかし、悲しいかな忠兵衛もまた重喜のことがわからない。すぐ近くにいる若者が、ずっと遠くから語りかけているかのような錯覚に陥る。

「役席役高の制が、三塁の制より優れているならば、私は喜んで従う」

重喜が振り向いて、忠兵衛を見た。

「なのに、お前たちはちがう。三塁の制が役席役高の制より優れているのに、反対ばかりする。お前たちは卑怯だ」

陰になって表情はわからないが、かすかに声は湿っていた。

「三塁の制はすぐにはできません」

内蔵助は百年二百年先だといっていた。

「詭弁だ。時をかければ法度が濁らされるといったであろう」

「いえ、ちがいます。時をかけたほうがいいこともあります」

忠兵衛は立ち上がった。

「殿は三塁の制を……新法や改革を一気呵成にやろうとしています。しかし、それは間違っております」

「では、どう間違っているか申してみよ」

「わかりました。まずは御殿に戻りましょう。皆に気づかれればことです」

まだ、藤九郎とわずかな小坊主や近習にしか知られていないはずだ。忠兵衛は、重喜が立ち上がるのを待ってから御殿へ足を向けた。

狼狽する藤九郎たちと途中で落ち合い、小坊主のひとりに「箸を持ってきてくれ」と頼んだ。部屋へは戻らず、台所へと行く。

「こんなところに何の用だ」

重喜が不審げな声で問いただす。

「ここで芸を披露したいと思います」

薄暗かった台所に灯りを点した。大きな竈《かまど》がいくつも並んでいる。竈の縁に、一匹の蠅《はえ》が止まっていた。小坊主が持ってきた箸を受け取る。

「まさか、お前、あれをやるつもりか」

藤九郎が頓狂な声をあげた。

「あれとは何なのだ」

「はい、あの……箸で、蠅を取る芸です」

「はしではえ？」

重喜が藤九郎の言葉を間抜けにも復唱する。

「忠兵衛の亡き兄が得意とした宴会芸……いや、技です。おい、ちゅうべ――」

「静かに」

忠兵衛は藤九郎を叱りつける。忠兵衛は竈に止まる蠅の背後に立ち、ゆっくりと箸を動かした。

「なぜ、今、蠅を取るのだ」

「わかりませぬ」

泣きだしそうな声で藤九郎が答える。その間も、忠兵衛は持つ箸をゆっくりと蠅へと近づける。

一寸を進むのに心の中で十以上数えるほどの時をかける。

そして――

十分に近づいてから、パシリと箸の先が蠅の翅《はね》をつまんだ。

「いかがですか」

忠兵衛は蠅を重喜に突きつけた。

重喜は無言だ。藤九郎は頭を抱えている。

「お主、馬鹿にしているのか。それとも呆《ほう》けたのか」

やっと、重喜はそういうことができた。

「呆けてもおりませんし、馬鹿にもしておりません。真剣です。真面目に藩政改革について熟考した結果、これに行きつきました」

箸の間に挟んだ蠅が、必死に足を動かしている。

「なぜ、私が蠅を捕まえられたかわかりますか」

「わかるわけがないであろう」

忠兵衛は蠅を解放した。箸を一本だけ短刀を握るようにして構える。気合いの声とともに一気にふった。何度も蠅を打とうとするが、ことごとくかわされてしまう。息を整えて、「見ての通りです」と忠兵衛はいった。

「蠅は人よりも速く、目が恐ろしくいいのです。人の速さでは、蠅を切ることはおろか捕らえることもできません」

藤九郎と重喜はぽかんとしている。

「ですが、それが蠅の弱みでもあります。人の何倍も速い動きを見極められるからこそ、遅い動きは逆に止まっているように見えるのです」

「忠兵衛様、何をいっておるのですか」

それまで無言で控えていた佐山が、我慢しきれずに口を挟んだ。

「殿は、盆栽が大きくなる刹那《せつな》を見届けたことがありますか」

「……ない」

「そうでしょう。いつのまにか大きくなっていたはずです。つまり蠅は人よりも速い動きができるがゆえに、遅い動きは止まっているようにしか感じられないのです。ゆえに、ゆっくりと箸を進めれば蝿にはそれが止まっているように見えるのです。その上で、箸を極限まで近づければ、蝿を捕らえることができます」

三人は目を瞬《しばた》かせる。

「つまり――」

重喜が先を促した。

「新法も同じです。速い変革は、蝿にとっての速い動きと同じです。蝿が刀に見立てた箸をよけたように、家臣たちも抗《あらが》い、なんとか逃れようとします」

忠兵衛は床の上の蝿を、再び箸でつまもうとした。今度は素早い動きだ。蝿は難なくよける。

「だが、家臣たちに気づかれぬようにゆっくりやれば成功するというのか」

重喜の言葉に、忠兵衛は深くうなずいた。

「一気呵成にゆっくりとやるのです。それが藩政改革の成功の秘訣です」

そして再び忠兵衛は箸を蝿へ向けた。ゆっくりとゆっくりと近づける。ひたすら遅く箸を進める。

そして――

パチリと蝿の翅を箸先でつまんだ。

「いかがですか」

目をむいて、忠兵衛は叫ぶ。

重喜はがっくりとうなだれている。一体、どれくらいそうしていただろうか。両肩が震え出す。くつくつと笑声が聞こえてきた。やがて顔を天井に向けて、爆《は》ぜるようにして笑った。

「これはいい。蝿を箸でとることと、藩政改革が同じだというのか。童《わらべ》の遊びと一緒にされるとはな」

「では、蝿をとってごらんなさい」

忠兵衛は箸を突き出した。

「蝿に気取《けど》られぬよう、気配を消して箸を少しずつ近づける。いうは易《やす》しです。ほとんどの者は途中で音をあげます。藩政改革も同じでしょう。ゆっくりと、しかし、長年にわたりたゆまず努めを怠らない。あるいは一月《ひとつき》ならば常人でも続けられます。しかし、十年それを続けられる者は、千人にひとりもおりません」

重喜の胸元まで箸を持ってくる。

「蝿を箸でつまむがごとく、ゆっくりと藩政を改革する。これ以外に約束を守る方法はありません」

重喜の手首がぴくりと動き、秘色の手拭いがゆれた。

「馬鹿馬鹿しい。話にならぬわ。もう何もかもが馬鹿らしくなった。何が蝿だ」

重喜は竈に背を向けた。

「何もかもが馬鹿らしいわ。隠居することさえ、馬鹿らしくなったわ」

「へ」と、藤九郎が間抜けな声をあげた。慌てて、忠兵衛へと顔を向ける。狐につままれたとは、今の藤九郎のような顔をいうのであろう。いや、忠兵衛もそんな表情をしているのかもしれない。

「やめだ。やめ。隠居もやめてやる。馬鹿らしい。隠居するのが馬鹿らしくなった」

「と、殿、まことですか」

藤九郎が重喜に目をすがらせる。

「ああ、まことだ。一気呵成の藩政改革が強い反対にあうのは、この目で見た。ならば、ゆっくりとした藩政改革というのをやってやる。忠兵衛のいったことが本当かどうか、蠅の理《ことわり》が政にも通用するかどうか、答えあわせをしてやる。それでいいんだろう」

やけくそにいうが、目には強い光が宿っていた。

「あ、ありがとうございます」

忠兵衛は土間に這《は》いつくばった。

「すぐに内蔵助らにも伝えましょう。再開される衆議では、隠居するつもりだという芝居をしてください。その上で、五家老と取引します。隠居撤回のかわりに、役席役高の制を呑ませます」

「いや、それはならん」

強い口調で重喜が藤九郎の弁を遮った。

「五家老と取引するのは、役席役高の制ではない」

「なぜですか」

「役席役高の制をしてしまうと、三塁の制まで行きつかぬ」

「しかし――」

藤九郎が口籠《くちごも》る。忠兵衛がかわりに前へと出た。

「では、殿は隠居のかわりに何を取引されるつもりなのですか」

重喜は手首に巻きつけた手拭いを顔の前に持ってきた。口で端部をくわえ、もう一方の手できつく縛りつける。

「藍師株の廃止だ。まずは領内の藍師を苦しめる悪法をひとつ潰す」

三

早朝から忠兵衛は城に呼び出されていた。重喜が起居する屋敷の奥へと通される。目の前では膳を運ぶ侍女がいる。これから重喜は朝餉《あさげ》をとるはずだ。そこに忠兵衛は呼ばれた。まさか、朝餉をともにしようと重喜はいうのであろうか。何も聞かされていないが、念の為、朝餉を抜いてきたのでひどく空腹だった。

部屋へ通されると、重喜はすでにいた。湯呑みの茶をすすっている。

「待っておったぞ」

そう声をかけた相手が、忠兵衛なのか朝餉を運んできた侍女なのかはわからない。

「先日はご苦労だったな」

この言葉は忠兵衛へのものと思って間違いないだろう。夜を徹しての衆議は、結局、重喜が隠居を撤回することで閉幕した。そして、日を改めて、五家老や主要な中老を呼び寄せた。三塁の制だけでなく、役席役高の制も断念することを告げた。そのかわり、藍師株を廃止することを重喜は提案した。

「藍師株の廃止の件、江戸家老の賀島様や洲本城代の稲田様も概《おおむ》ね同意するようです」

「呑まねば、また隠居するといいかねんと思っているのだろう」

満足そうにいった後、重喜は箸をとった。

「殿、お待ちください。毒味がまだなのでは」

「今日だけは藩主らしいことはやめる。冷めた飯ばかりでは生気は養えん」

膳の中にある小さな皿を取った。つんと妙な匂いがした。

「納豆ですか」

「部屋住みのころからの好物だ」

重喜は慣れた手つきで納豆をかき混ぜる。

「これ、誰か」

忠兵衛がかしずく侍女に声をかけようとしたら「いい、このぐらい、自分でやる」と不機嫌な声が飛んだ。

「わかりました。今朝だけは、岩五郎様としてお過ごしください」

「今日だけでなく、今朝だけか。お前は本当によき家臣じゃ」

形のいい唇を歪《ゆが》ませて笑う。この男なりに我慢をしていたのだ、と今さらながら感じいった。せめて食事だけでも好きにとらせてやろう。

が——

重喜は納豆をかき混ぜつづける。ひたすらに手を動かす。何かに取りつかれたかのようだ。

「あの……」と、思わず声をかけた。

「黙っておれ。これが一番、美味《うま》い食い方だ」

手首が痛くなるのではないかと心配になるほど、箸を回しつづける。

「ふう、できた。おい、飯を盛れ。あと、忠兵衛にもくれてやるから皿と箸もだ」

侍女がとりわけようとするのを制止し、重喜自らが小皿に納豆を取り分けた。そして、忠兵衛の前に運ばれる。なんだ、これは。豆が小さく砕けている。

「面白いだろう。あれだけかき混ぜると、豆が砕けるのだ」

重喜は納豆を炊き立ての飯の上へと落としている。

恐る恐る箸でつまみ口に含む。砕けて丸みのなくなった豆の口当たりが心地いい。かき混ぜて濃くなった味が舌にまとわりつく。確かに、これは今までにない味わいだ。

「美味いですな。飯が欲しくなります」

「であろう」

飯と納豆をかきこむ重喜は満足気だ。唇についた納豆の欠片《かけら》をぺろりとなめとる。

「つまり、こういうことだ。納豆を箸でまっぷたつに割ろうとしても無理だが、時をかけてかき混ぜればいずれ豆は割れる。そして、何より美味い」

「はあ」

「新法もこれと同じだ。私はそれに気づいた」

「それは……先日、私が箸で蠅を捕まえた時にいったことでは」

「蠅を箸で捕まえるたとえよりも、納豆のたとえの方がいい。蠅のたとえは蠅がいなければできないが、納豆ならば事前に用意できる」

そして、美味そうに納豆と米をかき込み、そのあと熱い茶をぐっと呑み干した。

「新法は納豆を食するがごとし。拙速《せっそく》よりも巧遅《こうち》の方が尊《とおと》ばれることがあるとはな。世の中には、まことに様々な摂理があるものよ」

「はあ、まあ、それはいいとして飯が欲しくなりますな。できればお茶などあれば」

侍女の膝下にあるおひつをちらちらと見る。侍女が飯を給仕しようとしたら、重喜が腕を横に伸ばして遮った。

「お前には飯はやらん。今朝だけ岩五郎で過ごせといった罰だ。納豆だけ味わえばいい」

そうこうしているうちに、重喜が朝餉を平らげた。一方の忠兵衛は、納豆だけを食したおかげで喉が渇いて仕方がない。

「よし、岩五郎での朝餉はここまでだな。そろそろ、内蔵助たちが来ているはずだが」

いつの間にか、佐山がそばに控えていた。

「はい。すでにお待ちです。政務の間へいかれますか、それともこちらへ呼びますか」

「ここへ呼んでくれ」

しばらくすると、内蔵助、藤九郎、式部らがやってきた。佐山も含めて五人が重喜の前に並ぶ。

「お主らを呼んだのは他でもない。今後、いかにして新法を進めていくか。大まかな方針だけでも、確かめた方がいいと思ってな」

もう顔は岩五郎ではなく重喜になっている。

「つまり、先の衆議のような勝手はしないということですな」

あえて忠兵衛はいった。重喜はにやりと笑っただけで、諾とも否とも言わない。

「新法には、左右の両輪がある。それが倹約令と三塁の制だ」

やはり、重喜はまだ三塁の制を諦めていないのか。かしずく五人から緊張の気配が漂っていた。藩政改革には賛成だが、三塁の制には不満をもつ者はこの五人の中にもいる。無理もない。忠兵衛とて三塁の制には、物頭の身分を軽んじられたような不快を感じた。

「だが、私は行き過ぎた倹約令は間違っていると思う。あまり大きな声ではいえぬが――」

そう前置きしつつも、さらに声を強めて重喜はいう。

「吉宗《よしむね》公の倹約令は間違っていたと思う。あれはたまたま上手くいっただけだ。行き過ぎた倹約令は、いずれ日ノ本の商いを低調にする」

何人かが尻の位置を直したのは、幕閣に聞かれれば間違いなく懲罰に値する言葉だったからだ。忠兵衛も空唾《からつば》を呑むが、口の中の納豆の味がさらに濃くなっただけだ。

「とはいえ、倹約は必須だ。事実、蜂須賀家の借財は三十万両という莫大なものだ。無駄が多いのは目に見えている」

あくまで藩士のみの倹約で町人たちには強制しないと、重喜はいう。

「倹約令で冗費《じょうひ》をなくし、適材適所を徹底する。その両輪でできた徳島藩という乗り物に、何を乗せるかわかるか」

重喜が皆を見まわした。

「商いでございますな」

いったのは内蔵助だ。

「そうだ。倹約を徹底することと商いを盛り上げることは、相反することではない。両立しうる。徳島藩では冗費は徹底して省く。だが、必要であれば銭は使う。商いを隆盛にするためならば、銭は惜しまぬ。さて、倹約令と三塁の制の両輪に乗せる商いだが、どんなものがいい」

内蔵助以外の四人が「藍でございましょう」と口を揃えた。

「そうだ。新法の肝は、倹約、適材適所、そして藍による商いだ。どれから手をつけるべきと思う」

「やはり、倹約令でしょうな」

藤九郎が真面目な顔でいう。皆がうなずいた。

「大方針はこれで決まった。まずは倹約令を全身全霊でやる。さて、その上で我らの新法を阻む者は誰があると思う」

「やはり五家老でしょう。彼らは頑迷です」

憎しみさえこめていったのは、佐山だ。

「五家老をいかに崩すか。新法が成就するかどうかは、これにつきると思います。山田《やまだ》様は閉門に処しました。あとは、四人です」

佐山の激烈な言葉に、式部と藤九郎が眉をひそめた。

「中でも厄介なのは稲田様だと思います」

みなが発言者の内蔵助へ顔を向ける。

「先の衆議も欠席されていました。何を考えているか測りかねるところがあります。何より淡路洲本城の城代を代々務めておりますれば、確たる地盤があります」

「であろうな。稲田は強敵だ。これを排するならば、慎重にことを運ぶべきだろう。他に敵はいないか」

重喜は鋭い目で一座を見回す。

「まあ、強いてあげるとすれば平島公方《ひらじまくぼう》でしょうか」

明るい声で式部がいう。口の中に残る納豆の味が汚泥に変わったかのように、忠兵衛は感じた。

平島公方の家臣、細川の姿が嫌でも脳裏をよぎる。

「そういえば、平島公方から禄の加増を要請する使者がきておったな」

藤九郎が心配顔でいった。

「あんな小物公方、放っておけばいいんだ」

嫌悪をたっぷりとこめた内蔵助の言葉だった。しかし、それで終わらない。内蔵助は平島公方の見立てを冷静に説く。足利《あしかが》将軍家の血をひき、噂では大奥の実力者とも縁のある平島公方が五家老と結びつけば、容易ならぬ勢力になる。が、平島公方はそもそも蜂須賀家全般を蔑視している。五家老と手を組むことはありえない。

内蔵助の弁に、みなは同意を示す。

さらに、忠兵衛らは思いつく限りの名前をあげる。が、平島公方同様、それほど大きな脅威とは思えない。

「今ひとつだけ、新法を阻む存在があります」

内蔵助が膝を使って前に出た。

「なんだ。申してみよ」

「蜂須賀家の継嗣《けいし》でございます」

急に場の空気が重くなった。重喜は立花《たちばな》家の娘、伝《つて》を正室として迎え、すでに男児をもうけている。が、それは本来ありえない。重喜は蜂須賀家の娘を正室として男児をもうけるか、蜂須賀家の男児を養子にしなければならない。

「殿、我らは不思議に思うことがあります。なぜ、殿が蜂須賀家の外から正室をもらいうけたのか。そして、嫡子になぜ伝姫様との間にできた千松丸様をつけたのか」

内蔵助の言葉は穏やかだが、目は鋭い。

「決めたのは、五家老だ。私は、五家老の案を認めたにすぎない。あの頃の私が、五家老の反対を押し切って正室や嫡子を決定できたとでも思っているのか」

「いえ、それはありません。近習《きんじゅ》としておそばに仕えていた私がよく知っています」

重喜の弁を助けたのは、藤九郎だ。

「なるほど。では、伝姫をなぜ正室に選んだのか。蜂須賀家の血をひかぬ千松丸様をなぜ嫡子にしたのか。その理由は、五家老ならば知っているのですな」

敵を問い詰めるかのような内蔵助の声だった。

「さあな、あの頃の私は政に興味はなかった。器量と家柄の申し分ない娘との縁談を五家老から提案され、諾といった。そして、生まれた息子を蜂須賀家の嫡子にしてくれと五家老にいわれたから諾といった」

「なるほど、納得しました」

到底、納得しておらぬ表情で内蔵助はつづける。

「その上で、蜂須賀家の継嗣は我らの急所になるやもしれません。今は蜂須賀家には適当な男児がおりませぬ。しかし、もし男児が誕生したとなれば、殿の立場は大変危ういものになります」

重喜は微笑をたたえたまま無言だ。

「それは、我らの新法を阻むだけでなく、あるいは殿の藩主という地位さえも脅かすものになるでしょう」

四

美寿《みす》が啞然《あぜん》としてこちらを見ている。それも当然か。忠兵衛はひたすらに納豆を箸でかき混ぜつづけていたからだ。

「あの、あなた、何か嫌なことでもあったのですか」

息子の市《いち》をあやしつつ聞いてくる。

「気にするな。ちと美味い納豆の食べ方を殿に教えてもらったのだ」

「まあ、殿にですか」

「部屋住み時代に覚えた食べ方らしい。豆が砕けるくらいかき混ぜるのだ。少々時を食うがな」

「どうして、そんなことを教えてくれたのでしょうか」

箸の動きを止めずに、美寿に経緯《けいい》を教える。蠅を箸でつまむと聞いて、美寿は最初こそは嫌そうな顔をしていたが、その理を説くと次第に引き込まれていったようだ。

「性急に改革をしようとする藩士を説得する時、箸で蠅をつまむのを見せるよりも、納豆の方が下品でないからだ、といっていたが」

「きっとお礼の意味もあるのでは」

「お礼だと」

「はい。殿は好学の癖があるとおっしゃっていたではないですか」

重喜は、知識を得ることに恐ろしく貪欲だ。蠅が遅い動きに対応できないという奇妙さは、この世の摂理を反映していて重喜を喜ばせた。

「だから、殿はあなたに面白い知恵を披露したのでしょう」

なるほど、重喜ならありそうである。だが、礼ならば言葉で示せばいいではないか。と思ったが、それを素直に口にできぬ臍《へそ》まがりであることも知っている。

そんなことを考えているうちに、いい具合に豆が砕けてきた。

「やっと飯と茶と一緒に味わえる」

美寿は不思議そうな顔をし、市は両手を前に突き出して納豆を食べさせろとせがむ。箸でかけらをつまんで戯れに突き出すと、すごい勢いで首を横にふって泣き始めた。気まぐれな後継ぎめ、と毒づきつつ口に含む。濃くなった納豆の味を、飯がいい具合に中和してくれていた。やはり、飯とあう。手元にお茶のあることがこんなに幸せだとは思わなかった。

「忠兵衛様、高田屋《たかだや》が来ましたよ」

納豆と飯を味わっていると、中間がそう教えてくれた。高田屋は出入りの商人である。

「なんだ。随分と早いな」

「本人もそういっておりました。ですので部屋で待たせてもらえれば、ということです」

「わかった。飯が終わればうかがうので、茶と菓子を出してくれ」

「はーい」と、元気な声で奥から返事をしたのは歌代《うたよ》だ。美寿と一緒に台所に菓子用の棚を作っており、柏木家では菓子奉行の異名をとっている。

最後に熱い茶を吞み干し、装いを整えて、客間へといく。

「いくつかの品を見繕《みつくろ》っておきました。目録もございます」

五十代手前の高田屋の番頭が紙を差し出してくる。

「倹約令があるゆえ、あまり高い品は駄目だし、かといって安すぎるのは心証を悪くするし」

忠兵衛は腕を組んで目録を検討する。

「もし、よければどなたに贈る品か教えていただければご助言させていただきますが」

「いや、それはよしておこう」

閉門になった山田真恒《さねつね》への見舞いの品を吟味しているとはいえない。閉門中の山田だが、夜間に限り許しをえれば、面会はできるように取り計らった。これは忠兵衛の献策である。山田は倹約令には理解を示していた。罰をこうむるのは仕方がないとして、できるだけ負担は軽くしてやりたい。が、やはり、何を手土産にしていいかわからない。そう悩んでいると襖の向こうから「もし」と声がかかった。美寿だ。

「よければお手伝いしましょうか」

美寿には、山田のもとへ赴《おもむ》くことは伝えていた。

「ああ、頼む」

襖が開いて入ってきたのは、美寿と歌代だ。なぜ、歌代が、と思うがもう遅い。この菓子がいいとか、ここの紙人形は最近流行《はや》っているだとか、目録の紙を手にしてたちまち女ふたりで話しこみはじめた。

五

行灯《あんどん》が照らす部屋で見る山田真恒は、十ほども老けたように見えた。髪も整え、着衣も立派だが、目に力がない。

「奥方様や侍女の方々の気が晴れればと」

忠兵衛は美寿らが見繕った手土産を渡す。選んでくれたのは女人向けの絵草子だ。さらに忠兵衛は包みを差し出した。これは山田のために忠兵衛自身が選び購《あがな》った。開くと、雲と月の彫が入った刀の鍔《つば》が現れた。華美な服装が許されない分、小物に金をかけることが阿波で流行りつつある。

「ほお、ありがたいな。新しい鍔が欲しいと思っていたのだ」

山田が相好を崩したので、ほっと胸を撫で下ろした。

「それよりも新法の方はどうなったのだ。殿は衆議の場で出した案を、ことごとく引っ込めたそうだが」

「性急にことを運ぶべきではないと判断しました。そのかわり、藍師株を廃止することを決定しました」

「意図はわかるが、逆に借財が多くなるのではないか」

「ですので、来年から倹約令を徹底させます。七年の期限をつけて、冗費をあたうかぎり切り詰めます」

「ふむ。では、家格に関しては改革を行うのか」

「吉宗公の足高の制を模したものを、いずれ導入するのではないでしょうか」

忠兵衛は言葉を濁した。

「土産の返礼というわけではないが」

一冊の書を山田は取り出した。

「これは――」

受け取って丁をくる。書かれているのは、いかにして藩政の冗費を省くかということだった。

「役席役高の制や三塁の制は納得できんが、倹約は別だ。わしにできることであれば助力は惜しまん」

五家老のひとりだけあり、倹約の詳細は他家との社交にまで及んでいた。忠兵衛でさえ盲点だった冗費をいくつも指摘している。

「確かに、ここにあるように海部《かいふ》郡の町奉行と村奉行の仕事は重複しているものが多くあります。これを簡略にすれば、さらに倹約できますな。あの……この書をいただいてもよろしいでしょうか」

「おいおい、まだ途中だ。見直せば、もっとよい案が出てくる」

山田の顔をまじまじと見る。閉門中にもかかわらず、政務への意欲を失っていなかった。そのことがとても嬉しかった。

「お見それしました。山田様は五家老の鑑《かがみ》です」

「それは皮肉か」

首をあわてて横にふる。山田の顔に微笑が浮かんでいるので、軽口だったようだ。

「いずれ閉門は解けます。その時は、我らに力を貸してください。殿を助けてやってください」

「無論だ。それが五家老の務めであろう。だが――」

口調は優しかったが、目は鋭くなる。

「私は、家格を壊すような新法には反対だ。蜂須賀家の伝統は後世に残さねばならない。それが、山田家の当主の責務だ」

やはり、一線は越えられないようだ。が、倹約令については確かに言質《げんち》をえた。

ふと、鼻が護摩《ごま》の匂いを嗅ぎとる。薄くだが漂っている。

「まだ、祈禱《きとう》を続けているのですか」

観喜院《かんぎいん》という山伏《やまぶし》を、まさか屋敷へ呼び寄せているのか。

「ああ、なかなか八重《やえ》に子が恵まれなくてな」

八重とは、以前にもあった山田の奥方だ。

「いや、それはわかるのですが、今は閉門中の身でありますれば……」

「だが、閉門中でも医者は呼べるであろう。武家にとって子に恵まれないのは、病を患ったに等しい。閉門が解かれた時、奉公の支度にぬかりがあれば不忠のそしりは免れない」

気持ちは痛いほどに理解できた。が、出産祈願で山伏を呼ぶのはやりすぎだ。少なくとも許しを得る必要はある。ちらと目に入ったのは、倹約の策をまとめた書だ。これは、一朝一夕で書けるものではない。

「わかりました。そういうことならば、家中のどなたかが病を得たということにしてください。病気平癒のための祈禱だと、私の方からも届けておきます」

六

山田邸からの帰路、暗くなった足元を中間のもつ提灯《ちょうちん》が照らしてくれていた。月は雲に隠れてしまっている。空気が湿り気を帯びているので、明日は雨であろう。

「おや」と、中間が声をあげた。

「客間に灯《あか》りがついておりますな」

忠兵衛が顔を上げた。塀ごしにも、忠兵衛の屋敷の客間あたりが明るいのがわかった。

「一体、誰だ。こんな刻限に」

屋敷の門をくぐり、玄関で草履をぬぐ。歌代が足を洗ってくれていると、背後から美寿が現れた。

「内蔵助様が来られていています。お茶とお菓子は出しておきましたが、いつものような酒はいらぬと。用件を伝えれば、すぐに帰ると」

嫌な予感がした。

「わかった。すぐにいく」

袴《はかま》はそのままに客間の襖を開いた。障子を開け放つと、内蔵助は庭を向いて座していた。

「どうした。何があった」

ゆっくりとこちらへ顔を向ける。

「慶事があった」

言葉とは裏腹に、顔には緊張が走っている。

「聞かせてくれ」

隣に並び、ふたりで庭を見る。が、暗がりが濃くわだかまり、本来の庭の風情などは微塵《みじん》も感じられない。

「重隆《しげたか》公の室が懐妊されたらしい」

思わず内蔵助を見た。蜂須賀重隆は、蜂須賀家五代当主の孫にあたる。当年、三十歳。本来なら九代藩主になるはずだったが、六年前に二十四歳の若さで廃嫡された。幕府には病と届け出たが、その内実は荒々しすぎる気性が後継者にはふさわしくないとされたのだ。今は、西の丸で捨て扶持《ぶち》を与えられている。確かに、身辺の世話のために妻帯していたが、まさか――。

「それは……めでたいことだな」

そういった忠兵衛の口の中が苦い。思い出すのは、かつて内蔵助が重喜にいったことだ。

――今は蜂須賀家には適当な男児がおりませぬ。しかし、もし男児が誕生したとなれば……

忠兵衛の頬に水滴が当たった。湿り気は以前よりもずっと強くなっている。

ぽつぽつと地面を打つ水の音も聞こえてきた。

十を数えるまでもなく、小雨は驟雨《しゅうう》へと変わった。屋敷の屋根を打ち、庭の木々をざわつかせる。

縁側もたちまち雨に濡《ぬ》れる。

水煙さえ立つ中、忠兵衛と内蔵助は夜の庭を見つづけていた。

六章　呪詛

一

その男たちは徳島城内を我がもののように歩いていた。先頭の男は長い烏帽子《えぼし》をかぶり、眉を剃《そ》っている。細面《ほそおもて》の上品な顔は公家かと勘違いしてしまいそうだ。その背後にいるのは、深い緑色の狩衣《かりぎぬ》を身につけた四人の従者たちである。蜂須賀《はちすか》家の家臣たちが慌てて頭を下げるが、一瞥《いちべつ》さえくれずに五人は歩いていく。

「ふん、やっと来やがったか」

廊下の陰から吐き捨てたのは、樋口内蔵助《ひぐちくらのすけ》だ。

「舐《な》められたものだな。まるで自分の城のように歩いている」

寺沢式部《てらさわしきぶ》も呆《あき》れたようにいう。その横で柏木忠兵衛《かしわぎちゅうべえ》は闊歩《かっぽ》する男たちを凝視する。平島公方《ひらじまくぼう》こと平島義宜《ひらじまよしのり》とその従者——細川《ほそかわ》、仁木《にき》、吉良《きら》、石堂《いしどう》たちだ。

「こちらでお待ちください」

小坊主に誘われた先は、謁見《えっけん》の間だった。しかし、立ち止まり入ろうとはしない。

「藩主はおられぬのか」

聞いたのは細川孤雲《こうん》だ。今日も、真紅の狩衣を上品に着こなしていた。

「はい。今すこしすれば参られるかと思います」

「ほう、我がご主君を待たせるというのか。いつから蜂家《はちけ》は我ら公方家よりも格が上になったのだ」

蜂家という言い方に、嫌でも侮蔑の気を感じる。一方の小坊主は青くなり、弁明さえできない。

「お前がいけ。俺は奴らとは口もききたくない」

内蔵助が式部の背中を押す。式部は式部で、全力で抗っている。

「いい、俺がいく」

忠兵衛は廊下を歩いた。細川ら四人が睨《ね》めつける。特に細川の眼光は執拗だった。

一方の平島義宜は醒《さ》めた目で謁見の間を見ていた。

「ようこそ、お越しくださいました。物頭の柏木忠兵衛でございます。まずは、こちらでお待ちください。じきに殿が参られます」

「我らを待たせる、だと。それは、平島公方の血を侮《あなど》る行為ぞ」

細川は剣呑《けんのん》の気を発しつついう。

「平島公方様から謁見の願いがあったのは、昨日のことと聞いております」

本来ならば、会うことさえ難しいのだ、と言外に匂わす。

「何より阿波の国主は、重喜《しげよし》公でございます。平島の所領を誰がお与えになったか、今一度思い出してほしくあります」

「思い出せというのならば、わが主君が足利義澄《あしかがよしずみ》公の血をひいていることこそ思い出すべきだ。これは徳川家も認めることぞ。何より蜂家が阿波に居座って百八十年になるが、一度たりともわが君と君臣の契りを交わしたことはない。ならば、蜂家は公方家を対等に遇するのが礼であろう」

細川の弁が止まったのは、「構わん、待とう」と女のような高い声が放たれたからだ。義宜だ。が、忠兵衛はおろか細川ら従者の方さえも見ていない。感情の読み取れぬ目で、じっと謁見の間を見つめている。

「ご理解いただき感謝いたします。おい、ご案内しろ」

安堵《あんど》の息をつく小坊主を急《せ》かした。五人が部屋に入ったのを見届けて、忠兵衛は廊下を急いだ。途中で内蔵助や式部と合流し、蜂須賀重喜のいる奥の間へと行く。

「どうであった」

入るなり重喜が聞いてきた。謁見の支度は万全だが、質素な小袖や袴《はかま》を身につけているので、どうしても義宜より見劣りしてしまう。

「対等に遇するよう求めてきています。平島公方は蜂須賀家の家臣ではない、と」

式部が勢いこんで報告する。

「ちっ、図々しい物乞い公方め」

ひどい言い様だが、事実でもある。義宜に与えた所領は百石だが、その管理は蜂須賀家が行っている。夫役や軍役、参勤交代の供奉《ぐぶ》もない。その上で、徳島城下に屋敷も下賜《かし》されている。下手をすれば八百石の忠兵衛よりも豊かな暮らしを送っている。いや、事実そうだ。余った米や銭を、平島公方は農民や商人に貸し与えて年千両の収入があると評判だ。そして、それを証明するかのように義宜ら五人の装いは美しい。

「で、今は大人しく待っているのだな」

忠兵衛はうなずいた。近習《きんじゅ》たちが胸を撫《な》で下ろすのがわかった。平島公方は代々、公家と縁戚《えんせき》がある。その人脈は侮れない。事実、義宜の叔母は公家に嫁ぎ、その娘が大奥の老女、松島局だ。昨年、征夷大将軍に就任した徳川家治《いえはる》の乳母で、今や大奥の老女にまで出世している。

そんな義宜が徳島城へやってきたのは、領地の加増を願うためである。年千両の利をあげながらも、百石では暮らしが成り立たぬといってきた。

何より忌々《いまいま》しいのは――

「参勤交代に発《た》つ直前を狙ってくるのが、小癪《こしゃく》ではないか」

あと十日もすれば、重喜は江戸へと発つ。となれば、所領問題は阿波にいる家臣たちで協議する。大奥の意向を恐れる五家老たちならば、簡単に諾といってしまう。ただでさえ新法を導入することに忙しいのに、さらに悩みの種が増えたことになる。

「で、どう対応する。お主らの考えを聞かせろ」

まず発言したのは、林藤九郎《はやしとうくろう》だ。

「百石までなら加増は受け入れるべきかと。山間《やまあい》に適当な土地があります。江戸に発つまでに、片をつけましょう。今は余計な波風は立てたくありませぬゆえ」

重喜は苛立《いらだ》たしげに頬をひっかいた。

「殿、ここは自重してください」

林藤九郎が重喜をなだめる。

「わかっている。重隆《しげたか》殿の男児の件もあると言いたいのだろう」

投げつけるように重喜がいった。蜂須賀一族の重隆に男児が誕生したのは、昨年のことだ。順調に育てば、重喜の恐るべき敵となりかねない。

「殿、あまり待たせると、奴らの心証を悪くします。そろそろ」

先年の恨みのせいか、内蔵助の言葉は辛辣《しんらつ》だ。重喜は勢いよく立ち上がった。機嫌の悪さが、床を踏みつけるような足取りに出ている。

忠兵衛らも謁見の間へと急いだ。義宜は無表情で座していたが、細川らは壁際に座った忠兵衛や内蔵助を見て冷笑を浮かべる。

最初に声を発したのは、真紅の狩衣を着る細川だった。

「こたび、わが君のために対面の儀をもうけていただき感謝いたします」

場の空気が一瞬で剣呑なものに変わる。

「対面だと」

重喜が怒気まじりの声でいう。対面とは対等の者に使う言葉だ。本来なら、目通りと言わねばならない。

「細川殿、その言葉は礼を欠いてはおりませんか」

いつもは温和な藤九郎が責めるようにいう。

「礼を欠いているのは、そちらだ。公方様をお待たせした」

細川の声には嘲《あざけ》りの気が混じっていた。内蔵助が怒気を立ち上らせる。寺沢式部は腕をぶして立ちあがろうとした。

「構わん」といったのは、重喜だった。内蔵助と式部は不承不承、怒気を抑える。

「時が惜しい。平島殿、こたびの目通りは加増の件でよろしいか」

「目通りではなく、対面です。また、わが君の姓も足利が正しくあります」

細川が重喜の弁を訂正する。

「ならば先の約定はどうなる。平島の姓を名乗るかわりに、平島の百石の土地を下賜したはずだが」

「下賜ではありませぬ。あくまで対等な客将として受け取っただけ」

細川は、なんでもないことのようにいう。

「そして、こたびの加増で領地は平島だけではなくなります。ならば、姓も足利に復するのが道理でしょう」

加増されることが決まっているかのような、細川の口ぶりだった。重喜の眉尻が怒りで震えている。

「なるほど、訂正する気はないと」

義宜が不思議そうに首を傾《かし》げた。重喜のいうことが心底から理解できないという風情だ。そして、気付いた。ここまで義宜は一言しか声を発していない。謁見の間に入る前の押し問答での「構わん、待とう」だけである。全てのやりとりを、細川が行っている。

「平島家は貸金の利が、年千両に及ぶと聞きましたが」

咳払いをしてから、藤九郎が問うた。

「だからどうしたのです」

平然といってのける細川に、さすがの藤九郎も絶句した。

「ならば、加増は不要ですな。十分に暮らしていけるでしょう」

冷たい声で内蔵助がいう。

「そのことと領地の件は別。それとも、わが君にはたった百石の土地がふさわしい、そう蜂家はお考えか。それは、わが君に流れる源氏棟梁の血を侮辱することと同じですぞ」

重喜がため息をついた。

「わかった。平島殿には、百石の加増を約束しよう。詳しくはこちらの式部から――」

「千石」

重喜の弁を遮ったのは、細川だ。

「扶持米《ふちまい》ではなく、千石の領地。それに、わが君の姓は平島ではなく足利でございます。以後、お間違いなきように」

忠兵衛らは啞然として声もでない。一方で、義宜とその従者たちは平然と胸をそらしている。

「いいだろう」

そういったのは、重喜だ。

「殿」と、忠兵衛が立ちあがろうとしたが遅かった。

「平島殿に千石の加増を認めよう」

藤九郎や内蔵助が、驚いたように重喜を見る。式部は口を開けて呆《ほう》けている。

「そのかわり」重喜が立ち上がった。

「平島家は、今後、蜂須賀家に仕官せよ。それが条件だ。中老の格で迎えいれよう。無論のこと、足利の姓などは認めぬ。また、今後は夫役や軍役は他の家臣同様に受け持っていただくがな」

「失礼ではないですか」

細川が重喜に鋭い目差《まなざ》しをくれた。

「公方家の血を軽視されるような言葉、到底、納得することができませぬ」

忠兵衛が思わず腰を浮かすほどの気を発している。細川孤雲が、往来で忠兵衛の兄と刃傷沙汰に及んだことはみなが知っている。何人かが片膝立ちになった。

その時、あくびの音が聞こえた。思わず、全員がその方を見る。

平島義宜が口を大きく開けていた。目尻には涙が浮いている。

十分に皆の目を惹きつけてから、義宜はこういったのだ。

「細川、はようせい。予は疲れたぞ」

二

薄暗い部屋の中で、忠兵衛は頭をかきむしりたい思いにかられていた。文机《ふづくえ》の上で目を通しているのは、倹約の項目を記した紙と算盤《そろばん》である。何度も何度も折衝《せっしょう》を繰り返した内容は、先日江戸から届いた重喜の下知《げじ》で呆気《あっけ》なく覆《くつがえ》された。

再考を強いられた忠兵衛は、ひとり屋敷の一室で算盤を弾《はじ》き鬱々としている。

「あなた、そろそろ寝てはいかがですか。油や炭の費《つい》えも馬鹿にならないのですよ」

襖《ふすま》を開けたのは、妻の美寿《みす》だ。文机の横の燭台《しょくだい》を見て、顔色を曇らせた。七年間の緊縮令は厳しいもので、油のやりくりが特に大変だと最近は機嫌が悪い。

「仕方ないだろう。殿がまた気まぐれを起こしたのだ」

俺だって使いたくて油や炭を使っているのではない、と心中で叫ぶ。

「何があったのですか」

「殿の一家の暮らしの一年の費《つい》えを千両から二百両に切り詰めたのは知っているだろう」

「ええ、あなたは、殿が阿波で暮らす四百両を八十両にする案を考えたのでしょう」

「そうだ。あれがどれほど大変だったか」

「それを殿がひっくり返したのですか。まさか、もっと切り詰めろと」

「そうではない。よりにもよって、側妾《そくしょう》の制を廃止しろとおっしゃった」

「まあ、それは」

徳島藩には側室という身分はなく、かわりに側妾がある。正室以外は妾扱いで、主君の寵愛を失うと実家に帰らされたり、家臣に再嫁させられたりする。重喜はそれを廃止しろといってきたのだ。

「では、今、お側《そば》に仕えている側妾様たちはどうなるのですか」

「全員、側室にせよと仰せだ。徳島藩にも側室の制を取り入れるのだ」

今までは、齢《よわい》をへれば側妾は市井へと戻っていった。有り体にいえば、金がかからない。しかし、側室となるとそうはいかない。重喜の身内として一生面倒を見なければならない。つまり、金が余計にかかるのだ。

「けど、それは素晴らしい制なのではないですか。女人の将来のことをよく考えた案だと思います。やはり殿は立派な方です」

不機嫌だった美寿の顔が一転して晴れやかになる。

「それはそうなのだが、金がかかるのだ、金が。すでに四百両を八十両に切り詰めている。そこから、どうやって側室の暮らしの費えを捻出《ねんしゅつ》すればいいのだ」

忠兵衛だって、重喜の案が素晴らしいのはわかっている。ならば、なぜ途中で思いつく。一度考えた案を白紙にするこちらの身になってみろ。

「殿を見つけたのは、あなたでしょう。私は、そのことを誇らしく思いますよ」

そのおかげで、油や炭を余分に使って頭を悩ませているのだぞ、といってやりたいがぐっと我慢した。重喜は妙に女に人気がある。理由はなんとなくわかる。目差しが、女性と似ているのだ。参勤交代で江戸に発つ前、藩主一家の暮らしの費えを千両から二百両にする協議をした。何人もが案を出した。重喜も例外ではない。重喜が提案したのが、乳母の数を減らすことだった。それでは後継者が健康に育たぬ恐れがあります、と忠兵衛らが心配すると——

『産んだ母の乳で育てればいい。試みに聞くが、この場で乳母の乳で育った者は何人いる』

重喜の問いかけに、生母の乳の出が悪かった数人だけが手を挙げた。その場にいた残りの十数人はみな、生母の乳で育っていた。

『見ての通りだ。生母の乳でも問題なく育つ。それは藩主の血を引いていたとて変わるまい。乳の出が悪ければ乳母は必要だが、それ以外は不要だ』

この一件を美寿に話した時もとても喜んでいた。殿は女人の気持ちがわかる、というのが家臣の妻たちの評判のようだ。

「なんなら私や歌代《うたよ》が手伝いましょうか。安くて美味《おい》しい菓子屋を使えば、菓子代は倹約できますよ」

そんなものはたかが知れているが、藁《わら》にもすがりたいので「頼む」といってしまった。

「では、どこの店が安くて美味しいか歌代と調べねばなりませんね」

油や炭の費えには鬼のように厳しいのに、甘味になると美寿の財布の紐《ひも》はゆるくなる。

「旦那様、お客様がこられました」

襖の向こうでいったのは、歌代だ。

「うん、誰だ」

「佐山市十郎《さやまいちじゅうろう》様です」

「珍しいな」といってしまった。佐山は今、目付役の職につき、重喜の側近として活躍している。しかし、こんな夜分にくるとは妙だ。嫌な予感がした。

「どうしたのだ。急ぎの用件か」

客間に通した佐山の前に座る。

「はい。大きな声ははばかられますので失礼」

忠兵衛の耳元まで近づいてきた。

「山田真恒《さねつね》様が、殿を呪詛《じゅそ》しています」

佐山を睨《にら》みつける。

「観喜院《かんぎいん》という山伏《やまぶし》を知っておられますか」

知っている。奥方の八重《やえ》の懐妊祈禱《きとう》のために呼んだ山伏だ。

「その山伏めに呪詛させたようです」

「誰がそんな噂を……」

吐息がかかるほどに、佐山が近づく。

「噂ではありませぬ。観喜院の弟子が、目付の私めのところに密告にきたのです」

佐山がゆっくりと顔を離す。無表情なのは、あえてそうしているのか。

忠兵衛はかぶりをふった。何かの間違いではないのか。

「大事がおこれば、忠兵衛に頼れ。殿は私にそうおっしゃいました。いうまでもないですが、すておけば国を傾ける大事になります」

三

山田真恒は夕焼けの下で、庭の手入れをしていた。鋏《はさみ》を使い、伸びた枝を切っている。

奥方の八重に誘《いざな》われた部屋から忠兵衛はその様子を見ていた。

「もう少し待ってくれるか。最近、庭に手をかけてやれなくてな」

塀の外では捕り方たちがすでに包囲しているが、まだ山田は気づいていないようだ。

「焦《あせ》らずに結構です」

そういったのは、罪が確定すれば山田はもう二度と庭の手入れをすることができないからだ。

「ふう、疲れた。情けない話だが、腰が重くてかなわん」

苦笑しつつ、部屋へと山田は戻ってきた。

「今日は何用じゃ」

無言で、一枚の書を山田へと差し出した。それだけで顔色がさっと変わる。

――当年二十五歳、蜂須賀重喜
――その国政、万民によろしからず
――去る九月より国政において新規の企《たく》み

——御先祖重代への不義に至り候
——主君退身、間違いなく成就候よう祈禱修行たまわるべく候

忠兵衛は〝主君退身〟という文字に指を突きつけた。

「この書付、山田様の筆で間違いありませんな」

山田は長く息を吐き出した。そして、忠兵衛を見据えていう。

「いかにも」

「なぜ、かような大それた真似を」

「蜂須賀家のためだ」

山田の声はまっすぐだ。悪事をなしたという気は微塵《みじん》も感じない。

「重喜様の考えはあまりにも危うい。このままでは、蜂須賀家はふたつに割れる。秋田の佐竹《さたけ》家以上の混乱になる」

「それほどまでに、役席役高の制が受け入れ難いのですか。古き家格を守ることが、そんなに大事なのですか」

「役席役高の制だけではない。平島公方に臣下の礼を強要したであろう。あの方は、いずれ重隆公や他の蜂須賀一族にも同じことを強要する。忠兵衛、貴様はそれさえも見過ごすのか」

ぐっと言葉が詰まった。重喜ならばやりかねないと思った。

「どうなのだ。お主は、蜂須賀一族全てが臣籍に降下させられてもいいのか」

「無論のこと、いいわけがありません」

「だから、わしは願ったのだ。重喜様が退身して、本来の蜂須賀一族が――」

「ですが、蜂須賀一族が藩政に悪しき存在であるならば、臣籍に降下させることも厭《いと》いませぬ」

山田の眉間にしわが刻まれた。

「それは、蜂須賀家にとって不忠ぞ。何より、お主の家――柏木家のご先祖様にどう申し開きするのだ」

「阿波淡路の両国を傾けるぐらいならば、不忠のそしりは恐れませぬ」

秘色《ひそく》の手拭いを懐《ふところ》から取り出した。

「私は誓いました。何があっても殿を……重喜様を裏切らない、と」

山田は瞑目《めいもく》した。じっと同じ姿勢で黙りつづけている。

「今後のことをご説明いたします。すぐにでも屋敷を引き払ってもらいます。奥方やご子息もです。山田様は、折下《おりした》殿の屋敷にお預けになります。殿の帰国を待ち、追って沙汰《さた》が下されるでしょう」

江戸にいる重喜が阿波に帰ってくるのは、二月《ふたつき》後だ。

「わしは死罪になるだろう」

事実なので、忠兵衛は何も言い返せない。

「かならば、切腹を所望する」

「間違いなく、殿にお伝えいたします。いや、必ずそうなるように手配します。柏木忠兵衛の名にかけてです」

やっと山田がまぶたを開いた。

「助かる」と、短く答えた。

その顔は晴れ晴れとしていた。ふと、山田は顔を横に向けた。忠兵衛も目で追う。庭の槐《えんじゅ》の枝が風で揺れていた。

四

部屋は、張り詰めた空気に満ちていた。近習たちの顔にも、怯《おび》えにも似た緊張の色が浮かんでいる。座す忠兵衛も息がしづらいと思うほどだ。重喜も硬い顔をして脇息《きょうそく》に身を預けていた。

「召し預けられておりました折下刑馬《けいま》殿の邸にて、本日早朝、山田殿の切腹を執《と》り行いました」

佐山が言上しているのは、山田真恒の処刑の報告だった。家臣の屋敷に押し込められた山田は、今年の五月になって切腹を言い渡された。重喜が江戸から帰国して一月《ひとつき》ほどでの決定だった。

「検使役は、柏木殿、村上《むらかみ》殿です」

佐山にいわれて、忠兵衛は隣にいた男——村上と共に頭を下げる。

「介錯《かいしゃく》は、折下刑馬殿が行いました。柏木殿と村上殿のご報告から、滞《とどこお》りなく切腹は終了したようです」

何人かが安堵の息をつくのがわかった。

重喜が無言で式部に目をやった。

「山田家の処遇についてですが、奥方様や子息らは親戚の家に預けおくことにいたします。また、山田家は神君家康公から感状をもらった七家のうちのひとつであれば、取り潰すのは忍びなきこと。分家筋から養子をとり、家を継がせるべきかと思います」

「大筋はそれでかまわないだろう」

感情を削《そ》ぎ取った声で重喜はつづける。

「ただし、山田家の石高は前のままというわけにはいかぬ。千石で中老に格下げとする」

反論を許さぬ厳しい声だった。

「寛大なご処置かと思います」

そう発したのは内蔵助だ。みなが無言でうなずく。

五家老の一角を崩し、四家老となった。改革を進める忠兵衛や重喜にとっては喜ばしいことだが、誰もそれを表情には表さない。いや、嬉しいとは誰も思っていない。

改革が頓挫すれば、明日は我が身かもしれない。

何より、忠兵衛には気になることがあった。

切腹が行われた朝のことだ。


忠兵衛は、村上とともに折下刑馬の屋敷を訪れていた。足軽たちが警護する中、門をくぐる。屋敷の主であり介錯役の折下刑馬は三十代半ばの男で、すでに襷《たすき》がけをして支度を万全に整えていた。

奥の間の畳には白い布がしかれている。

『山田様は』

忠兵衛がきくと、『もうすぐ沐浴が終わるころかと』と折下が答えた。

挨拶のため、浴室の前で待つ。戸の隙間から、山田の姿が見えた。うん、と声を出しそうになった。湯に濡れた山田の背中が見えたからだ。そこに大きな刀傷があるではないか。

なぜ、あんなものが――

そう思った時、山田がこちらに振り返ろうとしたので、忠兵衛は戸の前で膝をついた。

『検使役の柏木忠兵衛でございます』

しばらくの沈黙の後に『ああ』と声が聞こえた。

『苦労をかけるな』

声はいつもと変わらない。そのことが、忠兵衛の胸を締めつけた。

死装束に身を包んだ山田が出てくる。やはり顔色は悪い。が、表情には気負う風も怯えの色も見えなかった。

『見苦しいところがあってはいかん。背中にしわがないか見てくれるか』

『わかりました』

背後へまわり、小さなしわを丁寧にのばす。手の動きが止まりがちになるのは、先ほどの山田の背中の傷が頭をよぎったからだ。

『そのままでいい。静かに聞け』

山田がぼそりといった。

『なぜ、私が呪詛をしたかの本当の理由をいおう』

しわをのばす手が止まった。

『呪詛に及んだのは、徳島藩を救うためだ。藩政改革で軋轢《あつれき》が大きくなれば、そこをつけこまれる。徳島藩は何者かに乗っ取られる』

にわかには信じ難かった。まさか、切腹の恐怖で乱心したのか。

『どうして、今ごろそんなことを、と思っているであろうな。わしなりの意地があって、いえなかった。だから――死ぬ間際の今になって、打ち明ける』

『何者ですか。誰が乗っ取るというのですか』

答えがなかったのは、襖のすぐ向こうを人が通ったからだ。完全に気配が消えてから、山田がまた小声でいう。

『わからん。日本藩の者といっていた』

『日本藩ですって』

人を馬鹿にしている。日本藩などは存在しない。

『山田様、ご支度はよろしいでしょうか』

襖の外から声がかかった。

『ああ、もう大丈夫だ。忠兵衛、そなたには礼をいっておこう。こたびの騒動については、最初から最後までお主の世話になりっぱなしだったからな』

山田は大きな声でいった。もう密談は終わりということだ。襖が開かれると、そこに神妙な顔つきの折下が待っていた。

『では行こうか』

これが、忠兵衛が聞いた山田の最後の言葉になった。


「最後に山田は何かいっていたか」

忠兵衛を現《うつつ》に引き戻したのは重喜の声だ。

じっとこちらを見ている。日本藩が徳島藩を乗っ取ろうと画策している話をしても、いたずらに混乱させるだけだ。

「見苦しくなきよう、着衣を整える手伝いを頼まれた程度です。見事な最期でありました」

何人かが感心したような声をあげた。

「そうか、山田は佳《よ》き武士であったな」

吐き出した重喜の言葉には無念が滲《にじ》んでいた。山田は他の五家老とはちがっていた。倹約令に賛同するだけでなく、多くの助言をもらった。

重喜の右手が震えていることに気づいた。もう一方の左手は膝頭を強く握っている。

役席役高の制には反対していたが、本来なら味方になってもおかしくなかった。なのに敵となり、重喜を呪詛し、破滅してしまった。

一体、何を間違ったのか。

忠兵衛は一礼して重喜の前から辞す。天守閣へと向かい、階《きざはし》を登っていく。眼下には吉野川が流れている。

間違ったのではない。山田は狂わされたのだ。

日本藩の義士を名乗る男たちによってだ。

忠兵衛は吉野川を睨みつける。

海に注ぐ姿は、いつもと変わらない。雄渾にして静謐《せいひつ》な吉野川は、きっと蜂須賀家が入封《にゅうほう》する前から同じ姿をしていたのだろう。なぜかそれが、ひどく悲しいことに思えた。

五

それにしても、不思議な芝居やで。

歌舞伎芝居の桟敷席で、金蔵《きんぞう》はそうひとりごちていた。目の前で行われているのは『秋葉権現廻《あきばごんげんかい》船語《せんばなし》』という芝居で、盗賊の頭目、日本駄右衛門《にっぽんだえもん》が登場する。駄右衛門は、実在の盗賊日本左衛門《にっぽんざえもん》から取ったものだ。

金蔵は頬にある火傷の痕をぴしゃぴしゃと叩く。その横では、蘇我屋の主人が美味そうに弁当を食べていた。大名である月本家の家宝が、日本駄右衛門に盗まれ、それがゆえにお家を乗っ取られんとしていた。その責を負って、月本家一の家臣が切腹して果てる様子を舞台でやっている。

「金蔵はん、すごいなあ。日本駄右衛門、めっちゃえげつないなぁ。盗賊やのに、大名の家を乗っ取ろうとするやなんて」

「さいでんな」と、金蔵は相槌をうつ。しかし、内心は奇妙な符合に驚いていた。今、金蔵は徳島藩にお家騒動を起こし、これを乗っ取らんとしている。舞台の上の日本駄右衛門と同じことを画策していた。日本駄右衛門が金蔵だとすると、月本家は蜂須賀家だ。そして、切腹させられた月本家一の家臣は――

桟敷席の後ろをひとりの客が通る。ぽとりと紙片を落としたので、金蔵は素早く拾いあげた。芝居に夢中の蘇我屋に気づかれぬように紙片を開く。

――山田真恒切腹

紙を落とした客に目をやると、こくりと頷いた。金蔵も承知したと目で合図を送る。

紙片を丸め、そのまま口の中に放り込み呑み下した。

「あ、金蔵はん、何、食べてはるんですか。お菓子?」

「ただの薬ですわ。苦いだけでっせ」

歯を見せておどけてみせた。芝居を見るふりをしつつ考える。

さて、あの殿様はどこまでやるつもりやろか。

藩政が混乱するとわかっても、なお改革を続けるか。ならば、つけいる隙はある。

金蔵の腹がぐうと鳴った。

「金蔵はん、これ食べやぁ」

蘇我屋が弁当をこちらへと差し出した。

「おおきに」といって、大きな鯛の切り身を箸でつまみ一気に口の中にいれる。だが、この程度では金蔵の飢えは癒せない。

日本駄右衛門が高らかに台詞を叫んだ。

「嬉しや、月本の家、今日ただ今滅亡、これよりこの一万町の朱印をもって、日本駄右衛門、大望成就。潜龍《せんりゅう》、時を得る、一陣の雲。はて、心地良いよなぁ」

大悪党の台詞に、客席からやんやの大喝采が湧き上がる。

七章　謀略

一

柏木忠兵衛《かしわぎちゅうべえ》が驚いたのは、山田真恒《やまださねつね》の妻――八重《やえ》のお腹が膨らんでいたことだ。

「そ、それは――」

寡婦《かふ》らしく質素な小袖と打掛を身に纏《まと》った八重が、「六ヶ月ほどでございます」と教えてくれた。

忠兵衛は必死に頭の中で計算する。山田真恒が切腹したのが三ヶ月前だ。問題はない。無論、そうとわかったとて動揺がさるわけではないが。何より、これほど皮肉なことがあろうか。

忠兵衛の対面に座った八重は、いたわるように腹に手をやった。八重や山田の息子たちは、名跡を継いだ別の山田一族のもとで永《なが》の閉門扱いとなっている。彼女らのもとに、忠兵衛は見舞いに訪れたのだが……。

「ご懐妊、何よりのことと存じます」

八重にというよりも、お腹の中のややこへ向けていった。が、それでも言葉は重くならざるをえない。

「大変、気を落とされていることかとお察しします。……どうかご養生ください。お腹の中のややこに罪はありませぬゆえ。心やすくご出産できるよう、私から殿に申し上げておきます」

きっと、それが山田への最大の供養になるだろう。

「ありがとうございます。この子を健《すこ》やかに育てることで、亡き夫への恩返しもできるかと思っております」

こくりと忠兵衛はうなずいた。

「実は、ひとつ、お聞きしたいことがあったのです」

いうのが躊躇《ためら》われた。彼女の古傷をえぐるかもしれない。しかし、いわねばならない。

「山田様は切腹の直前、私にいったのです。徳島藩が危うい、と」

八重のまぶたが震えた。

「呪詛《じゅそ》までしたのは、徳島藩を救うためだ、と。藩政改革の軋轢《あつれき》が大きくなれば、徳島藩は何者かに乗っ取られるかもしれない、と」

「あの人が……そういったのですか」

「はい。ですが、納得いかぬことがあります。なぜ、今までいわなかったのか。それには何か理由があるのではないか、と。あるいは……切腹の間際だからこそ、やっと口にできたのではないか。そんな雰囲気がありました」

八重は表情を隠すようにうつむいた。

「八重様と山田様の夫婦仲は大変よいようにお見受けしました。何か知っていることがあれば教えてください」

「忠兵衛様は、切腹のご検使役でございましたね。では、あの人の体を検《あらた》めたでしょう。異変に……

気づかれましたか」

「お背中の傷ですか」

八重が大きく息を吐き出した。

沐浴直後に見た傷は、見間違いではなかった。介錯後、腹と首を縫い、新しい衣服を着せた時も確かにあった。背中の傷は卑怯傷といって、武士としては恥ずべきものだ。それを山田は隠していた。無論、隠す気持ちはわかる。

「実は何年か前に、あの人のもとに数人の男たちが訪れたことがあったのです」

「数人の男……それは誰ですか」

忠兵衛は身を乗り出すが、妻は首をふった。

「わかりません。ひとりはこれみよがしに黒覆面をしておりました。他の者たちは覆面をしておりませんでしたが、どの者たちも見たことがない顔でした」

ということは他国者か。あるいは、日本藩を名乗る男たちか。

「客間で、あの人と客は話しこんでおりました。その時、聞こえてしまったのです」

八重の声に怖気《おぞけ》の色がまじる。

「徳島藩を潰《つぶ》す、と。このまま、重喜《しげよし》公の藩政改革が進めば、家臣団に亀裂が入るは必定《ひつじょう》。そこを狙って蜂須賀《はちすか》家をお取り潰しにさせる、と。そんな声が聞こえたのです」

そういう八重の体が震えている。

「山田様は、黙ってそれを聞いていたのですか」

八重はかぶりを激しく振った。

「無論のこと激昂《げっこう》されました。廊下にいた私に聞こえたのは、あの人の怒号です。慌てて、私は客間の戸を開いたのです。すると、あの人が刀を抜いている姿がありました」

「客たち——不埒者《ふらちもの》たちはどうしていたのですか」

「あの人の一刀をよけたのは、覆面の男のようでした。それどころか、刀を抜いてあの人の背中を斬ったのです」

ふるえつつ八重はいう。崩れ落ちそうになった山田は刀を畳に刺して、なんとか倒れるのを堪《こら》えたという。血が急速に山田の背中を濡《ぬ》らすのを、八重はただ茫然《ぼうぜん》と見ることしかできなかった。覆面をつけていない男たちは障子を開けて庭へ出て、刀をつかって塀を次々と乗り越えていった。ただ、ひとり覆面の男だけが残っていた。血塗《ちまみ》れの刀を携えていることをのぞけば、本当に客人のような風情であったという。

覆面の男は自らの喉に手をやり言った。

『山田殿、残念だ。が、すぐに同心していただけるとは思っていなかったのも事実。もし気が変われば、庭の槐《えんじゅ》の枝に墨染《すみぞめ》の手拭いを巻きつけておかれよ。我らに同心した証とみなす』

低すぎる声だったという。喉に手をやって、声を変えたからだろう。

『このまま……ただで済むと思っているのか』

山田が覆面の男を睨《にら》みつけた。

『背中の傷のことをいわれたくはなかろう。我らに味方せよとはいわぬ。黙っておけ。さすれば背中の傷のことは、我らも黙っていてやる』

八重の目から見ても、山田が激しく動揺するのがわかったという。覆面の男は八重の横を優雅な足取りで通りすぎて、堂々と屋敷を後にした。

「そのせいで——背中の傷のせいで山田様はこの大事をいわなかったのですか」

「責めないでやってください。背中の傷がばれれば、山田家はお取り潰しになってもおかしくありませぬ。よしんばお叱りだけですんだとしても、大変な不名誉です」

嚙《か》み締める奥歯から苦い唾《つば》がにじむ。養子の山田真恒にとっては、本家の名を落とすことだけはなんとしても避けたかったのだろう。愚かではあるが、気持ちは理解できる。養子ならば尚更かもしれない。

武士には二種類ある、と忠兵衛は思っている。ひとつは主君のことを一番に守る武士。ふたつ目が、お家を大事に思う武士だ。この場合のお家は主君の家ではなく、己の家だ。無論、ほとんどの武士は主君への忠誠が大事だと公にはいう。しかし、本心はちがう。そうでなければ、主君押し込めなどという事件はおきない。あれは自分たちのお家が大事だから、主君を差し替えるのだ。

山田ほどの家老の家になれば、古くからの家臣も多く抱えている。彼らの暮らしを守るために、山田家の存続を第一と考えてもおかしくはない。

「覆面の男に心あたりはありませんか。山田様も知らなかったのですか」

再度、聞いてみる。

「わかりません。あの人もこのことは絶対に口外するな、ときつく申しただけです。心中を察するにですが、男たちの素性は知らなかったのではないでしょうか。心当たりがあれば、なんらかの動きをしたはずです」

男たちを追えなかった山田が選択したのが、徳島藩に敵のつけいる隙を与えないという方針だった。それは、重喜の藩政改革をなんとか穏便《おんびん》なものにするということだ。が、それは叶わなかった。結果、山田は呪詛行為に手を染める。重喜の隠居を願うことで、徳島藩の亀裂が少なくなることを祈った。

忠兵衛は瞑目《めいもく》する。お家と主君の間で板挟《いたばさ》みになった男のことを思うとやるせなくなる。が、感傷に浸ってばかりはいられない。

「何か、手掛かりを思い出せませんか」

八重はしばらく考えてから口を開いた。

「つたない手掛かりやもしれませんが、覆面の男は不思議な香を焚《た》き染めておりました」

「香ですか」

「私も聞香《もんこう》をたしなんでおります。あれは、一度も嗅いだことのない匂いでした……」

必死に匂いの特徴を聞き出そうとするが、八重は困惑するだけだった。

「私も暇があれば、匂い袋を嗅いでみたのですが、あれは巷にあるどんな調合の品でもないようです」

逆にいえば、その香を身にまとっている者がいれば、黒覆面の男に間違いないという。

だが、それをわかるのは八重だけだ。

「あの……」

そう声をかけた八重の顔には、ある覚悟が宿っていた。

二

忠兵衛は、路地を歩く女人の跡をつけていた。子を孕んだお腹を守るようにして歩いている。露天の店の品物をしげしげと女は見つめていた。店主とも親しげに談笑している。どうやら、時がかかりそうだ。

「どうだ、忠兵衛」

声をかけたのは、寺沢式部《てらさわしきぶ》だ。

「怪しい奴はいなさそうだな」

忠兵衛がそういうと「ひとりいるぞ」と式部がいう。

「誰だ。どこにいる」

「お前だよ」

と、式部があごをしゃくる。

「なんだと」

「八重殿に懸想する間男みたいだぞ。これでは八重殿を守っているのか、つけているのかわからんわ」

忠兵衛らが見張っていたのは、山田真恒の妻の八重だ。忠兵衛らは、徳島藩を転覆させんとする者をなんとかあぶり出そうとしていた。日本藩なる者たちのことは、すでに重喜の耳にも入れている。「日本藩とはいったものだな」と、重喜は不敵に笑った。

敵を見つける策のひとつが、黒覆面の男のつけていた香を嗅ぎ三人の顔を見た八重に町を探索してもらうことだ。閉門の身ゆえに散策は本来、許されないが、お腹の子には罪はない。それを口実に、出産までの間、特別に外出を許した。

日本藩の立場になれば、八重の口封じをしたいと考えるはずだ。散策していれば、日本藩の方から八重に接触してくる公算が高い。

これを提案したのは、八重だ。お腹の子のためにも、なんとか夫の誉《ほまれ》を復したいという。

重喜もそれを是とし、護衛は軽格の藩士が担うことになった。本来なら忠兵衛が守ってやりたいが、物頭が護衛だと余計な噂がたつ。

忠兵衛と式部は街を散策するふりをしつつ、その実、すこし離れた場所から八重たちを見張っていたのだ。

「さあ、もう少し離れて目立たぬようにしろ」

「だがなぁ、八重殿の身に何かあればと思うと」

「お前のようなむさ苦しい男に張りつかれたら、日本藩の奴らも逆に警戒するぞ。それに、今日はここまでだ。もうすぐ内蔵助《くらのすけ》らと会う刻限だからな」

忠兵衛は、数人の藩士らが八重の左右を警護しているのを確かめる。ひとりが大丈夫だ、というように目礼した。若い頃に幾度か道場で手合わせしたことがある男だ。かなりの遣い手である。忠兵衛もうなずきを返して、式部の背中を追った。

正午をしらせる鐘がなった。忠兵衛と寺沢式部は吉野川の川縁《かわべり》にたどりついた。河原にある馬場では、馬の稽古に励む樋口《ひぐち》内蔵助と林藤九郎《はやしとうくろう》の姿がある。

「早かったな」

内蔵助が馬の鞍から降りつついった。

「かなうならば、もう少しいいたかったさ。お前たちの顔より八重様の尊顔の方が尊いからな」

式部がへらへらと笑う。

川に向くようにして、四人で石の上に腰を落とした。

「ひとつ確かなのは――」口火を切るように内蔵助がいう。「徳島藩を狙っている不埒な輩がいるということだ。もう少し正確にいうと、蜂須賀家を改易させんと企んでいる。きっと、阿波の国主になりかわるつもりだ。普通に考えれば、どこかの大名だろうな。数万石程度の大名が徳島藩二十五万石を欲している。そう考えるのが妥当だろう」

「旗本ということもあるのではないか」

忠兵衛はそういったが、さすがに一万石以下の旗本がいきなり二十五万石の領地を欲するとは考え難い。

「蜂須賀家の家臣の中に、首謀者がいるということも考えられないか」

藤九郎は川に目をやったまま聞く。

「改易された大名の領地を、家臣が受け継いだなんて聞いたことがないぜ」

式部の言葉に、みながうなずいた。

「まあ、首謀者の手先になっている蜂須賀家の家臣はいるかもしれん」

内蔵助が汗をふきつついった。

「黒幕が、公儀ということは考えられないか」

忠兵衛が水を向ける。

「確かに秀忠公や家光公の時代は、公儀による大名の改易が相次いだ。だが、今、そんな波風をたてる必要はない」

内蔵助は淡々とした声で答える。十万石以上の大きな大名の改易は、三十年以上前の津山藩松平家の無嗣子断絶以外ない。

「つまり敵の正体は判然としないわけだな」

呆れたように式部がいう。

「わかっているのは、日本藩とうそぶく奴らの手口だけだな。藩政改革によって生じた亀裂につけこむ」

「じゃあ、殿が改革を諦めたら安泰ってわけか」

内蔵助の冷静な分析を、式部がからかう。じろりと藤九郎が睨んだ。

「いや、式部のいうことはある意味で正しい。敵に隙をつくらないことだけを考えるならば、家中を二分する藩政改革はしないほうがいいだろうな」

内蔵助は吉野川に顔を向けたままいった。

「それでは、いつまでたっても財政は火の車だ。遠からず徳島藩は成り立たなくなる」

沈鬱《ちんうつ》な声で、藤九郎はいう。事実、小さな一揆は頻発《ひんぱつ》していた。

「何より、うちの殿が退《ひ》かぬだろうさ」

式部が石を川面に放り投げた。

「藩政改革を成功させて、日本藩を騙る不埒者に参ったといわせるか。それとも失敗して、国を不埒者に奪われるか」

また式部が石を放り投げた。その石が空中で軌道をかえる。忠兵衛が放った石に当たったのだ。

「そんなものは決まっているだろう。藩政改革は成功させるし、不埒者も捕らえる。何が日本藩だ。忌々《いまいま》しい」

立ち上がった忠兵衛は石を掴み、川面に投げた。何度も水面を跳ねて、対岸へと消えていく。

三

河原の馬場から城へと戻った忠兵衛ら四人は控えの間で待っていた。重喜に目通りすることになっているが、まだ呼ばれない。

「おい、殿は今、誰と会っておられるのだ」

式部が小坊主に問いかけた。

「家老の賀島《かしま》様と長谷川《はせがわ》様でございます」

「はて、そんな予定はなかったはずだが」

近習《きんじゅ》の藤九郎が首をひねる。

「実は、朝早くに平島公方《ひらじまくぼう》様の使者がこられたのです。今は帰られましたが、その件について話しあわれているようです」

四人は顔を見合わせる。そうだった。藩政をかき乱し徳島藩を乗っ取らんとするかもしれない存在はもうひとりいた。平島公方だ。足利将軍の血筋は侮れない。

「平島公方め、何の用だ」

忌々しげに内蔵助がいうが、加増の件であることはわかりきっていた。

「しかも今回は使者だってよ。本人自らお出ましになるならまだしもなあ」

式部が太い顎《あご》を撫《な》でて嘆息を吐き出す。

たっぷり半刻《はんとき》ほど待って、やっと家老との話しあいが終わったようだ。小坊主に案内されて、謁見の間へといく。

重喜が苛立《いらだ》たしげに指で脇息を叩《たた》いている。その横では佐山が侍っていた。

「何かありましたか」

藤九郎が落ち着いた声で聞く。

「家老どもの阿呆《あほう》め、大奥や大名が怖いから、平島公方に領地を与えろ、とほざきおる」

「大奥や大名とは」

藤九郎の問いかけに、佐山が動く。文箱《ふばこ》から書状を何枚も取り出す。

「平島公方に千石加増を推奨する大名からの書状です」

慣れた手つきで、佐山は書状を四人の前に並べていく。その中には、現将軍家治の乳母で老女の松島局《まつしまのつぼね》のものもある。松島局は、平島公方の縁戚にあたる。

「家老様たちは、この声を無下にすれば評判を落としかねない、と殿に進言されたのです」

佐山の声は穏やかだが、瞳には嫌悪の色がありありと宿っていた。

「殿は、どうお答えになったのですか」

藤九郎が恐る恐る重喜に聞いた。

「答えは前と同じ。蜂須賀家の家臣になるならば、千石の禄《ろく》を与える、だ。大奥の老女や関東の大名にいわれて政道を変えるぐらいならば、死んだほうがましだ」

重喜に限っていえば、推奨の書状は悪手だろう。余計に頑《かたく》なになる。

内蔵助は人払いを要求した。四人と重喜、佐山だけが謁見の間に残る。

「先に申し上げたように、徳島藩の転覆を企む者がおります。奴らが――日本藩が狙うのは藩政の混乱です。ひとまず、平島公方については禄を認める方向で進めてはどうでしょうか」

内蔵助の言葉に、重喜の機嫌がさらに悪くなる。脇息を叩く指がどんどんと強くなる。

「今は倹約令を進めているところです。数年後には、役席役高の制を実施します。きっと多くの反対があるでしょう。その前に、平島公方の加増の件は片をつけておくべきです」

「手が回らぬと申すのか」

吐き捨てるように重喜が聞く。

「まず、ひとつずつ確実に潰していくべきかと」

藤九郎も重喜に進言した。

「馬鹿馬鹿しい。一旦、平島公方の加増を認めるのか。そして、倹約令や役席役高の制を成功させてから、奴らの禄を取り上げるというのか」

「そうです。蠅《はえ》取りの極意を活かすのです」

忠兵衛はすかさず言葉を添えた。

「蠅取りではなく、納豆を潰す極意だ」

苛立たしげに重喜が訂正する。忠兵衛の横の内蔵助は無言だが、表情で「どちらでもいいだろう」と呆れているのがわかった。

指で唇をなぶりつつ、重喜は部屋を動きまわる。考えている時の癖なのはわかるが、こちらは落ち着かない。何より藩主としての貫禄が著しく乏しくなる。

ぱちんと重喜が指を鳴らした。

「殿、はしたないですよ」

忠兵衛は思わず叱声を飛ばす。佐山がじろりとこちらを睨んだ。

「逆に、平島公方の問題を利することはできんか」

「利する――とは」

四人だけでなく佐山も声をそろえた。

「倹約令や役席役高の制に反対する者たちは誰だ」

「それは五家老……いや、今は四家老です」

式部が戸惑いつつも答える。

「そうだ。我々に反対する者たちで、最も力を持つものは四家老だ。その四家老の反対が徳島藩に軋轢を生み、そこに徳島藩転覆を企む輩がつけこまんとしている」

自身の弁を確かめるように重喜がうなずいた。

「ならば――」

いいかけた重喜の言葉が止まる。廊下から足音が急速に近づいてくる。

「一大事です。お目通りを所望します」

切羽つまった声が襖《ふすま》ごしに届いた。

「入れ」

重喜が即答する。荒々しく襖が開いた。家臣のひとりが平伏している。この男は、確か八重の護衛を任せていたひとりのはずだ。びっしょりと脂汗をかいているではないか。

「八重様が斬られました」

しんと場が静まりかえる。

「なんだと」といったのは、藤九郎だ。式部は信じられないという具合に首をふっている。

「町に出ている時に斬られたそうです。今は、町医者のところで手当てをしておりますが……」

家臣は言葉を濁らせた。

「護衛は、護衛はどうしたのだ」

忠兵衛は怒鳴りつけた。

「ふたり、つけておりましたが……斬られました。即死です。護衛は交代でしておりましたので、私は本日、屋敷におりました……無念です」

「下手人は誰だ。見た者はおらぬのか」

怒鳴ったのは重喜だ。

「人通りのない道でやられました。通りがかった町人の気配を察したようで、刺客は八重様にはとどめは刺せなかったようです。町人が見つけた時には、道には誰もいなかったそうです」

「案内しろ」

忠兵衛は家臣の腕をとり立ち上がらせた。

「八重様のいるところへ案内しろ。すぐにだ」

四

町医者の家の前には血滴《ちしずく》が点々と落ちていた。忠兵衛がかけこむと、寝床を血で濡らす八重がいた。医者が必死に介抱している。

「大丈夫ですか」

忠兵衛が駆け寄った。しかし、八重の目に生気の色は薄い。顔も土気色《つちけ》になっていた。何より、意識があるように見えない。

「容体は」

医者へ聞くが、力なく首を横にふるばかりだ。

「痛み止めの薬をなんとか飲ませることができましたが……」

口調から助けるためでなく、苦しみを少なくさせるためだとわかった。

「お腹の中の赤子は」

「手遅れです」

忠兵衛の両肩に巨大な岩がのしかかったかのように感じられた。八重のまぶたが震える。目を覚まさんとしていた。

「御免」といって、顔を近づけた。

「五家老山田様の正室なれば、武士の女。あえて、聞きます。下手人の顔は見られたか。どんな服装をしておられた」

医者が忠兵衛の肩を摑み、引き剝がそうとする。

「ふく……め……ん」

八重が必死に言葉を手繰ろうとする。

またしても相手は覆面をしていたのか。では、どんな服を着ていたのか。

「だき……つき……ま」

ここで、八重の首ががくりと折れた。医者が脈をとる。

「ご臨終です」

小さく告げた。

忠兵衛は正座し、両手をあわせる。心安らかに祈ることなどできない。怒りが体を乗っ取りそうになるのを、必死に自制した。

「殿にお知らせしてくる。ここは頼む」

立ち上がり、血滴が落ちる床を歩く。怒りがまたぶり返す。拳が震えた。

せめて、己が守ることはできなかったのか。

草履《ぞうり》を履き、外へ出た。昼餉《ひるげ》の刻限で、飯を炊く甘い香りが漂ってくる。あんなことがあったのに、町の様子が全く変わらぬのが不思議だった。

ふと、思った。

八重は、最後に何を言おうとしたのか。

『だき……つき……ま』

心の中で八重のいったことを唱え、次に己で口に出した。

「抱きつきました──といったのか。刺客に抱きついた」

なんのために、と思った時、風が吹いて米の香りが鼻腔を満たす。医者の家へ走ってもどる。草履を蹴るようにして脱ぎ、廊下を走った。

「な、何事ですか」

八重の顔を拭いていた医者が驚いてこちらを見る。横には死装束が用意されていた。

「どけ」

医者を押しのけ、八重の骸《むくろ》に四つん這《ば》いになった。外聞など気にしている暇はなかった。首筋に鼻を近づける。

「柏木様《かしわぎ》、それはなりませぬ」

勘違いした医者が肩を引っ張るが突き放した。肩から胸、腹へと鼻をそわせる。腹のところからは、一際強い血の香りがした。ここではない。どこだ。

右肩の辺りに鼻を押しつけた時だった。柑橘《かんきつ》の香りがした。いや、それにしては甘すぎる。こんな香りは今まで嗅いだことがない。

右肩と腕の付け根あたりだ。

「おい、鋏《はさみ》を持ってこい」

「何をされるおつもりですか。死者を冒瀆《ぼうとく》するのは、柏木様といえど許されませぬぞ」

とうとう医者は怒声をあげた。

「刺客の匂いが残っている。頼む、早く。死者への礼を欠いているのは百も承知だ」

いや、仇《かたき》を打つ手掛かりになるかもしれない。きっと八重も喜んでくれる。

慌てて医者が鋏を取ってくる。その間にまた合掌して、許しを乞うようにして念仏を唱えた。受け取った鋏で素早く肩の辺りを裁断した。布を鼻に近づける。薄くなりつつあるが、やはり今まで嗅いだことのない香りが残っていた。

五

吉野川に浮かぶ屋形船で、唐國屋《からくにや》の金蔵《きんぞう》は一献を傾けていた。

「しかし、金蔵の兄貴がこんなに出世するとはなぁ」

隣では、襟元から刺青《いれずみ》をちらつかせる徒者《いたずらもの》が座っていた。金蔵同様に盃《さかずき》を呷《あお》っている。

「金蔵の兄貴の出世ぶりには、日本左衛門の親父もきっと泉下で驚いているぜ。おっと、いけねえ」

徒者はわざとらしく口に手をやった。

「しかし、金蔵の兄貴も考えたよなあ。火傷《やけど》をつくって刺青、消しちまうなんてよ」

徒者は箸《はし》をとって、重箱に入った料理をつまむ。屋形船の中には、金蔵と徒者がいるだけだ。外には、船頭と数人の船夫がいるはずだ。

「しかも自分で火をつけた商家に飛び込んで、その娘を助けて恩着せて、そこの婿養子になっちまうんだから見事だよ」

金蔵は頬にある火傷の痕《あと》を軽くなでる。

「いやあ、金蔵の兄貴を、芝居小屋で見つけた時は驚いたよ。一味の印の刺青が頬にないかわりに火傷の痕だ。だけでなく、あんな大きな商家の婿養子に収まっていた。けど、退屈じゃないかい。商人みたいにこつこつやるのって、金蔵兄貴、一番苦手だったろ。日本左衛門の親父でさえ、兄貴の切れ味のいい殺しにはびびってた時あったもんなあ」

商人がこつこつと働くとは、なんという言い草だ。ある意味で、商人ほどあこぎな渡世はない。事実、今、金蔵は阿波の藍《あい》作人を叩けるだけ叩き、そうして得た藍玉を江戸や京、長崎へと高値で売りつけている。その利は、日本左衛門の手下の時の何十倍も大きい。

「今さら泥棒になろうとは思わへんわ」

はした金のために盗みをするのは割にあわぬと本気で考えている。

「へへへへ、上方言葉、うまくなったねえ」

まとわりつくような声から、やっと徒者は本題に入るようだ。

「で、いくら欲しいんや」

箸で里芋をつまみつつ機先を制した。

ごくりと、徒者が唾を呑《の》むのがわかった。

「ひゃ、百両」

「阿呆いいな。婿養子は小遣いが少ないねん。もっと安うせえ」

嘘である。もう、義理の両親はいないし、助けた妻も数年前に流行病《はやりやまい》で死んだ。

「な、なら八十両」

すぐに値切りに応じる安っぽい性根は、日本左衛門の手下だったころと変わらないようだ。といっても、金蔵はこの男の顔などは覚えていない。

「八十両か。しゃあないな。商談成立や。ほれ、食うか」

里芋をつまんだ箸を徒者の顔の前に持ってきた。

「よせよ、あかんぼ――」

徒者の声は途中で止まった。金蔵が箸を深々と相手の喉に突き刺していたからだ。どさりと倒れると同時に、手を叩いた。背の高い船頭が入ってくる。

「始末しとけ」

別の箸を手に取って、鯛の刺身を口の中に放り込む。やはり、阿波の鯛は美味《うま》い。程よい歯応えと身の旨《うま》みが舌の上で躍る。

「なんだ、仲間にするんじゃなかったんですか」

「そうしよかと思って、脅しにつきあったったけど、あかんわ。雑魚《ざこ》や」

この鯛の十分の一の旨みもない男であった。船頭は船夫を呼んでくる。鎖と錘《おもり》を体に巻き付けて、最後は莫蓙《ござ》に包《くる》んで船の上から放り投げる。

「兄貴――じゃなかった……金蔵さん、舟です。こちらへ来るようです」

船頭が身をかがめて、座敷の中へと顔を突き出してきた。上座は空けている。二席だ。

「えらい早いな」

いや、徒者の話が無駄に長かったのか。屋形船がぐらりと揺れた。誰かが乗り込んでくる。障子ごしの影で、腰に刀を差しているのがわかった。

入ってきたのは口髭《くちひげ》を持つ武士――稲田植久《いなだたねひさ》だ。徳島藩の五家老――いや今は四家老のひとりにして、洲本《すもと》城代を代々務める家柄の当主である。金蔵は平伏する。その前を大股で歩き、上座のひとつに腰を落とした。

「もう、やっているのか」

叱責するような声を放ったのは、先ほどまで徒者がいた膳に目が留まったからだろう。

「商いをしてると、昔のことをほじくる奴がでてきます。まあ、そいつを呼びつけて口封じをさせてもろてました」

とっくりを手にとり、稲田に注《つ》いでやる。

「始めるか」

「まだ、来てまへんけど」

空いているもうひとつの上座に目をやる。

「かまわん。実際に動くのは我々だ」

内心でため息をつく。動くのは、ほとんどが金蔵の手下ではないか。

「ほな、大奥の松島局様からの言葉をお伝えします。蜂須賀家が藩政よろしからずということで改易のあかつきには、淡路の国は間違いなく稲田様に引き渡されるそうです」

稲田の眉宇《びう》がかすかに強張ったのは、主を裏切ることに後ろめたさがあるのか。

「ふむ、それはよかった。では、阿波国の方はどうなる」

「阿波のうち、南半国には譜代の大名か旗本をいれるようにする、と」

稲田は満足げにうなずいた。

「では、北半国はこちらのお方の手に移るのだな。だとすれば、お主も稼げるわけだ」

稲田は空いている上座に目をやった。こちらのお方、とはまだ来ていない上座の主のことである。

「しかし、怖いものだな。商いのために、国を潰そうと画策するとはな」

「わてが潰すんちゃいますで。重喜公がしくじりはるんですわ。そのおこぼれにあずかるだけです」

もうひとりの上座の君が、阿波北半国の藩主になる。その上で、金蔵は阿波の藍を支配する。藍を、大坂市場の専売品とさせるのだ。

「それにしても、藍はそんなにも儲《もう》かるのか」

稲田の間抜けな問いかけに内心で苦笑を漏らす。所詮、武士にとって商いなどその程度だ。

「へえ、阿波の藍は一級の品です。他の土地の藍やったら三回つけて色がでるとこを、阿波の藍やったら一回ですみます。四十八あるといわれている藍の色の違いも、他国産のものよりもくっきりと出るんですわ。ほんで、値もそんなはりまへんし」

興味なさげに、稲田は盃をもつ手を突き出した。注げということだ。金蔵は素直に応じながらも、内心で「うつけ者が」と唾棄する。

阿波の藍によって、服飾の世界に変革が起きた。細かい紋様の染めも阿波の藍では可能で、庶民が洒落《しゃれ》た柄の着物を購《あがな》うことが容易になった。が、このところ徳島藩の動きが怪しい。今までは阿波の藍の販売は、大坂商人の手にほぼ委《ゆだ》ねられていた。そうなるように、金蔵ら大坂商人が藍師たちを借金漬けにしたのだが、それを徳島藩で統制しようという動きが出てきた。

そういうことならば、徳島藩を潰す。その上で、今よりももっと苛烈に藍師を支配する仕組みを作りあげればいい。金蔵はちらと空いている上座を見た。

あの方がいれば、可能なはずだ。大奥の老女の松島局とも伝手《つて》のあるあのお方ならば。

「それにしても一介の商人にしかすぎぬお主が、どうしてこのような謀を進めるのだ」

盃を半分ほど呑み干してから稲田はつづける。

「それも日本藩などと称して。国士のつもりか」

「国士ですか。確かにそうかもしれまへんな。わては、日本いう国を憂えてますからね」

「日本という国」

稲田が首を傾げた。この程度の男にとって、国とは阿波や淡路のことだ。阿波や淡路などの六十余州が集まった、日本という国の形には思いを馳せられない。

「稲田はん、えげれすいう国は知ってまっか」

「無論だ。南蛮の国であろう」

「その国でっけどな、今、天竺《てんじく》でえげつない商いをしてまんねん」

「お前たち大坂商人が、藍師にするほどではあるまい」

「わてらは法度《はっと》を守って商売してまっせ。まあ、綺麗な商売というつもりはおへんけど」

「えげれすの商人はちがうのか。法度を守らぬのか」

「いや、法度を守る守らんの話やないんです。あいつら、天竺で商売する時、通常の倍、下手すれば十倍の値をつけて買いまんねん」

「それの何が悪いのだ」

「これ、ごっついえげつないことですねん。なんでかっていうと、人間ってのはね一度贅沢覚えると、なかなかそれを捨てれんのです。えげれすの商人が高値で買うから、天竺の地主や商人は気前ようええ暮らしを送るわけです。ほんで、そのええ暮らしの蜜を散々味わって元に戻れんようになってから、通常の値に戻すんですわ。するとね、人間はアホやから、元の貧しい暮らしにようもどれんのです。十人のうちひとりかふたりは戻れる者もいるけど、まあ稀《まれ》です」

こうして、天竺の商人や地主たちは次々と崩壊していった。その上で、えげれすの商人たちは彼らを奴婢《ぬひ》同然で使役する。

「そのえげれすが、天竺だけやのうて朝鮮や清国、日本にも手を伸ばそうとしてるんですわ。それ長崎で聞いた時、ごっつい腹たってね」

「ははは、お前らしくもなく義憤を感じたということか」

金蔵はへへと卑屈に笑ってみせた。義憤などではない。この怒りに似たものを過去に感じた。日本左衛門の手下だった頃だ。十全に策を練り、盗みに入るはずだった商人の家を、別の賊に襲われた。この時の金蔵や日本左衛門の怒りは大きかった。賊を見つけだし「頼むから早く殺してくれ」というまで嬲《なぶ》り痛《いた》めつけてから海に沈めた。もし、稲田にわかるようにこの怒りを表現するならば、己の財布に無断で手を突っ込まれたような気分、ということになるだろうか。

えげれすの商人が日本を狙っているかもしれない、と長崎で聞いた時、全く同じ種類の怒りをその何倍もの大きさで感じたのだ。

だが、金蔵は賊《ぞく》だ。強い弱い、怖い怖くない、を寒さ暑さのように感じることができる。えげれすの商人は強くて怖い。喩《たと》えるなら、人の肉の味を知った熊だ。

武士よりもえげれすの商人の方が怖くて、何倍も残酷であることを感じとっていた。

「稲田はん、いずれ世界は商人が回すようになりまっせ。いや、えげれすではもうすでに商人が回してます。日本はこのままやったらえげれすの商人にしゃぶり尽くされてまいます」

「面白い寝言だな」

やはり、この男も理解できぬか、と金蔵は落胆した。幕府の役人などにも同様の話をしたことがあるが、誰も取り合ってくれなかった。稲田が無能なのは知っているが、それと自分のいうことを理解してくれぬ悲しさは別だ。

このままでは、遠からず日本はえげれすの属国となってしまう。なのに、誰もわかってくれない。

「えげれすの商人に勝つには、日本の商人が力つけなあきまへん。そのためには、江戸と大坂に物と銭をとことんまで集めな——」

稲田があくびをこぼした。こんな男に弁をふるったことを、金蔵は心底から後悔した。日本を守れる器量の持ち主とは思っていないが、糞の役にも立たぬ男の機嫌をとらねばならないのは憂鬱だ。

「まあ、てなことを考えてまんねや」

最後は幇間《ほうかん》の真似事をして、己で己の頭をはたいて無理やりに話題を終わらせた。

屋形船の外から嬌声《きょうせい》が聞こえてくる。

「来られました。舟に芸者を大勢乗せています」

船頭の声がした。

「馬鹿公方め、顔を見られたらどうするのだ」

慌てて稲田が袖で顔を隠そうとする。

障子を開けて、金蔵は船縁にたつ。女を乗せたひとまわり小さな屋形船が近づいてくる。

「その舟、誰が金だしたったか知らんわけちゃうやろ」

金蔵がつぶやくと、船頭たちが苦笑をこぼす。やがて芸者をのせた舟が横につける。

中から姿を現したのは、細川《ほそかわ》孤雲《こうん》だ。平島公方随一の腹心と評判の男である。いつもは公家然とした姿をしているが、今日は黒の小袖と袴《はかま》に身を包んでいる。芸者の乗る舟から優雅な所作で飛び移った。

「待たせたな」

そういって芸者をのせた舟を足で蹴った。すうと離れていく。

「稲田はん、怒ってまっせ」

「怒るだと」

「へえ」

「ふん、蜂家の家臣が平島公方の直臣の我らと同等を気取るのか」

目をみると冗談をいっている色はない。本気で、細川は稲田よりも格上だと思っているのだ。この傲慢さには、いつも驚かされる。

「仲ようしてくれはるようお願いいたします」

稲田のかわりではないが頭を下げた。平島公方には、老女松島局とのつながりがある。徳島藩乗っ取りには必要な駒だ。何より、阿波北半国の国主に、平島公方をつける手筈になっている。足利将軍の血をひく平島公方ならば、血統の上で申し分ない。

「それにしても珍しいお召し物ですな。黒もよう似合ってはります」

いつもは真紅の狩衣を身につけている。

「わが君は、紅色の衣を着た若衆を好まれるのでな」

「わかしゅう」

はっと気づく。平島公方と細川は恋仲――衆道の契りを結んでいるのだ。では、どうして今日は紅を身につけないのか。

細川が前を通りすぎる時、匂いが鼻についた。柑橘の香りのあとに甘すぎる余韻が強く残る。

「これは、どこの香ですか」

「外《と》つ国のものだ。長崎で購《あがな》った」

「へえ、そりゃ、また、どうしてそんな洒落たものを」

「人を斬る時に使うと決めている」

背を向けたままで、細川はいう。

「人を斬る、時。まさか――」

細川は、船夫たちに障子を開けさせる。

「ああ、山田の奥方を殺《や》ってきた」

思わず、目を見開いてしまった。

「なぜ、驚く。そういう手筈だったろう。今日は加増願いでちょうど徳島を訪れることになっていた。そのついでだ。着替えるのは手間だったがな」

「しかし、山田様の奥方は、身重では」

「身重の方が逃げ足は遅い」

だが、警護の武士がいたはずだ。

「なんだ。俺の言葉が信用できぬのか。お前の部下たちから、俺が山田の背に卑怯傷を負わせた手際を聞いていなかったのか。それとも日本藩の男どもは、俺の技量もわからぬ愚図ぞろいか」

「いえ……そういうことでは」

なぜだろうか。殺しなど慣れているはずなのに、金蔵の背が冷たくなる。

そういえば――と思い出した。老若男女の別なく、金蔵は殺してきたが、まだ赤子や身重の女を手にかけたことはなかった。

こいつは、それを躊躇《ためらい》なくやったのか。

金蔵は腕を強くさすった。そうしなければ、肌にういた粟を悟られてしまう。

細川が屋形の中へと入っていく。稲田と目があったようで、「待たせたな」という。稲田の顔に怒りの色が浮かぶが、すぐに盃をあおり表情を隠した。

細川の背中を見る。

これほど自然に殺意を体にまとわりつかせる男を、金蔵はいまだかつて知らない。

「おい、早くしろ」

苛立たしげな稲田の声がした。金蔵は、細川の殺気を追うようにして屋形の中へと戻る。鼻の奥には、まだ甘すぎる香りが居座っていた。

八章　密約

一

柏木忠兵衛《かしわぎちゅうべえ》は徳島城の廊下を走っていた。家老たちのいる詰の間へと急ぐ。

「失礼します。物頭の忠兵衛です」

賀島政良《かしままさよし》と長谷川近江《はせがわおうみ》のふたりが顔をしかめた。

「何用だ。さわがしい」

賀島が睨《にら》みつける。

「平島公方《ひらじまくぼう》に千石の加増を決めたというのは本当ですか」

「まことだ」

長谷川が、吐き捨てるようにいった。

「なぜですか。重喜《しげよし》様が、平島公方への加増に反対なのは知っておられましょう。いくら参勤交代で国元を留守にしているからといって、こんな無茶が許されるとお思いか」

「何が無茶なのだ。殿がご病気の今、我ら家老が政《まつりごと》を差配するのは当然の成り行き」

長谷川が厳しい声でいう。昨年、重喜の父、佐竹義道《さたけよしみち》が危篤に陥った。重喜は江戸から阿波に帰ったばかりだったが、再び参府した。そして、閏《うるう》十二月七日に義道を看取った。それが心労となったのか、床に寝付くことが多くなり、いまだ阿波に戻れない。

今年に入っても体調はよくならない。そこで、一時だけ家老たちが政《まつりごと》を仕置するようになった。その間隙《かんげき》をつくかのように、平島公方がまたしても増禄の要請に来た。

「倹約で出費をあたう限り抑えねばいかぬ時ですぞ。昨年、今年と風雨で田畑がどれだけ痛めつけられたか知らぬわけではありますまい」

「こちらにも言い分がある」

賀島が取り出したのは、文《ふみ》だ。

「これだけの大名が平島公方への増禄を推奨《すいしょう》されているのだぞ」

見れば、前橋松平家からの書状もある。祖は家康次男の結城秀康《ゆうきひでやす》で、本来なら将軍になってもおかしくない血筋だ。

「とどめはこれよ」

忌々《いまいま》しげに長谷川は一通の書状を指さす。そこには、田沼《たぬま》の文字が見えた。

「まさか、田沼意次《おきつぐ》様からも届いたのですか」

田沼意次——前将軍の家重《いえしげ》が死去する時、後事を託された男だ。金森家が改易された郡上一揆の吟味（裁判）を主導し、非凡な才を発揮した。いずれ老中に出世するだろうといわれている。

「大奥老女の松島局《まつしまのつぼね》が手を回したのだろう。しかし、まさか田沼様をも動かすとはな」

賀島は忌々しげに唇を歪《ゆが》めた。

「これらの方々の声を無下《むげ》にすれば、蜂須賀《はちすか》家の立場が悪くなる。かといって殿は病床ゆえ、相談などもできん。ゆえに我々で討議し、加増を決めた」

長谷川の声には不満の色が見てとれた。家老たちにとっても、平島公方は頭の痛い存在なのだ。

「しかし、一報もいれないのは道理に反するのでは」

「殿の面目のことをいっているのか。それならば、加増は千石ではなく九百五十石で手を打った」

五十石、値切ったのだから妥協しろ、と賀島はいう。

「そこで、だ。忠兵衛、お主、今から江戸にいってくれ。ことの顛末をご報告してこい。お主の口からならば、殿も納得しやすいであろうからな」

長谷川は嫌な役を押し付けるかのようにいう。

二

重喜は布団の上で薬湯を呑《の》んでいた。周りには、双六盤や将棋盤があり、描きかけの絵が散乱している。

「忠兵衛、遠路ご苦労だったな」

そういってから薬湯を呑み干した。

「殿、まさかとは思いますが……」

旅の疲れが残る忠兵衛は恐る恐る聞く。

「なんだ」

「お体が悪いと聞きましたが」

「そうだ。だから薬湯を呑んでいる。煎じ方によっては甘くなる薬もあるから面白い」

周りに散らばった物を見る。将棋盤には、詰将棋の形に駒が並べられていた。

「恐れながら……仮病ではないのですか」

何より重喜の顔色がよい。よすぎる。

「父を失った悲しみは本当だ。私は芝居が得意ではないからな。これは好都合だと思い、病床に臥《ふ》した。大変だったぞ。人を近づけぬのはいいが、外に出られぬのは気鬱《きうつ》だった。本物の病人になるかと思った」

静かに襖《ふすま》を開けて入ってきたのは、林藤九郎《はやしとうくろう》だ。

「許せ。忠兵衛にいえば、ぼろが出ると思った。これも家老を排除するためだ」

藤九郎は申し訳なさそうにいう。

枕を蹴《け》るようにして重喜が立ち上がった。

「倹約令だけでは徳島藩は立て直せぬ。三塁の制をいよいよはじめる。そのためには、害虫を成敗せねばならん」

「役席役高の制の支度は、阿波でも江戸でも着々と進めております」

藤九郎は〝役席役高の制〟を特に強調する。過激な三塁の制か穏便な役席役高の制か、重喜と忠兵衛らの間でも意見が分かれている。

「三塁の制にしろ役席役高の制にしろ、新法に間違いなく家老どもは反対する。ならば、反対できぬようにするだけだ」

乱暴な手つきで帯を解《と》く。寝衣《ねまき》を脱いで、手を叩《たた》いた。

「衣を持ってまいれ。今より、政務に取り掛かる。江戸にいる家臣たちを急ぎ集めよ。半刻《はんとき》以内にだ」

衣を持ってきたのは、佐山市十郎《さやまいちじゅうろう》だった。袴《はかま》と小袖をつけ、打掛《うちかけ》を羽織る。月代《さかやき》をそり、髪を整えた。呆気《あっけ》にとられる忠兵衛をよそに、重喜は次々と支度を整えていく。

やがて、家臣たちが集まりだした。

「池田《いけだ》は来ておるか」

重喜は江戸家老の名を呼ぶと、佐山が無言でうなずいた。大股で歩いて、政務の間へといく。池田長好《ながよし》は三十歳、福々しい顔をしている。五年前に父を失い家老の職を継いだ。

「殿、急なお召し、いかがいたしました。それにご体調の方はよくなったのですか」

池田が戸惑いをあらわに聞く。

「先ほど、忠兵衛が来た。そして一報を聞くや否や、病が吹き飛んだ。怒りのあまりな」

池田は目を瞬《しばたた》かせる。

「国元にいる、賀島と長谷川よ。あの両人、平島公方の増禄を認めおった」

場が一気にざわついた。重喜は目を忠兵衛にやる。説明しろということだ。

「は、はい。賀島様と長谷川様ですが、平島公方への加増を決定されました」

「中老や物頭に相談はあったか」

鋭い声で重喜が問い詰める。

「い、いいえ、おふたりの独断でございます」

「しかし、千石のところを九百五十石で折り合いをつけたと賀島殿から報告を受けています」

池田が二人を弁護するかのようにいう。

「それで、私の顔を立てたつもりか。忠兵衛、なぜ賀島と長谷川は加増を決めたのだ」

「大奥の老女の松島様や前橋松平家、そして田沼様からの加増推薦状が来ました」

「殿、これは独断専行ではありませぬ。下手をすれば、幕閣や大奥の機嫌を損《そこ》ねかねません。決して、殿のことを蔑《ないがし》ろにしたわけではありませぬ」

「幕閣や大奥がからむからこそ、私への相談が必要なのではないか。家老だけで決めていいことではない。ちがうか」

重喜が睨むと、池田は返答に窮《きゅう》した。

「これほどの大事を、私になんの相談もなく決めたるは不埒《ふらち》なり」

はりのある重喜の声が皆の背を伸ばした。

「賀島と長谷川を急ぎ江戸藩邸へと呼集せよ。実否を問いただし、両人の是非を追及する」

それだけいって重喜は席をたつ。あわてて忠兵衛は後を追った。

「敵は餌《えさ》に食いついたぞ」

重喜が弾む声でいった。

そういえば、過去に平島公方を利せないか、と思案していたことを思い出す。

「まさか、わざと病気になって、家老が平島公方に増禄させるように仕向けたのですか」

「そういうことだ」

「危うくありませぬか。徳島藩を転覆させんと欲する者どもは、内紛を狙っているのですぞ」

忠兵衛は重喜の背中に必死に声を飛ばす。

「日本藩と申す者どものことか。奴らにその隙を見せねばいいだけだ」

先ほどまで病臥《びょうが》のふりをしていた部屋へと戻り、打掛を脱いだ。佐山が素早く受け取る。

「藩主に伺いをたてずに加増したことは、不敬に当たります。蟄居《ちっきょ》閉門の罪に値しましょう」

佐山の嬉しげな言葉に、重喜はうなずいた。

「殿、池田様がお目通りを所望しております」

小坊主がそう告げた。

「通せ」と、ためらいもなく答える。部屋に入ってきた池田は、描きかけの絵や将棋盤を見てまず目を見開いた。

「池田、何用だ」

冷たい声で重喜がいう。

「賀島殿と長谷川殿の件、どうか、今一度、ご再考を。両人も徳島藩のことを思ってのこと」

「ほお、悪事を見過ごせというのか」

「国が動揺します。家老を敵に回すのは得策ではないかと」

家老の池田がそれをいうと、忠告には聞こえなかった。

「私を脅すのか」

「いえ、ただ私めも池田家の当主として、蜂須賀家の舵取りの責務があります」

「何が舵取りだ。お前たちは、船頭を代えるつもりであろう」

池田は無言だ。否定しなかったことに、忠兵衛は驚いた。

「徳島藩において四人の家老は強き力を持っております。結託されれば、いかに殿とて心安く過ごすことは難しいかと」

重喜が嘲るように笑い、池田に向き直る。

「池田よ、そなたの亡父が商人から賂《まいない》を受け取っているのを知らぬと思ってか」

池田の体が硬直する。

「それだけではない。城の蔵に、火薬と武器を充当するのがお主ら池田家に託された仕事だ。しかし、蔵の中の槍《やり》は錆《さ》び、火薬は質が悪い。火縄銃など狩りの役にも立たぬ有様だ」

「そ、それは父がやったことです。私は知りませぬ」

「お主の父がやった、と認めるのだな」

池田は言葉に詰まる。脂汗が頬を伝い、あごから滴《したた》った。

「池田よ、そなたの江戸家老の職を解く。また、先にあげた罪は許し難い。よって閉門を言いつける。今すぐに国元に帰り、屋敷の門を固く閉ざせ」

重喜はもう池田を見ていなかった。将棋盤の前に座る。王将を、金と銀が四枚守っていた。その内の一枚を、重喜は飛車でとる。

「まずは一枚」

そう呟《つぶや》いて、盤面に目を落とす。

三

蟬《せみ》がやかましく鳴く中、重喜は桂馬をとってそれを敵陣へとさす。忠兵衛は銀将をあげて受けてたつ。たちまち重喜の顔が歪んだ。

「それは悪手だ。つまらんからさし直せ」

「いえ、悪手といえど一度さした手をやり直すことはありえませぬ」

「いいからやり直せ。何のために私と将棋をさすのだ。私の無聊《ぶりょう》を慰めるためだろう。その手では二十手もささぬうちに決まる」

「嫌です。信念に反します。それに負けるとは決まっていないでしょう」

とは反論したものの、重喜に指摘されて悪手であると忠兵衛も気づいた。

「お前は家老たちと同じだな。自らの過ちを認めない」

持ち駒から歩をとりだし、桂馬を援護するように重喜はさした。

忠兵衛が守りを厚くすると、一気に重喜の角行が竜馬になった。

「それどころか、穴熊のように領国から出てこない」

賀島、長谷川の両人に江戸召喚《しょうかん》の命令を出したが、使者をよこして謝るだけだ。

「まさか、前言をひるがえして、平島公方の加増をなかったことにするわけにもいきませんしな」

長考した末に、忠兵衛は王将を逃がした。

「まさか、あのふたり、このまま私が江戸を発《た》つまで阿波に居座るつもりか」

重喜はあごに手をやって考えに沈む。将棋ではなく、政局のことを考えているのは一目瞭然だった。

「それはないかと。何か、手を打ってくるはずです」

「主君押し込めか」

重喜は王将の逃げ道を銀将で潰《つぶ》した。

「十分、考えられることです」

「忠兵衛ならどうやって私を押し込める」

「そうですな。家臣たちの賛同を得て数の力で押し切るのが常道でしょう。ですが時がありませぬゆえ――」

忠兵衛は悪あがきのように、王将の守りを固める。

「稲田《いなだ》様を動かします。あのお方は、淡路の領主ともいうべき力を持っています。一軍を独自に動かすだけの与力や陪臣がおります」

重喜が盤面で睨みをきかせる飛車を手にとった。これを動かされれば、忠兵衛の王将は詰む。

「国元から飛脚です」

襖が荒々しく開いて、書状を持つ佐山が飛び込んできた。重喜の手が止まる。

「ここで読め」

盤面を見たままいった。

「稲田様が江戸へと向かっているそうです。家老の賀島様、長谷川様の依頼を受けてのことだそうです」

忠兵衛にちらと目をやる。

「樋口《ひぐち》はいつつく」

「内蔵助《くらのすけ》ならば、あと三日もせずに着到するかと」

重喜はうなずいた。政局は激しく動いている。三人の家老が重喜廃位に向けて動き出したと見ていい。幾度も藤九郎や重喜、そして飛脚を用いて樋口内蔵助や寺沢式部《てらさわしきぶ》らと打ち合わせしてきた。筋書き通りに敵は動いている。あとは、敵を詰ませるだけだ。だからこそ、手をしくじりたくない。

知恵者の内蔵助を呼びよせたのはそのためだ。

重喜は手にもつ飛車で王手をかけた。

参りました、と忠兵衛がいう前に重喜は立ち上がっていた。窓から庭を見ている。

「忠兵衛、私はしくじらぬぞ」

呼びかけられたにもかかわらず、それは忠兵衛ではない誰かにいったかのように聞こえた。手首に巻きつけた秘色の手ぬぐいが揺れている。

四

「殿にはまだお目通りが叶わぬのか」

不機嫌な声でいったのは、稲田植久《たねひさ》だ。江戸藩邸に詰めていた家臣たちがざわつく。

「殿は多忙であります。どうしてもお時間が作れないとのことです」

忠兵衛がそう答えると、稲田の眉尻がぴくぴくと動いた。

「私が江戸にきて、もう十日になるのだぞ」

「ご存じのように、体調が思わしくありません。そこにきて、平島公方の一件がありました」

忠兵衛はあくまで非はそちらにあるかのようにいう。

「だからこそ、私が出張ったのだ。平島公方の一件、賀島殿も長谷川殿も軽率だったと認めておる。今は速《すみ》やかに、この両名の謝罪を受け入れ、政を旧に復すべきだ」

一方の稲田は、あくまで仲裁者という立場を崩さない。

「とにかく、今は下屋敷にてお呼びがかかるまでお待ちください」

忠兵衛の頑《かたく》なな態度に、稲田がため息を漏らす。

「わかった。そういうことならば今日は退こう。ただし、私の在府はあと数日。そのことお忘れなきよう、と伝えてくれるか」

「もちろんです」

丁寧にいって、稲田を送りだした。すぐにきびすを返し、重喜の待つ部屋へと急ぐ。

今日の重喜は双六に興《じ》じていた。

「どうだ。稲田め、焦れてきているか」

「焦れるというよりも、待たされていることに憤っているようです」

重喜がにやりと笑った。

「もうしばらくの辛抱だ。樋口の仕上げを待て」

そういっているのが聞こえていたわけではないだろうが、襖が開いて内蔵助が現れた。

「稲田らの企《たくら》み、やっとわかりました」

内蔵助には、稲田や賀島、長谷川らの狙いを探らせていた。利用したのは、先日、閉門処分にあった池田である。罪を一等減じることを条件に、稲田や賀島、長谷川に接触させ、三人の動きを調べさせた。

「思っていた通り、主君押し込めを企んでおります。殿が稲田様の仲裁を蹴った時は、押し込めた上で千松丸《せんまつまる》様に家督を継がせるそうです」

内蔵助の報告に、ふんと重喜が鼻を鳴らした。

「大丈夫か。池田様に騙《だま》されているということはないか」

心配顔でいったのは藤九郎だ。

「どうしてそう思うんだ」

忠兵衛がきいた。

「いや、千松丸様を後嗣とする、というところが不審だと思ってな。私が家老ならば、重隆《しげたか》様かそのご子息をつける」

確かに、と思った。忠兵衛が家老なら蜂須賀家の血族を家督に据える。その方が、多くの家臣の支持を得られる。

「あるいは、池田様は逆に稲田様らと内通して、我らを騙さんとしているのではないか」

藤九郎の声は憂いに満ちていた。

「いや、池田の報せ《しら》はまことだ。きっと虚言はしていない」

重喜がいいきった。忠兵衛は藤九郎と一緒に不審な表情を浮かべざるをえないが、内蔵助は無言で聞いている。

五

忠兵衛らはお忍び姿で、夜の街を歩いていた。道の両側には料理屋がひしめき、三味線のたおやかな音色が溢《あふ》れてきている。

「ここだな」といったのは、藤九郎だ。折り目がついた袴は、遊び慣れていない御家人という風情である。

「ふん、いい気になって飲んでいるんだろうな」

一方の内蔵助は、遊び慣れた旗本を思わせた。窓の中から時折、芸者たちが熱い目差《まなざ》しを送ってきているほどだ。

「では行きますか」

一方の忠兵衛は無骨な袴と小袖姿で、道場帰りの剣術家のようななりである。背後には、商人の放蕩息子然とした男がおり、これが重喜である。藩主の姿よりもよほど似合っている――とは思うが誰も口には出さない。

料理屋の入り口をくぐる。やってきた主人は不思議そうに一行を見回した。旗本なのか御家人なのか剣術家なのか商人なのか、判断がつきかねている様子だ。

「徳島藩の稲田様が来ているだろう。物頭の忠兵衛が来たといって取り次いでくれ。お忍びゆえこの格好だ。用件を聞かれたら『お目通りの日取りについて、至急、相談の必要が生じた』と」

「わかりました」

主人が廊下の奥へと消えていったが、すぐに戻ってくる。

「お通しするように、とのことです」

主人の背中についていく。奥の間の襖がさあと開かれた。

「おお、忠兵衛か、よく、ここがわかっ……」

稲田の言葉が途中で途切れた。忠兵衛につづいて入ってきた重喜に気づいたのだ。

「こ、これは……殿がまさか……」

狼狽《うろた》えつつも、稲田は腰を浮かす。三人の従者も飛び退《すさ》るようにして壁際まで下がった。

「稲田、待たせたな」

大股で歩き、稲田の上座を奪いとるようにして座った。稲田は急いで対面の席へと移る。忠兵衛らは、従者たちとは反対の壁際に座った。その中のひとりが、こちらに鋭い目差しをくれている。小兵ながら猪《いのしし》を思わせる肉付きの武士は、鹿山兵庫《しかやまひょうご》だ。稲田の家臣で撃剣の達人。五社宮一揆を鎮圧した時、足軽を率いていた。忠兵衛らが不穏な動きをすればすぐにでも動かんと、前のめりになっている。

「何の話をしていた。私を押し込め、千松丸を当主に据《す》える談合か」

「な、何を――」

「隠さんでもいい」

「隠すなどとは滅相もありません。私めが江戸へ参りましたのは、賀島殿と長谷川殿のご一件についてです。それ以外、二心はありませぬ」

さすがは家老というべきか、もう稲田の声は平静に戻っていた。

「両人の謝罪を受け入れていただきたくあります。本人らも軽率だったと後悔しております」

「軽率なあ」

重喜が頬杖をついた。その様子に、稲田の眉尻がぴくりと動く。

「稲田よ、軽率な者に徳島藩の政をあずけていいと思うか」

「一度のしくじりで目くじらをたてるのはいかがなものかと」

低く厚みのある声で稲田が応じる。

「寛大なものだな。まず、謝罪を受け入れるか否かだが……これは否だ。これほどの大事を報告することなく進めた。そもそも平島公方に加増しないよういったのは私ではない。藩祖以来の伝統だ。

ふたりはそれを破った。つまり、お前たちの大好きな旧規を蔑ろにした」

にやにやと笑いつつ重喜はいう。

「取り返しのつかないことになりますぞ」

「取り返しがつかない、だと」

「そうです。賀島殿や長谷川殿、そして池田殿も黙っておられぬでしょう」

「その三人だけではあるまい。お主もだろう。家老四人でどんな取り返しのつかぬことをするか教えてくれるか」

稲田は無言だ。

しばらく重喜と睨みあう。

「ご再考をお願いいたします」

声は恫喝《どうかつ》するかのように低い。そばで聞く、忠兵衛らも強い緊張を覚えるほどだった。

「再考などするつもりはない。稲田よ、お主に命じる。今すぐに阿波へと戻り、賀島と長谷川に閉門を命じよ。私の名代として、だ。そして、一年内に隠居させろ。それを全てお主が差配せよ」

「できかねます。両人が蟄居《ちっきょ》閉門の罰をこうむるほどの罪を犯したとは思えませぬ」

「私を押し込め、幼子を当主にたてる企てをしていたとしてもか」

「それが事実ならば、それこそ慎重に行動すべきでしょう。軽々に蟄居閉門を申し渡せば、多くの反発が起こります。それでなくとも、先の三塁の制は家中に多くのしこりを生んだのですから」

稲田は悪びれることなくいってのけた。

「稲田様、取引きしようではありませんか」

いったのは、内蔵助だ。

「取引きだと」

「両人を蟄居閉門になるように稲田様が差配すれば、阿波国の仕置をお任せしてもいい、と殿はお考えです」

「なんと」

声は驚いていたが、口髭《くちひげ》の下の唇が緩《ゆる》んでいた。狸め、と忠兵衛は心中で唾棄する。

「しかし、阿波国の仕置は代々、山田《やまだ》、賀島、長谷川、池田の四家が持ち回りするもの。洲本《すもと》城代のわが稲田家の任ではありませんか」

「功ある家臣が要の職につくべき、と殿はお考えです。稲田様を洲本城代にしておくには惜しいと常々、殿や我々は考えております」

よくも口から出まかせをいえるものだ、と忠兵衛は内蔵助の弁に感心する。

稲田は腕を組んで考えるふりをするのが、また忌々しい。だが、重喜や内蔵助が読んだ通り、この男は地位を欲している。そのためには、味方を裏切ることも躊躇《ちゅうちょ》しない。いや、そもそも淡路に地盤をもつ稲田は、心の底では賀島や長谷川を味方とさえ思っていない。

「必要であれば、今ここで起請文《きしょうもん》に血判署名してもいいと、殿はお考えです」

厳《おごそ》かな声で付け加えたのは、藤九郎である。

それが決め手になったようだ。

「殿がいかに阿波淡路両国を憂えているか、得心いたしました。しかし、この場で即答することは難しくあります。持ち帰らせていただいてよろしいでしょうか。家臣たちともよくよく談合せねば、阿波の仕置は務まりませぬ」

「勿論《もちろん》でございます。ただし、三日以内に必ずご返答ください」

内蔵助がそういった。忠兵衛は内心で息をつく。狐と狸の化かしあいとはこのことだ。お互いにどれだけ利を引き出せるか、必死に駆け引きしている。

「殿、それでよろしゅうございますな」

内蔵助が上座に目をやった。無表情で頬杖をつく重喜がいる。嫌な予感がした。

「私は駆け引きが嫌いだ」

頬杖を外した。何をいうのだ。駆け引きで優位にたつために、内蔵助を阿波から呼んだのではないのか。

「稲田、お主は大したものだ。最初こそは動揺していたが、途中から冷静だった。今の駆け引きも案の内だな」

「そんな……今も突然の殿のお越しに驚きが去りませぬ」

稲田は下手な謙遜を見せる。ふんと、重喜が鼻で笑った。

「稲田、今、この場で決めろ。賀島と長谷川を蟄居閉門させる、と。だけではない。我らは来年には新法を行う。それに対して反対しないことも誓え」

稲田が苦笑した。無茶だ。要求に対して、見返りが少なすぎる。これを呑ませようとすれば、刃でもって脅迫する以外ない。稲田の従者である鹿山が、膝をすって前に出た。忠兵衛が顔を向けると、眼光がぶつかる。

「さすがに……それは途方もなきこと。半年熟慮したとて、答えが出せませぬ」

「いや、出せ。できぬなら、私はお主を敵だとみなす」

鹿山だけでなく、他の従者も腰を浮かすのがわかった。

「それは無体でございます。のう、忠兵衛らもそう思うであろう」

まるで傍輩《ほうばい》に語りかけるように、稲田がいった。困り顔をわざとらしく作っている。

「もし、この条件を吞むのならば、私は稲田家を淡路国の分知《ぶんち》大名として遇する」

刹那、稲田の顔から表情が消えた。いや、稲田だけではない。藤九郎や内蔵助も、だ。きっと、忠兵衛も同様であろう。

「ぶ、分知大名……です、と」

忠兵衛はなんとかそう声を絞りだした。

「私の生まれた家もそうだ。私の家は佐竹本家の支藩の二万石の分知大名家だった」

重喜の言葉に誰も返せない。

「感状七家の出で古くから洲本城代を務める稲田家は、その地位にふさわしい。我らに合力し、賀島と長谷川を蟄居閉門に処すならば、分知大名を約束してやる」

わなわなと震えだしたのは、稲田だ。ばたりと両手をつく。

「そ、それは、私が……この稲田九郎兵衛が、淡路七万石の大名になる、ということですか」

唾を飛ばす様子は、完全に冷静さを欠いている。

「そうだといったであろう。ただし――」

一転して、重喜は眼光を鋭くさせる。

「今、この場で誓ってもらう。賀島と長谷川を蟄居閉門にする、と。そして、我々の新法には決して異を唱えない、となる。無論のこと、この場で起請文を取り交わす」

稲田は食い入るように重喜を見つめている。

「それが否というならば、これっきりだ。私は、これ以上の取引きをしない。主君押し込めなり闇討ちなり、好きにするがいい。こちらも受けてたってやる」

そう凄《すご》む声は、藩主のものではなかった。

六

「分知大名とは、あまりな提案ではありませんか」

徳島藩上屋敷にもどった藤九郎が部屋に入るなり、重喜へいった。忠兵衛も同感だった。確かに、支藩を持つ大名家は多くある。そのほとんどが藩主の血をひく家系だ。家臣が分知大名になるなど聞いたことがない。

「だが、稲田は食いついたぞ」

重喜は涼しい顔だ。提案をきいた稲田は取り乱した。いや、狂喜したといっていい。その証左に、重喜らに協力することを約した。何より新法に反対しないと約束させた。稲田にしてみれば、いずれ大名として独立できるならば阿波の国政など知ったことではない、ということか。

五家老のうち——

山田は切腹。

池田は減刑を条件にこちら側についた。

賀島と長谷川は、しばらくもしないうちに閉門となるはずだ。

一番の難敵の稲田は、こちらの味方だ。

「五家老は排除した。来年より新法をはじめるぞ」

「新法というのは、役席役高の制でしょうか。それとも三塁の制でしょうか」

冷徹な声で聞いたのは、内蔵助だ。

「才ある者にふさわしい役職を与えるのが、新法だ」

重喜は答えをはぐらかす。重喜らの間では、役席役高の制とも三塁の制とも呼ばなくなった。ただ、新法といっている。当然のごとく三塁の制ならば、藩政は大混乱に陥る。

「ご承知とは思いますが、稲田様を淡路国の大名として遇するのは諸刃の剣です」

稲田はあまりにも強大になりすぎる、と内蔵助は警告している。

「すぐに大名にするわけではない。新法を成就させた後に、だ。それまでに――」

重喜は言葉を濁す。稲田が大名になるまでに、本当の決着をつけるということか。

「それよりも、四人の家老を徳島藩は失った。かわりの家老がいる。これがどういうことか、わかるな」

重喜が、藤九郎、内蔵助、忠兵衛の三人を見た。

「新法の第一は、家老格にお主らをつけることだ。無論、ここにいない寺沢もその任に充てる。四人の家老のかわりに、国政を担え」

「いよいよだな」と重喜は笑うが、忠兵衛を含めた三人は顔を引き締めるだけだ。式部がいれば、軽口で場を和ませたであろう。

「お主らが家老格になるのを祝って――という訳ではないが、ひとつ話を聞いてもらいたい」

「話ですか」と、藤九郎が不思議そうに首を傾《かし》げた。

「そうだ。五家老と交わした密約をお主らに教える」

「密約」と、三人が口をそろえる。

「ここにおらぬ式部には、帰国してから教えよう」

重喜は手を叩いた。佐山が襖を開けて現れた。

「あれを持て」

短くいうと佐山は姿を消し、すぐに戻ってきた。細長い木箱を手に持って現れた。重喜はまずその恐ろしく複雑な結び目を確かめる。

「うむ、開封は間違いなくされていないな」

目を佐山にやると、深々と一礼して下がっていく。寵臣《ちょうしん》の佐山にさえ知らせてはいけないことなのか。

いや、忠兵衛の目をひいたのは長い箱に封をする紐《ひも》だ。秘色《ひそく》の藍に染められている。さらに箱書きを読む。

〝重喜様御代御内密御用書附〟と記されていた。

「五家老と私以外には、決して口外してはならぬ密約だ。が、こたび四人の家老がいなくなる。四人は、もはや密約の内容を守る力は持たぬ。ならば、四人のかわりに家老格になるお主たちが、この密約を知るべきだ」

重喜が三人に目を配るが、誰も一声も発さない。

「嫌ならこの部屋を出ていけばいい。覚悟のない者に託そうとは思わぬ」

試されているのだ、と忠兵衛は思った。懐《ふところ》に手をやり、秘色の手拭いを握った。

「わかりました、拝見いたします」

藤九郎と内蔵助も「右に同じ」と同調した。

秘色の紐が重喜の手でほどかれる。蓋をゆっくりと開けた。巻物が現れた。それを丁寧に広げる。

まず目に飛び込んできたのは、蜂須賀重喜や五家老たちの署名だ。賀島政良の息子の備前《びぜん》の分もあるので、合計で七人の名前と血判が記されている。

忠兵衛は目を細めて必死に文字を読む。

頭を上げたのは、三人同時だった。

重喜は巻物を丸め、箱に納めた。慎重な手つきで秘色の紐で封をする。手を叩き佐山を呼んだ。

「蔵に戻しておけ。厳重にな」

佐山が出ていくと、小用でも催したような風情で重喜も席をたった。

残されたのは、忠兵衛ら三人だけだ。

書面の内容が、嫌でも頭の中にこびりついていた。

五家老と重喜は、蜂須賀家の一族に家督を継がせぬことを約束していた。

その理由も記されていた。

本来なら家督を継ぐはずだった、蜂須賀重隆が原因だった。重隆は癇癪《かんしゃく》の気が強く、たびたび侍女や小姓、小坊主を無礼討ちにしていた。もし、これが身分の高い者——将軍や大名に向けられたらどうなるか。赤穂藩の松の廊下の二の舞だ。

十二年前の宝暦三年、そんな重隆は廃嫡された。五家老の総意によってだ。そして翌年、八代藩主の宗鎮《むねしげ》が隠居。九代藩主は在位二月《ふたつき》足らずで不幸にも早逝。

そうしてやってきたのが、重喜だった。

五家老は、ある決断をする。蜂須賀家の血をひく者を藩主には据えない、と。そして、そのことを新しく藩主になった重喜にも約束させた。

五家老の心配はわかる。もし、重隆の猛《たけ》き血が子孫に伝われば、改易の恐れがある。ならば、禍根は早々に断つべきだ。

忠兵衛は胸にたまった息を吐き出した。内蔵助は無言で床を見つめ、藤九郎は何度も額の汗を拭いている。

なぜ、重喜はこんな密約を交わしたのか。いや、問うまでもない。主君押し込めをちらつかせられれば、呑まざるをえない。密約の日付は、九年前の宝暦六年三月十三日。重喜が藩主になって二年目のことである。その何日か後に参勤交代で江戸へと発ったはずだ。

今でも思い出す。前年に、忠兵衛と重喜は長兵衛や京弥らと力石比べで汗を流した。重喜が藩政改革に心を寄せつつあるという実感を、忠兵衛は確かに抱いた。しかし、突然、重喜は忠兵衛に対し心を閉ざし、林藤九郎をそばに置くようになった。

あの時、重喜は五家老に密約を強制されたのだ。そして、密約は重喜には不利なものだった。忠実に履行すれば、重喜が蜂須賀家を簒奪《さんだつ》しているように見えるからだ。

「とんでもないものを見てしまったな」

藤九郎がようやくそういった。

「だが、これで謎はなくなった。殿の言葉でいえば〝答えあわせ〟ができたな」

内蔵助の顔は沈鬱だが、声は平静だった。

「殿は、ある意味で五家老に守られていた。殿を無理にでも押し込めれば、密約をばらされるからな。それが改革での殿の強気の正体だ。だから、こたびの押し込めも家老は千松丸様を擁立しようとした。蜂須賀家の血をひく男児がいるにもかかわらず、だ」

内蔵助は今までの経緯を確かめるようにいう。つまり、千松丸に跡を継がせるから、密約のことは黙って隠居を受け入れろ、ということだ。

「蜂須賀家以外の姫を娶り、さらに千松丸様を後継にする。徳島藩を乗っ取るかのような殿の行いに、五家老が異を唱えなかったのはこのためか」

藤九郎は、巻物が広げられていた辺りを見つめたままいった。

「殿が蜂須賀家を乗っ取らんとしているという家臣たちの不満を抑えこんでいたのは、家老たちだった。だが、これからはちがう。殿を守る家老はいない」

内蔵助はそれだけいって口をつぐむ。重喜の押し込めに遠慮する勢力は、もういなくなった。

「改めていっておく。俺は三塁の制には反対だ」

内蔵助の声は覚悟に満ちていた。

「あれは素晴らしい案だ。しかし、早すぎる。百年早い。三塁の制をやれば、間違いなく徳島藩は滅ぶ。もし、殿が三塁の制を強行するなら、俺は敵に回る。主君押し込めも辞さない。徳島藩を守る」

そういってから、内蔵助は忠兵衛と藤九郎を順に見た。

「お前たちはどうする」と、目がいっている。

「俺は――」

忠兵衛の言葉はつづかない。己はどうするのか。重喜につくのか、それとも内蔵助に味方するのか。

答えは容易には出てこない。懐の中でゆれたのは、秘色の手拭いだ。

七

大坂の屋形船は、阿波のものとは一味違う。調度や設《しつら》えは勿論だが、一番の違いは両岸に賑《にぎ》やかな街の灯《あか》りがあることだ。船縁《ふなべり》に身をあずけた金蔵《きんぞう》は、大坂の夜景を堪能する。

「いました。稲田様です」

船頭の声がして、船夫が慣れた櫂《かい》さばきで岸につける。石垣でできた岸は船着場になっている。

そこに立っているのは稲田植久だ。

「お待ちしておりました。細川《ほそかわ》様はもうお席におつきですわ」

稲田を屋形の中へと誘う。ふたつある上座の一方に細川孤雲《こうん》が座っており、その横に稲田が腰を落とす。今日の細川は、真紅の狩衣姿だ。細川が酌《しゃく》などするわけがないので、金蔵が丁寧な手つきでふたりに酒を注いでやった。

「手筈《てはず》通り、賀島、長谷川は蟄居閉門へと追いやった。池田も死に体だ。もう、殿との密約を交わした者はわしひとりしかおらぬ」

酒で湿った舌のせいか、稲田はいつもより饒舌《じょうぜつ》だった。

「つまり、重喜様を主君押し込めにする段取りが整ったわけですな。阿呆な殿様ですな。改革のためとはいえ、自分を守ってくれてはる家老を処分するやなんて」

「殿はしてやったりと思っているであろうさ。きっと、このわしを出し抜いたと有頂天であろう。はなから、わしは殿と取引きして家老ふたりを処分するつもりだったのにな」

やはり稲田はいつになく饒舌だ。一方の細川は黙って酒を呑んでいる。すぐに空になったので、すかさず金蔵が酌をした。

お家騒動を起こし徳島藩を改易する。淡路を稲田が、阿波の北半国を平島公方が治めるには、密約を交わした五家老が邪魔だった。改革を推し進めれば、いずれ五家老と重喜が衝突するのはわかってはいたが、ここまでうまくいくとは思わなかった。

いや――

「しかし、分知大名とはな。重喜め、こちらが思っていた以上の手を打ってきた」

盃《さかずき》を口元にやった細川がいった。そうなのだ。予想外だったのは、重喜だ。まさか、稲田に分知大名を約するとは思わなかった。おかげで、余計な駆け引きをしなくて済んだが、妙に気味が悪い。うまくいきすぎている。

もしや、こちらの手の内を読んだのか。金蔵はひとり思案にくれる。

これは案外に、重喜らにとってはいい手なのかもしれない。

なぜなら、分知大名を約された稲田は、悲願が成就したに等しいからだ。阿波の国主は、平島公方でなくても一向に構わない。ここで抜けられてしまっては元も子もない。いや、ただ抜けるとはならないだろう。口封じのために、こちらを始末するはずだ。

金蔵は、稲田の顔色を窺《うかが》う。機嫌よく酒を呑んでいる。

同じように、細川も稲田を横目で見ていることに気づいた。すっと手を動かし、刀に手をふれる。

金蔵は首を横に振った。

稲田という男は剛毅《ごうき》そうに見えて、その実、小心だ。こちらを裏切る気ならば態度に出る。

まだ、大丈夫だ。

それよりも怖いのは——

金蔵は肩がこわばっていることに気づいた。細川が密《ひそ》かに漏らした殺気に、体が反応したのだ。

恐るべきは、細川だ。もし、金蔵が首を振らなかったら躊躇なく斬っていた。稲田は斬られたことさえ気づかずに、首を両断されていただろう。


——よう、この男の隣で、そんな呑気《のんき》な顔して酒呑めるもんやな。


稲田の鈍感さが心底羨《うらや》ましくなった。

「船に酔ったみたいですわ。ちと風に当たります」

金蔵は屋形を出て、船縁に腰をかけた。河岸には蔵が建ち並んでいる。屋形船は、いつのまにか大名家の蔵屋敷のある一角を進んでいた。おかげで街の灯りは届かず、船に暗い影がさしている。

さて——とひとりごちて火傷《やけど》の痕をなでる。

細川以外に、もうひとり底の見えぬ男がいる。

蜂須賀重喜だ。なぜ、稲田を分知大名にすると約束した。どうして、三塁の制などという破滅するような案に固執する。

「阿波の殿さんは、かしこなんか阿呆なんか、わからへんわ」

すぐに唇が緩み、笑いが漏れた。

それは、忠兵衛や内蔵助ら四羽鴉《よんばがらす》たちも同じ思いだろう。

明君か暗君か。

敵はおろか味方からも判別が難しい男と戦うのは、これまでの人生で初めてであった。

九章　藍方役所

一

――近年、大坂の地の問屋仲買共、筋の通らぬ商いをせり……

その文書は、激烈な一文から始まっていた。写しを手にもつ柏木忠兵衛《かしわぎちゅうべえ》の肚《はら》を射貫《いぬ》くかのようだった。眼前にいる蜂須賀重喜《はちすかしげよし》も同様の思いのようだ。

「この建議書をしたためた者の身分と姓名、今一度申せ」

重喜が、鋭い目で家臣たちを見回す。

「高畑《たかばたけ》村の組頭庄屋の小川八十左衛門《おがわやそざえもん》でございます」

答えたのは、佐山市十郎《さやまいちじゅうろう》だ。

小川という庄屋から藍政《あいせい》改革に対する建議書がだされたのは、今から一月《ひとつき》ほど前のことだ。重喜は参勤交代で江戸にいたため、今日、初めて建議書を目にする。

藍師たちは大坂へ出向き藍玉を売買している。それを全て停止《ちょうじ》し、逆に大坂の問屋や仲買人を阿波へ集める。

その上で、売買が公正かどうか目利き人が監視する。

さらに、借金に苦しむ藍師のため、徳島藩が低利で貸付をする。


「みなの意見を聞きたい。どう思う」

「大変、よい案かと」

柏木忠兵衛がまず口火を切った。

「数字をしっかりと明記しております。特に貸付の額です」

想定される大坂商人の貸付額を記し、その上で徳島藩が支度せねばならぬ総額や得られる利益などを克明に記している。

「問題をあげるとすれば、大坂商人からの反発が必至なことでしょう」

冷静な声でいったのは樋口内蔵助《ひぐちくらのすけ》だ。

「大坂商人が文句をいうならば、受けて立てばいい。今の藍師たちの困窮は、大坂商人どもの搾取のせいなのは自明だからな」

太い顎《あご》を撫《な》でつつ、寺沢式部《てらさわしきぶ》がいう。

「藍師を守る策というより、大坂商人を攻める策に見えますな」

林藤九郎《はやしとうくろう》は慎重にいう。

「大坂商人たちから反発があるということは、この案が正鵠《せいこく》を得ているということです」

忠兵衛の言葉に皆がうなずいた。が、ひとり、重喜だけが硬い顔で建議書を見ている。

「殿、まさか反対なのですか」

忠兵衛が恐る恐るきく。

「いや、皆の申す通りよ。この案は正しい。大坂商人に掣肘《せいちゅう》を加え、困窮する藍作人たちを救える。だけでなく、徳島藩の国庫をも潤す。一石三鳥の良案だ」

だが、言葉に力がない。

重喜が前を向いた。

「倹約令を発布し六年、一定の成果をえた。しかし、倹約だけでは不十分だ。商いを育ててこその改革であり、これから実行する新法の成功の鍵を握る」

新法という重喜の言葉に、忠兵衛は身を硬くした。新法が、役席役高の制のことなのか、それとも三塁の制のことなのかはわからない。

「新法の手始めとして、樋口、林、両名に家老役を命じる。合計で三千石になるよう、役高を支給する」

内蔵助と藤九郎がうなずいた。

「そして、忠兵衛……柏木には若年寄を命ずる。役高も家老に準ずるものを与える」

これは新たに作った役職で、準家老ともいうべき地位だ。

「また、寺沢も若年寄格に任命する」

若年寄〝格〟は、権限は若年寄と同じだが、役高の支給はない。が、来年には式部にも役高が支給されるはずだ。

没落した四人の家老にかわり、内蔵助、藤九郎、忠兵衛、式部が相当する地位につく。

「そして、家老の稲田《いなだ》であるが、淡路大名格に正式に任命する」

今この場にはいない稲田植久《たねひさ》は、独立のための地歩を着々と固めている。大名に準ずる地位という意味である。そして、その地位と引き換えにして、新法を承認させた。やむをえぬとはいえ、稲田は一時、強大な力を得る。大名〝格〟がそれだ。

藤九郎が安堵《あんど》の息を吐くのがわかった。今のところ、下位の者を上位に引き上げるだけの策だ。上位の者を下位に落とす施策があれば、三塁の制ということになる。

「小川の建議書については、これから協議を重ねましょう。翌年か翌々年の実施を目指します。それでよろしいですな」

藤九郎が、皆に同意を求めた。

「いや、よくない」

重喜の一声は、藤九郎の表情を凍らせた。

「本年の七月より始めよ」

「そ、それは――」

忠兵衛が腰を浮かした。あまりにも性急ではないか。

「いいか、これは大坂商人との戦《いくさ》だ。攻め方は決まった。あとは一気呵成《いっきかせい》の用兵に徹する。相手に息をつかせれば、こちらの負けと心得よ」

「殿のおっしゃることはもっともだ。先手を取るのが肝要。悠長にやっていれば、大坂商人が幕閣を買収するやもしれん」

内蔵助の鋭い声で、皆が我にかえったかのように表情を引き締める。

「藤九郎は大坂奉行に根回しをしてくれ。俺と殿は江戸の幕閣を説得する。留守居役の中尾河内殿《なかおかわち》にも動いてもらう。忠兵衛と式部は国内をまとめろ。忠兵衛は藍師たちを、式部は家臣たちだ。佐山は引き続き目付として、家中に不穏な動きがないか探れ」

矢継ぎ早にいった内蔵助は、重喜に顔を向ける。

「何か異存はありますか」

「ない。判断が必要なら、樋口に相談せよ。この一件は、樋口に一任する」

やりとりだけ見れば、息のあった君主と忠臣である。が、内蔵助はその内実では牙《きば》を研《と》いでいる。

重喜が三塁の制に手をつければ、たちまち叛臣となる。

「天守閣に登る。忠兵衛、供をせい」

立ち上がった重喜は、返事も待たずに歩きだす。天守閣の急な階《きざはし》を上り、吉野川を眼下にする最上階へとやってきた。

「ふたりきりになりたい。お前たちは下で待て」

小坊主たちを退室させて、重喜は吉野川に向き直った。

「機嫌が悪いようですな」

「ああ、悪い」

忠兵衛にはその原因がわからない。藍の改革案に不備があるのだろうか。

「忠兵衛、お主は改革の肝《きも》は何だと思う」

川を凝視《ぎょうし》したまま、重喜はいう。

「それは……やはり、誠実な仕事ぶりで君臣が一枚岩となることでしょうか」

「ちがう」

では、一体、何が正しい答えであろうか。内蔵助ならば、きっと根回しというであろう。式部ならば、人々が喜ぶか否か、と答える。藤九郎ならば、正しい法度《はっと》と公正な裁きが肝要と説くだろう。主君の背中を見る。感情がそれだけで読み取れる。不機嫌さだけではない。哀《かな》しさも背に宿っている。

「改革で大切なのは、人の心よ」

忠兵衛は目を瞬《しばた》いた。予期せぬ答えだった。

「どんなに正しい法度であっても、人の心がついてこなければ意味がない」

脳裏をよぎったのは、内蔵助がいつかいった言葉だ。重喜の三塁の制は正しいといった。しかし、百年早い、と。

「正しい改革をなしたとて、人の心がそれについてこなければ意味がない。いずれ人は代替わりする。さすれば、改革はすぐに有名無実となる。結句、改革でまずなさねばならぬのは、人の心を変えることだ」

重喜は吐き捨てるかのようにつづける。

「小川の建議書は素晴らしい案だ」

「私も左様に思います」

「納得いかぬのは、その案を出したのが家臣たちではなかった、ということだ」

「あ――」と、忠兵衛は声を漏らした。

「小川の建議書の肝は、阿波に大坂の商人を呼びつけることだ。徳島藩の家臣たちはみな、藍を大坂へ持っていくことに疑いを持っていなかった。樋口や忠兵衛たちも、だ。そんなことにさえ思いいたらなかった。それは、家臣たちの心が旧態のままだからだ」

重喜は手を叩《たた》く。小姓のひとりが両手で抱えられる大きさの箱を持ってきた。小さな錠もついている。

袖から鍵を取り出し、重喜が蓋を開けた。入っていた書状を忠兵衛に差し出す。

そこには、大坂や江戸の商人たちを阿波へ呼び寄せる案が書いてあった。小川のものと似ているが、ちがう。〝藍方役所〟〝年貢次〟などの言葉が並んでいる。小川の案のいくつかの欠点を補うものだ。そのかわりではないが、小川の建議書ほど細かい数字は書かれていない。

「殿は……阿波に商人を呼び寄せる案を、すでに思いついていたのですか」

「そうだ」と、重喜は短く答えた。

ならば、なぜこれをもっと早く評定にかけなかったのだ。

そうか、と忠兵衛は悟った。重喜は、この案を家臣が思いつくのを待っていたのだ。

「私が、この阿波の国主になって十二年になる。いくつかの改革をなしてきた。そのために血を流すことも厭《いと》わなかった。が、所詮は人の心を変えるほどではなかった——ということだ。人にいわれた法度をなぞるだけでは、本当の改革にはならない」

風がふいて、涼気が部屋に吹き込む。

「法度や身分の制を変えるのは簡単だ。しかし、難しいのは人の心の形を変えることだ。それができねば、いかに正しい法度を広め、能力による新法を実現したとて、いずれ有名無実となる。骨抜きにされた法度が、害悪として残るだけだ」

それだけいって、重喜は口をつぐんだ。吉野川の流れる音が、いつまでも忠兵衛の耳に残る。

二

徳島城の大手門には、各地からやってきた商人が列を作っていた。数十人はいようか。

「まさか、七月にこれだけの人が集まってくるとはな」

大手門の欄干《らんかん》に立つ忠兵衛は、素直に感心の弁を漏らす。いよいよ、藍の売買がここ阿波で開かれるのだ。ちらと背後の天守閣を見る。今朝、重喜は天守閣の最上階からどれだけ商人がくるかを見届ける、といった。きっと、今の光景を目にして胸を撫《な》でおろしているだろう。

「冬になれば、この何倍も人が集まる。城にある建物だけではさばききれんぞ」

藤九郎が心配そうにいう。

「大丈夫だ。その頃には、町に藍方役所の屯所ができているはずだ」

忠兵衛がそういうと同時に大手門が開いた。商人たちが城へと入っていく。すぐに表御殿があり、その一部を藍方役所として開放している。藍方役所には藍作人や藍商人たちが詰めており、徳島藩の目利き人がいる前で商談が行われる。

「列を守れ、走るな」

門の下で怒鳴っているのは、式部だ。人手の多さは予想外だが、上手《うま》く法度が行き渡っている証でもある。問題は——

「大坂の方はどうだ」

忠兵衛は藤九郎に目をやった。

「大坂奉行所には話を通しておいた。ただ、大坂商人から訴状が出るのは間違いない。厄介なのは、大坂の株仲間が染物屋や仲買人を買収していることだ。藍方役所は阿波の民を苦しめている、と証言させるつもりだ」

藤九郎は深刻な声で報告する。

「なんとかなりそうか」と、内蔵助が問う。

「奉行所は、大坂の株仲間をよく思っていない。公儀からもらった株を盾に、奉行所を蔑《ないがし》ろにする行為が目に余っているようだ。そこをつけば、どうにか抑えられそうだ」

「公儀の方はどうなっている」

忠兵衛は、内蔵助に話をふった。

「幕閣の肝は、老中首座の松平武元《まつだいらたけちか》様と御用人の田沼意次《たぬまおきつぐ》様だ。留守居役の中尾殿に折衝《せっしょう》してもらっている。武元様には道理で、田沼様には賄賂《わいろ》で説き伏せている」

内蔵助の声は大きくはないが、自信が垣間《かいま》見られた。

「気をつけろ、大坂の商人たちは江戸の幕閣にも働きかけをしているらしいぞ」

藤九郎の注意に、百も承知だ、といわんばかりに内蔵助はうなずいた。

「俺もじき江戸へいく。幕閣を説き伏せる。それよりも、忠兵衛、国内はどうだ」

内蔵助が逆に問う。

「徳島藩の借財を利用する藍作人が思っていたより多い。中には、それで大坂商人からの借金を返した者もいる。小川の案よりも、多く銭が必要になりそうだ」

それだけ、藍作人たちが大坂商人の借財に縛られていたという証である。

「式部の話では、家臣たちもおおむね賛同してくれている。これが上手くいけば、改革も勢いづくぞ」

そういってから、地上へつづく階《きざはし》へと忠兵衛は足をかけた。

「どこへいく」と、ふたりが聞く。

「藍方役所だ。百聞は一見にしかず、だ。俺も目利き人として商いを見届ける」

藍方役所は、表御殿にある四十畳ほどの広間が使われていた。大きな屏風《びょうぶ》で仕切りをつくり、できた小部屋に藍師と目利き人が詰めていた。これはと思う藍師のいる小部屋に商人が入り、目利き人の前で商談をする。商いが成立すると証文がしたためられ、この広間の一番奥にいる肝煎役《きもいりやく》に承認の判をもらう。

小部屋のひとつへと忠兵衛は足を踏み入れた。目利き人しかいないのは、商談が終わって商人と藍作人は肝煎役に判をもらいにいったのだろう。

「俺が目利き人を代わろう」

「そんな、若年寄の忠兵衛様にそんなことをさせるわけには……」

「新しい法度は俺も深くかかわっている。どんなものか、よく知っておきたい」

そういって無理やりに目利き人の席へと座った。

「もうすぐ藍作人が戻ってくるはずです。何かあれば、すぐにお声がけを」

そういって目利き人は去っていった。その間、忠兵衛は帳面をくる。三島村の林作《りんさく》という藍作人の履歴が書かれていた。大坂商人からの借財があったが、徳島藩からの借入で返済した旨が記されていた。

しばらくして戻ってきたのは、よく日に焼けた男だった。節くれだった指が、働きぶりを嫌でも想像させる。藍玉の見本が入った木製の籠《かご》を大切そうに抱えていた。

「ああ、目利き役を交代されたのですか。私は、三島村の林作と申します」

「うむ」とだけ忠兵衛は返す。名乗れば若年寄とばれる。無駄な緊張を強いらせたくはない。

「次の取引きは決まっているのか」

「はい、先ほど奉行様から、次は大坂の蘇我《そが》屋さんという問屋がくる、と」

「蘇我屋という商人とは、いつも取引きしているのか」

「いいえ、初めてでございます。それまでは別の大坂の商人から借入がありまして、なかなか別の問屋に卸《おろ》すことが難しくて……」

「買い叩かれていたのか」

「まあ……満足いく商いってのは難しいものです」

うなじに手をやって、林作は頭を下げる。

「ああ、もう皆さん、おつきですか。これはお待たせしてすんまへん」

陽気な声に忠兵衛は振り返った。そこにいたのは、顔の半面に大きな火傷《やけど》のある商人だ。忠兵衛は知っている。高原村の長兵衛《ちょうべえ》や京弥《きょうや》といざこざを起こした、唐國屋《からくにや》の金蔵《きんぞう》だ。

「き、金蔵さんがどうして」

林作が驚きの声をあげた。

「いやあ、蘇我屋はんが阿波に行く暇がないゆうもんやからね。私がおつかい頼まれたんですわ。ああ、目利き人のお役人様、どうも、唐國屋の金蔵といいます。よろしくお願いいたします。本日は、蘇我屋さんの名代として参上しました。このように、委任の書状も持参しております」

蘇我屋からの書状を、金蔵は忠兵衛の前に置いた。

「あれ、どこかでお会いしましたでしょうか」

首を傾《かし》げる仕草は芝居がかっていた。

「往来ですれちがうこともあるだろう。それよりも、蘇我屋の名代の金蔵と申したか、林作のことを知っているのか」

見ると、金蔵と対面する林作は汗をかいている。

「へえ、林作さんとは懇意にさせてもうてます。藍玉を今まで仰山《ぎょうさん》仕入れさせてもらいましたんや」

その言葉で合点がいった。林作が借財をしていた相手は、金蔵なのだ。

「で、今年も藍玉仕入れようと思って。けど、都合がつかんさかいに、この時期までのびのびに。そしたら――」

「借財を盾にして、藍玉の値が安くなるまで待たせていたのだな」

「ひゃあ、そんな身も蓋もないことといわんとってください」

金蔵は、大袈裟《おおげさ》に狼狽《うろた》えるふりをする。

「だが、急に林作に借財を返済されて仕入れるあてがなくなった。蘇我屋の名代できたのは、嫌がらせか」

「まさか、まさか。蘇我屋さんが藍玉欲しい、いうからかわりに来ただけです。それやったら勝手知ったる林作はんの藍玉ってなるのが人情でしょう」

目尻を下げて笑いかけるが、まぶたの下の瞳は鋭いままだ。

「それに心配してたんですぅ。林作さんが徳島藩から借財して、うちの借財返したって聞いて。だって、アホやと思いませんか。百貫の借財を百五貫に増やすようなもんでっせ。借金で借金を返すって、そういうことでしょ」

「それがわかった上で、大坂の借財からは何としてでも縁を切りたかったのであろうな」

忠兵衛の言葉に、ほんのかすかに林作がうなずいた。金蔵は一瞬だけ睨《にら》むようにして林作を見たが、微笑を深めるだけで抗弁はしない。

「挨拶はそれぐらいでいいだろう。林作、支度をしなさい」

低い声でいったのは、金蔵の無法は絶対に許さない、と林作に伝えるためだ。

「わ、わかりました。まずは今年の藍玉の出来をご覧ください」

持ってきた木箱から林作は藍玉を取り出し、板にすりつける。すぐに鮮やかな藍色が現れた。忠兵衛が持つ見本と比べる。これにも等級ごとに何種類かの藍をすりつけていた。色の具合を確かめると、林作の藍玉は上級の品とわかった。

「諸国の藍玉の商いの値は調べている。この藍玉に不当な値をつけることは許されん。では、唐國屋、いくらで林作の藍玉を購《あがな》う」

「一駄四十両でどないですやろか」

「ええ」と声を上げたのは、林作だ。忠兵衛もにわかには返事がでない。相場の倍以上の額ではないか。

「唐國屋、冗談はよせ」

「冗談やおへん。わしは林作はんの藍玉がごっつい好きですねん。惚《ほ》れてるんですわ。ぜひ、この値で引き取らせてください。蘇我屋さんも喜ぶと思いますし」

「やめてください。今まで買い叩いていたのに、ど、どういう風の吹き回しですか。相場通りで結構です」

林作が必死の形相でいう。

「それではわしの気持ちがすみまへん。なんで、多く出すのを断りはるんでっか。安いから断るなら道理でっせ。これじゃあ、まるでうちには売りたくないみたいやないですか」

林作が体をのけぞらせた。

「唐國屋、さすがに相場の倍の値付けは認められん」

「どうしてですか。払うわしがええいうてまんねんで」

こいつめ、と忠兵衛は内心でつぶやく。藍の取引きを混乱させるのが狙いか。林作を見ると、顔が青ざめていた。長兵衛との一件から、金蔵の苛烈さは容易に想像できる。

「林作よ、すこし席を外してくれ」

「え、しかし」

「いいから」

強くいうと、林作は逃げるようにして屏風の外へと出ていった。

「唐國屋、久しぶりだな」

「ああ、京弥はんの藍玉を差し押さえた時にいてはったお武家様やないですか。これは気づきまへんで。船の上でもおうてるから三度目ですな」

わざとらしく金蔵はいう。

「嫌がらせのような商いはよせ」

「嫌がらせしたらあかんいう、法度でもありましたか。それに安く買うのを咎《とが》めるならまだしも、高く買うのをあかんっていうのはどうかと思いまっせ」

「高く買うのは、林作の藍玉に惚れたからではあるまい。お前の魂胆はわかっている。こたびの法度のため、阿波の藍作人や藍商人に話を聞いたが――」

「わての評判が悪い、いうんでしょう。けど、わては法度に触れるようなことは何ひとつしてまへんで。今日かて大人しゅう、阿波まで取引きに参上したやないですか」

「それについては殊勝な心がけだ。その上でいう。林作の藍玉は相場通りの値で買え」

「それは嫌ですね。ええ藍玉はええ値で落としたい。ああ、まさか倍の値をつけて買《こ》うたったから、わてらのいうこと聞け、って林作はんを脅すと思ってはるんですか」

「ちがうのか」

忠兵衛は睨みつける。

「これは話になりまへんわ」

金蔵は立ち上がった。

「大坂の市場で取引きするいう旧規を蔑ろにするだけやのうて、うちら大坂商人に藍玉を卸してくれへんやなんて、非道もええとこでっせ」

「卸さぬとはいっておらぬ。適正な値で買えといっているだけだ」

「適正かどうかを決めるのは、商人の肚次第でしょ」

そこまで言われて、金蔵のもうひとつの企《たくら》みが透けて見えた。

「なるほど、わざと高い値をつけて断らせるのも策のひとつか。徳島藩の目利き人が大坂商人の邪魔をした、と訴えるつもりだな」

「高い値を提示したのに売ってくれへんねやったら、そうするしかないですわなぁ」

目尻を下げて困り顔をつくるが、それは忠兵衛を馬鹿にしているようにしか見えなかった。

三

号令とともに甲冑《かっちゅう》を着た武者たちが次々と海へと飛び込む。忠兵衛もその中にいる。水の中へと沈んだ体は浮いてこない。鎧《よろい》の重さがいつも以上に感じる。必死に足を動かして海面を目指した。やっとのことで顔を出すと、少し遅れて十人ほどの武者が次々と浮上する。鎧のない者は砂袋を体に巻き付けていた。

阿波は水軍で名を馳せる土地だけあり、泳法の稽古は激しい。空は晴れて雲ひとつないが、波は大きい。そんな海原をかきわけて武者たちは、沖にある安宅船《あたけぶね》を目指す。

「足を蹴れ、腕はおまけぞ。両足で泳ぐのじゃ。阿波の侍が鎧をつけた程度で泳げぬなどあってはならぬぞ」

武者たちの横には小舟があり、ふんどし姿の侍たちが激励している。さらに横を見ると、舟を連ねた舟橋が陸から安宅船までつづいていた。先頭を泳ぐのは、重喜だ。佐竹《さたけ》家にいる時も江戸で水練の稽古をしていたので、阿波の泳法になれるのも早かった。甲冑を着て泳ぐこつもすぐに呑《の》みこんだ。だけでなく、今も果敢に先頭を泳いでいる。

重喜が振り向いた。

「忠兵衛、情けないぞ。阿波育ちの意地を見せてみろ」

剣術や馬術、泳法の稽古になるとかつての岩五郎《いわごろう》が戻ってくる。

「忠兵衛、いけ」と、けしかけたのはすぐ後ろで泳いでいた式部だ。鎧は着ずに砂袋を体に巻きつけている。

「俺は遅い奴らの面倒を見る」

負っている砂袋が甲冑より重いことは知っている。阿波の海河童《うみがっぱ》の異名をとる男だ。というよりも、自分で海河童のあだ名を考えつき、必死に皆に吹聴している。

忠兵衛は海を蹴った。時折くる返しの波をひろって、重喜との間合いを詰める。

「御免」とだけいって、一気に抜き去った。背後で重喜の荒い息遣いが聞こえてくる。泳ぎを緩《ゆる》めようかと思ったが、ばれるとへそを曲げられるので力を抜かずに泳ぎきる。安宅船から下ろされた縄梯子《なわばしご》のひとつを手にとり登っていく。体を投げ出した甲板には、水夫《かこ》たちの暇つぶしであろうか銛《もり》や釣り竿、網なども置かれている。十ほど数えていると重喜も上がってきた。肩で大きく息をしている。さらに砂袋を体に巻き付けた式部がやってくるが、呼吸は乱れていない。

船縁《ふなべり》から下を見ると、ほぼ全員が縄梯子に手をかけているところだった。

吹く風に涼気が混じっている。次に稽古する時は焚《た》き火が必要だ。甲冑を脱ぎ、上半身裸になって潮風を肌にあてる。

「殿、お見事でございますな」

そういったのは、藤九郎だ。稽古には参加せず、舟橋で安宅船へと渡ったのだ。

「駄目だ。忠兵衛の方が早かった。泳ぎではどうしても勝てぬ。それはそうと藤九郎よ、大坂の方はどうだ」

「商人どもが、大坂奉行所に訴状を出すようです」

「何人ほどが訴状に参加しそうだ」

「株仲間はほぼ全員でしょう。それ以外の仲買人や問屋も参加するようです。半数近くの仲買人が訴状に賛同する見込みです」

「半数か。思っていたより多いな」

重喜の声は硬い。

「お耳にいれたいことが」と、忠兵衛が言葉をはさむ。

「大坂の商人たちですが、相場の倍の値で藍玉を買おうとしています。適正な取引きではないので、断らざるをえません。そこをついて、我ら徳島藩が大坂商人を締め出していると訴える魂胆のようです」

忠兵衛の言葉に、重喜の顔色に不機嫌の色がのる。

「なぜだ。倍の値ならば結構ではないか。売ってやれ」

「嫌がらせです。わざと高い値で取引きし、藍作人たちを再び支配するつもりなのです」

説く忠兵衛の脳裏には、金蔵の凄《すご》みのある笑みがこびりついていた。藍作人たちは、大坂商人の支配から脱却することを望んでいた。その証ではないが、徳島藩から借財をして大坂商人の借財を返す藍作人もいる。帳面上は借財を増やすだけの行為だが、そうまでしても大坂商人と縁を切りたいのだ。そういう行為に及んだ藍作人や藍商を標的にして、わざと高い値で藍を買おうとしている。

「私なら言い値で売るがな」

重喜は不服そうだ。

「一度、いい暮らしを味わうと、もとの質素な暮らしには戻れません。そうやって家を潰《つぶ》した商人が何人もいるそうです」

贅沢《ぜいたく》に慣れさせておいて、買い値を元に戻す。藍師たちはたちまち困窮するはずだ。

「ほお、詳しいのだな」

女中の歌代《うたよ》の実家は大工町で大工を営んでおり、商人の屋敷を普請《ふしん》することが多い。家を傾ける商人を歌代の父は多く見ていた。歌代経由ではあるが、忠兵衛はそんな事例を多く耳に入れている。

「それに、藍作人や藍商たちも気味悪がって売るのを拒否しております」

が、大坂商人の攻勢が続けば、ひとりふたりとなびくだろう。今は幸いにも大坂商人の悪評に助けられている。

「金儲けのためにそこまでするのか。商人とは恐ろしいものだな」

重喜は海を見つついった。そのずっと先には大坂の港があるはずだが、靄《もや》がかかって見えない。

「それよりも、江戸の方はどうですか」

藤九郎が重喜にきいた。

「老中首座の松平武元様と側用人の田沼意次様が、扇の要《かなめ》だ。樋口と中尾に今は任せている」

「田沼様は賄賂を欲することで有名ですが、大丈夫でしょうか」

問う式部の体からは水の雫《しずく》がしたたっている。

「公然と要求してきているらしい。わかりやすくて助かるぐらいだな。ただ、火の車の徳島藩では、莫大な財をもつ大坂商人と戦っても勝ち目は薄い」

「では、別の攻め方をするのですね」

　忠兵衛の問いかけに、重喜は濡《ぬ》れた髪をかきあげた。

「藍方役所次第の絵図を出せるか」

　藤九郎が控えていた近習《きんじゅ》に指示をだし、木箱と盾で即席の机をつくらせる。その上に、数枚の絵図を広げた。説明するのは忠兵衛の役だ。

「今の広間では、来《きた》る十二月の藍の売買には手狭すぎます。ですので、以前にもご説明したように紀伊国町の空き地を使い、そこに藍方役所の屯所をつくります」

　今、急ぎで屯所の建物や柵を普請している。

「以前の絵図より、建物が大きくなっているな」

　覗《のぞ》きこんだ重喜がいう。

「七月からはじまった藍方役所ですが、想像以上に来訪する商人が多くありました。新しい藍玉ができる冬になれば、もっとでしょう。それに対応するためです」

　重喜は何度もうなずいた。

「藍方役所が成功すれば、江戸の幕閣も説得できる、ということですか」

　藤九郎がきくと、重喜は「そうだ」と力強く答えた。

「田沼様は賄賂を求める悪癖はあるが、英明なお方だ。あの方は聡《さと》い。藍方役所が公正な商いの場だとわかれば、田沼様は絶対に否とはいわないはずだ。訴状にどれだけ多くの問屋や仲買人が名を連ねていたとて、だ」

　重喜はそういって腕を組んだ。

「問題は、いかにして公正な商いとわからせるか、だ」

試すように、忠兵衛や藤九郎、式部を見た。

「十二月に藍方役所に商人が大勢集まれば――」

藤九郎が慎重に言葉を選ぶ。

「大坂の問屋や仲買人たちが、わざわざ藍方役所に足を運べば――」

式部の声は高揚していた。

「いや、大坂だけではない。西国や東国からも商人が藍を求めて訪れれば――」

忠兵衛の声はかすれていた。唾を呑んで言葉を継ぐ。

「その結果、安く質のよい藍玉が天下に広まり、今より美しい藍が民たちの衣服を彩ることになれば――」

全員が即座にうなずいた。

「それは、藍方役所が何より正しい商いをしていた証左になる」

最後にいったのは、重喜だ。強い潮風が吹きつけて、絵図が旗のようにはためいた。重しにしていた石もかすかに動くほどであった。

四

唐國屋金蔵の足元に、潮の飛沫《しぶき》が散った。岩窟には船虫たちが蠢《うごめ》いている。その中に、金蔵ら――日本藩の一行はいた。岩窟の先の海は明るいが、こちら側は昏《くら》い。

金蔵はまるで自分のようだ、と思う。商人でいる時は、金蔵は法度を遵守する。あこぎな商売をして多くの者を泣かせてはいるが、罪は犯していない。その金で背後にいる手下たちの金主《きんしゅ》となり、さらに大きな悪事を働かせている。日にさらされても痛くない商売と、さらされると都合の悪い仕事の両方が、今の金蔵を形作っている。

どちらも悪党の所業だが、罪を伴うか否かの違いがある。

岩窟に身を潜め手下たちを従える今は、無論のこと罪人としての悪党の自分をさらけ出している。

きらめく海面には、一艘の安宅船と数艘の小舟が浮かんでいた。遠眼鏡でのぞくと、安宅船の甲板の上で徳島藩の藩士たちが談笑している。その中に、藍方役所であった柏木忠兵衛の姿もあった。

その隣にいる上半身裸の若者が、蜂須賀重喜だ。

「いつも、ここで水練の稽古をしています」

背後から手下がそっと声をかけた。

「殿様のくせに、達者な泳ぎっぷりやったな」

海に飛び込んだ重喜をずっと見ていた。勢いと粘りのある泳ぎ方は、重喜の人となりを如実に表している。

「手強《てごわ》い殿様やで」

迂闊《うかつ》にも敵を褒《ほ》めるようなことをいってしまった。背後の手下たちが動揺の気配を立ち上らせる。

「半刻《はんとき》ほど船の上ですごした後、また泳いで岸に行くのがいつもの稽古です。今から手勢を集めましょうか」

そういったのは、屋形船の船頭を任せている男だ。川ほどではないが、海の船も操れる。

「泳いではる殿様を襲うんか」

「十のうち八は成功するかと。そうすれば、自ずと徳島藩は崩れるでしょう」

「わし、博打《ばくち》は好かん」

「十のうち八の成功でも博打ですか」

船頭が渋い顔をつくる。

「稲田様がいれば、応援を頼めたやもしれませんな」

ふんと鼻を鳴らす。あんな小心者はいるだけ足手纏《あしでまと》いだ。強い潮風と波しぶきが顔を撫でた時、脳裏に浮かんだのは平島公方《ひらじまくぼう》の家臣の細川孤雲《ほそかわこうん》の姿だ。

あの男がもしここにいれば、あるいは襲撃という手もあった。

「襲うのはいつでもできる。それにあまり上手い手やない。殺せば、こちらで御しきれんことが必ずでてくる。まずは、徳島藩にお家騒動を起こさせるのが先や」

頬の火傷の痕をつるりと撫でた。密約により重喜を守っていた五家老のうち四人はもういない。かわりに台頭したのが、柏木忠兵衛、樋口内蔵助、林藤九郎、寺沢式部の四人だ。以前の四人の家老は張子の虎だが、新しい四人はなかなかに手強い。

「殿様が三塁の制をやってくれたら話は早いんやけどな」

労せずして、徳島藩は乱れる。しかし、稲田からの報告では、重喜は〝三塁の制〟という言葉を封印しているという。新法という言葉ではぐらかしているが、もしかしたら役席役高の制に妥協するかもしれない。

重喜が三塁の制を断念するならば、狙うは藍政改革だ。徳島藩は君臣一体となり、藍方役所を成功に導かんとしている。これが頓挫すれば、徳島藩の動揺は計り知れない。

「ふん、荒事は今しばらく封印やな。まずは大坂の商人に喧嘩《けんか》売ったことを後悔させたる」

「大坂の奉行所が訴えを取り下げる、という噂を聞きましたが」

手下のひとりが恐る恐るいう。事実である。少なくない賄賂を積んだが、奉行所は徳島藩に理ありという裁定に傾いている。

「せやから、老中を動かした。十月になれば、最初から調べなおせ、いうお達しがでる。大坂の奉行所も、江戸のご意向にはかなわへんからな」

そのために、平島公方を使った。少なくない出費と何より借りを作ってしまったことが忌々《いまいま》しい。

「とにかく、勝負は十二月や。新しい藍玉ができる時に、どれだけ藍方役所に人がくるかやな」

もちろん、大坂の仲買人や問屋には阿波へ出向くことならず、と圧力をかけている。

「まずは満天下に、藍方役所が役立たずいうことをわからせる。まあ、地道な商人の仕事やな」

「ならば、日本藩士としての仕事はしばらくお休みですな」

「休むんやない。万が一のために牙を研ぎ続けておくんや。何のために、お前らの金主になってる思てんねん」

手下たちが神妙に頭を下げる。岩窟に小さな波が打ちつけ、白い飛沫が舞う。安宅船の船縁に男たちが並んでいた。次々と海へと飛び込んでいく。遠眼鏡でのぞきこむ。先頭になって海をかき分けるのは、重喜だ。そのすぐ背後には、忠兵衛がぴたりとついていた。

五

粉雪が舞う中、金蔵は阿波の町を歩いていた。白い息が口から漏れていく。

そんな冷気を吹き飛ばすような熱気があった。町の一角に、新しい建物が並んでいる。急造の柵で囲われており、できたての門の看板には〝藍方役所〟と墨書されていた。

柵の内側に商人が詰めかけている。金蔵も体をねじこむようにして藍方役所へ入った。

聞こえてくる言葉は、阿波だけのものではない。大坂、京、播磨《はりま》、江戸、長崎、博多、仙台、日ノ本中の言葉が聞こえてくる。

「き、金蔵はん、これはえらいことでっせ」

背後から声をかけたのは、同じ大坂の株仲間のひとり——蘇我屋の主人だ。

「大坂だけやなくて、日本中の商人が集まってるんやないですか」

「いわれんでもわかってますわ」

金蔵はぴしゃりと言い放つ。が、内心では忸怩《じくじ》たるものがあった。二月《ふたつき》前、平島公方を使い老中を動かした。徳島藩有利に進んでいた裁定を、一から調べ直せと命令を出させた。徳島藩には明らかに逆風になるはずだった。少なくとも、これを知った大坂の商人は十二月に阿波へと行くことを断念するはずだった。

だが、どうだ。

「これだけの商人が藍玉買うていったら、わしらが買いつける分がなくなりまっせ」

言われんでもわかっている、と怒鳴りつけたい気持ちを金蔵は必死に抑えた。阿波の藍のほとんどを大坂商人が支配していた。それを忌々しく思っていたのは、徳島藩だけではない。各地の商人たちも同様だったのだ。

良質な藍を安価に仕入れる好機と、大坂以外の他国の商人が藍方役所に押し寄せた。そうなると、藍を買い占められてはならじと大坂の商人も阿波に出向かずにはいられない。

「ああ、こんなことやったら手代も連れてきたのに。くそ、買い付けしたいけど手持ちの金があらへん。今から手代を呼ぼ――」

「みっともない真似しなはんな。わてら株仲間は、徳島藩の藍方役所に非ありと先頭に立って戦ってまんねんで」

「けど――」

こいつも話にならんわ、と思いつつ前へと向きなおる。ひとりの武士がこちらへと近づいてくる。柏木忠兵衛だ。

「おお、唐國屋ではないか。藍の買い付けに来たのか」

「わてら株仲間が、こんなけったいな売買に参加するわけにはいきまへん。今日は、物見ですわ」

「物見とはいったもんだな。どうせなら売買していったらどうだ。俺が、目利き人を務めさせてもらうぞ」

快活に笑う忠兵衛が忌々しい。

「今日、お伺いしたのはお祝いですわ。奉行所に否と裁決が出れば藍方役所が潰されるのに、こんだけ立派な建物をしつらえはったんですからね。ご苦労をねぎらえればと思って」

金蔵は従者に持たせていた菓子折りを恭しく差し出す。

「まさか賄賂ではあるまいな」

「それやったら、もうちょっと大きな菓子折り用意しますわ。きんつばです」

忠兵衛は遠慮なく菓子折りを解《ほど》き、蓋を開けて中身を検《あらた》める。失礼なやっちゃなとは思ったが、もちろん口にはせず笑顔を取り繕う。

「うん、美味《うま》いな。算盤仕事で疲れた頭に染みる甘さだな」

ことをもあろうに、忠兵衛はその場できんつばを次々と平らげはじめた。

「気に入っていただけたようで何よりですわ」

「さて祝いの品はもらった。これで金蔵の用事は終わりか」

指についた小豆を行儀悪く舐《な》め取りつつ忠兵衛がいう。なるほど、金蔵のような男にはこの場にいてほしくないというわけか。

「野暮用がもうひとつ阿波でありますねん。とはいえ、大変ご盛況なようでなによりですわ」

「ああ、きっと江戸から来た公儀の息のかかった者たちも驚いているであろうな」

こんな嫌味をいわれるならば、きんつばなどくれてやるのではなかった。

「ほな、失礼します。蘇我屋はん、いきまひょ」

まだ戸惑う蘇我屋の主人を無理やりに連れていく。そして、藍方役所を出ると「わては野暮用がありまんねん」といって有無をいわさずに別れた。

吉野川の川港では、屋形船が待っていた。三味線の音色が漏れ聞こえてくる。

「お待ちしておりました」と、手下でもある船頭が頭を下げた。

「もう、おつきです」

「そうか、珍しな」

屋形船の障子を開けると、細川が三味線を抱くようにして弾いていた。真紅の狩衣を身につけたなりと美しい顔貌は、平安のころの公家を見るかのようだ。

金蔵が席につくと同時に、屋形船が岸から離れていく。

「結構なお手前で」

「お前の謀《はかりごと》の腕前と比べているのか。お前が下手なだけだ」

そういって細川は三味線を横に置いた。

「藍方役所は大繁盛らしいじゃないか。わが君が老中に働きかけたにもかかわらず、散々な結果だったな」

動いたのは平島公方ではなく、その親戚筋の松島局《まつしまのつぼね》だろう、と内心で毒づくが金蔵は深々と頭を下げた。実際、手懐《てなず》けていたはずの大坂の仲買人や問屋も藍方役所に訪れる始末だ。

「残された手はひとつだな」

細川は横にあった刀に手をやった。それだけで、殺気が屋形船を圧するかのようだ。

「いえ、まだございます。刀を使うのは早くあります」

鋭い目で細川が見る。まとわりつくような独特の殺気が金蔵の四肢を縛る。

「賄賂をばらまくのか」

「もちろん、それも使います。が、まだ裁定は出てまへん」

「今の藍方役所の繁盛を見てもそういえるのか」

金蔵はそっと懐から一冊の書物を取り出した。『阿淡夢物語《あたんゆめものがたり》』と題が書かれている。

「藍方役所やなしに、重喜公自身を攻めればよろしい。ただし、刃は使いまへん。人の噂を使います」

六

一体、どれだけのきんつばを買っただろうか。忠兵衛はため息をついた。唐國屋の金蔵と藍方役所で出会ったのが、もう九ヶ月も前のことだ。その時、祝いでもらったきんつばだが、実は数個だけこっそり懐中に残していたのだ。そして、美寿《みす》と歌代に土産として渡したのだが、これが大層美味だと喜んだ。もう一度、買ってきてと頼まれたが、店までは聞いていないし、金蔵に訊ねるわけにもいかない。日持ちを考えると、大坂の店で購ったわけではないはずだ。阿波のどこかだと思い、いい店だと聞けば買ってくるのだが、美寿と歌代がいうにはどれもちがうという。

そんな訳で今日も忠兵衛は、散歩がてらに昨年できたばかりの菓子屋できんつばを買って帰ってきたのであった。

「どうだ」と、忠兵衛はきんつばを頬張るふたりに直截《ちょくさい》に聞く。ふたりは黒文字で美味そうにきんつばを切り分け食べているが――

「美味《おい》しいですが、以前食べたものではないようです」

「旦那様、味が全然違いますよ。こっちは舌に砂糖がざらざら残ります。前に食べたのはしっとりと砂糖が溶けるのです」

女ふたりの意見は厳しい。自分で食べてわからぬのか、と責められているような気もする。

「それはそうと、大坂奉行所のお裁きの具合はいかがですか。最初に訴えが出てからもうすぐ一年になるのでは」

熱いお茶を呑みつつ、美寿がきく。昨年の九月に大坂商人から訴えが出され、徳島藩に有利な裁定になると思われたが、一月後に最初から吟味しなおすように老中から指示が出た。十二月の藍方役所の繁盛の様子を見せつけ、再び徳島藩が優勢になって年を越した。が、そこから裁きに進展はない。大坂奉行所ではなく、老中が直々に沙汰を下すようになったと聞いているだけだ。

「年が明ければ、我らが正しかったという裁きが出ると思っていたのだがな」

三月前には、重喜が参勤交代で江戸へ行き、内蔵助や中尾河内らと共に老中工作に加わっている。忠兵衛は黒文字を使って、きんつばの一部を口の中にいれた。確かに、やや上品さに欠けるような気がしてきた。まあ、歌代にいわれたから気づいたのだが……。

「旦那様、よろしいでしょうか」

口の中に残る砂糖を持て余していたら、襖《ふすま》の向こうから中間《ちゅうげん》が声をかけた。

「なんだ」

「港から狼煙《のろし》が上がっておりました。どうも江戸から飛脚がくるようですな」

忠兵衛は立ち上がった。この時期の飛脚となれば、藍方役所の是非しかない。

「すぐに城へ登る。用意をしてくれ」

「わかりました」と、部屋を飛び出したのは歌代だ。美寿は着ているものを脱ぐのを手伝ってくれる。歌代が持ってきた小袖と袴《はかま》、裃《かみしも》に素早く手足を通す。中間が刀を持って玄関で待ってくれていた。

「すでに飛脚は城へ入ったようです」

「よし、急ごう」

城への道を走る。途中で、中老以上を呼び出す合図の鐘が鳴った。大手門をくぐり、御殿へと入っていく。

「飛脚が来たであろう」

小坊主に問いかけると「松の間で藤九郎様がご対応しておりました」と慌てて答えた。

袴を摑《つか》み、廊下を走る。松の間の襖を勢いよく開けた。藤九郎が、一通の書状の前で正座していた。こちらをちらと見た。

「藍方役所の是非が出たのか」

「ああ、老中首座の松平武元様から直々にお達しが出た」

藤九郎が書状を指さした。松平武元の署名がいやでも目に飛び込んでくる。藤九郎の声には力がない。正座する姿勢が美しいのはいつものことだが、体がかすかに傾いているような気がする。

「どっちだった」

いいつつ、書状を手に取った。目を文面に走らせる。書を持つ手が震えてくる。


――国元に藍の売場を相立て候儀は、新規の事に候ば、是までの通り相心得候。


是までの通り相心得候――以前に戻せということだ。

藍方役所は不可と裁決が降《くだ》ったのだ。

「なぜだ。なぜ……藍方役所が不可なのだ。その理由はなんだ」

目でさらに続きを読もうとするができない。

「そこに書いてある通りだ。藍方役所が――藍の売場を阿波にたてることが旧規にない新規のことだからだ」

静かな声でいう藤九郎の体が震えている。藤九郎も怒りを持て余しているのだ。

「ふざけるな」

忠兵衛は小さく呟《つぶや》いていた。

「言葉を慎め。公儀の裁きだぞ」

なぜ、藍方役所が駄目なのだ。新規だとなぜいけないのだ。前例のないことはやってはいけないのか。そもそも、これは阿波国の——徳島藩の話ではないか。俺たちのかわりに、幕府が徳島藩の借財を減らす妙案を考えてくれるのか。

これを実行するために、一体、どれだけの……。また罵声を口走りそうになり、必死に唇を嚙《か》む。口の中に血の味が満ちる。

両手を床につく。

押し寄せる感情は、全身に力をいれることで何とか耐えた。

「藍政改革は失敗に終わった」

藤九郎が声を絞り出していた。

その意味するところは、徳島藩が崩壊の危機に瀕するということだ。

十章　血の契り

一

「まさか……そ、そんなからくりがあったとは」

稲田植久《いなだたねひさ》が驚きの声をあげた。白いものが混じるようになった口髭《くちひげ》が揺れている。その様子を、忠兵衛《ちゅうべえ》は凝視《ぎょうし》していた。

評定の間の上座には蜂須賀重喜《はちすかしげよし》が座り、樋口内蔵助《ひぐちくらのすけ》、林藤九郎《はやしとうくろう》ら重臣が列席していた。

稲田の額に汗が滲《にじ》んでいる。本当なら喜ばしいことのはずだが、なぜかそうは見えない。忠兵衛の目差《まなざ》しを感じたのか、稲田が表情を変える。慌てて居住まいを正した。

「お見事でございます。まさか藍方役所《あいかた》について、これほどの策を張り巡らせておられたとは……せめて、一言なりと教えていただければ……」

やはり、喜びよりも戸惑いの方が大きいように感じられる。一方の重喜は上座で微笑を浮かべているだけだ。

「藍方役所が幕府から不可との裁定が出るのはわかっていた。お主にいわなんだのは、大名としての立藩の支度が忙しいと思ったからだ。余計なことで心を煩わせたくはなかったのでな」

「お心遣いは嬉《うれ》しいのですが……」

稲田は汗をしきりに拭いている。が、その気持ちは忠兵衛にも痛いほどにわかる。忠兵衛自身も、藍方役所の秘密を知ったのは幕府の裁定が出てからだった。江戸にいる重喜、樋口内蔵助、中尾河内《なかおかわち》らで密《ひそ》かにことを進めていたという。

いや、もうひとりいる。

忠兵衛が目を横にやると、二十代後半の男がいた。卵を思わせる輪郭に大きな鼻梁《びりょう》が力強さを感じさせた。長谷川貞幹《はせがわていかん》――かつての五家老のひとり長谷川近江《おうみ》の後を継いだ男である。今は非役の家老として列席している。

「長谷川、お主から稲田に説明してやれ」

重喜が話を向けた。

「まず、公儀の裁定ですが、藍方役所は新規ゆえ不可となりました。ですが、抜け道はいくらでもあります」

自信が滲む長谷川貞幹の声だった。

「まず、大坂商人に対してです。彼らの目的は、大坂に藍作人を呼びつけること。ならば、それには従います。ただし最初のうちだけ」

「最初のうちだと」

稲田が首を傾《かし》げた。

「一年目は、例年通りに藍玉を大坂へ出荷します。ですが、翌年からは少しずつ少なくしていきます。一年で一割程度です。そうしていって、阿波での取引きの量を徐々にですが増やしていきます。

十年、早ければ五年でほぼすべての藍の取引きを阿波で行うようにできます」

「しかし、それは、いずれ大坂の商人にばれるのでは」

稲田の指摘はもっともだったが、長谷川貞幹の態度に動揺はない。

「その通りです。そして、彼奴等《きゃつら》は奉行所に訴え出るでしょう。その時のために、藍玉を年貢として取り立てます。今までは藍作人は藍玉を売って、銭で年貢を払っておりました。ですが、これからは藍玉で年貢を納めることになります」

「ねんぐ」と稲田は口に出すが、今ひとつ理解できていないようだ。

「年貢は各藩に与えられた特権だ。いかに幕府が——徳川家が我らの盟主といえど、年貢のことにまで口を出すことはできない」

長谷川貞幹にかわっていったのは重喜だ。

「それをすれば、内政干渉となります。強行すれば、他国の反対が噴《ふ》き出すのは目に見えております」

長谷川貞幹が補足する。

「た、確かに……いかに幕府といえど年貢について口を出すのは、やりすぎではありますが……」

徳川家と全国三百ともいわれる大名は、君臣の間柄ではない。あくまで盟主として、全国の大名が徳川家をたてているだけだ。もし年貢について口を出そうものなら、それは二十五万石の蜂須賀家を旗本や御家人扱いしたことになる。全国の大名が許すはずがない。

「つまり、大坂商人が公儀に不平をいっても年貢として藍玉をこちらが押さえている限り、何もできぬということよ」

稲田の顔がなぜか歪《ゆが》んだ。その様子は、徳島藩が没落するのを望んでいたかのように見える。

「その上で、廃止の命令が出た藍方役所ですが、これは幕府の裁定通りに取り潰しとします。そのかわり、藍代官所を立ち上げます」

「あいだいかんしょ」

またも稲田が復唱した。

「はい、新しくつくった藍代官所では阿波での藍玉取引きについて、目利き人をつけて不正な売買がないかを検分します」

「そ、それは、藍方役所とどうちがうのだ」

「名前がちがう」

稲田の問いに答えたのは、重喜だ。

「そ、それは詐術ととられるかもしれませんぞ」

「このこと、田沼《たぬま》様にも内々にお伝えした。藍方役所は聞き馴染《なじ》みのない新規の言葉だが、藍代官所ならば耳に馴染みがあるので大変結構、とのことだった」

重喜の答えに、稲田は口を開けて呆《あき》れている。が、気持ちはわかる。忠兵衛らも最初は同じ気持ちだった。

「お見それしました。殿のご英断には感服するばかりです」

「まことにもってその通りです。何度聞いても、私めは感動で体の震えが止まりませぬ」

いったのは林藤九郎と佐山市十郎《さやまいちじゅうろう》だ。ふたりとも忠兵衛らと同じ時期に重喜の秘策を聞かされている。が、重喜に心酔するふたりは聞くたびに目を輝かせる。

「それにしても、どうやってこのような策を思いついたのですか」

聞いたのは、稲田同様に重喜の秘策が初耳だった中老のひとりだ。こちらは感動のあまりというよりも、純粋に不思議に思ったようだ。それは忠兵衛も同様である。今までの重喜ならば、少しずつ出荷の量を減らすなどという悠長な策を思いつけなかったはずだ。

「なに、納豆をうまくする理《ことわり》を使ったまでよ」

「あ」と、忠兵衛は声をあげた。

「それは、蠅《はえ》取りの極意のことですか」

思わず聞くと、「ちがう、納豆だ」と嚙《か》みつくように重喜が返答した。

「とはいえ」と、重喜は控える家臣たちに等しく目を配る。

「危うい橋を渡らざるをえなかったのは確かだ。大坂商人たちの攻めはなかなかに苛烈だった。特に頭を悩ませたのはこれよ」

重喜が小坊主に目をやる。持ってきたのは『阿淡夢物語』と題された書だ。何冊もある。

「熟読する必要はないが、ここにいる者は目を通しておけ」

みなが『阿淡夢物語』に手をのばす。忠兵衛も一冊をとった。丁をくる。そこには、重喜の物語が書かれていた。ただし、ひどい出鱈目《でたらめ》ばかりである。重喜の父――佐竹義道《さたけよしみち》が野心に目がくらみ、蜂須賀家の家老の賀島《かしま》親子と手を結んだ。そして、高松松平《まつだいら》家から蜂須賀家の後継として養子にきたばかりの蜂須賀至央《よしひさ》を毒殺し、重喜を後釜にすえた――を手始めに多くの悪行が書き連ねられている。重喜が嵐の日に水練の稽古を強行し、溺れる藩士たちを見ながら酒宴をした。領民や家臣には厳しい倹約令を強いながらも、自身は大谷別邸の普請や船遊びのための水路掘削などの贅沢を進めた。この出鱈目の書の写しが大名や幕閣、大奥の間で広まっていたのだ。何人かの旗本や大名、大奥の局《つぼね》たちは本当に信じてしまっているようだった。

重喜は丸めた『阿淡夢物語』で肩を叩《たた》いている。顔は笑っているが、目には怒りの色があった。

厄介なことである。この書に記されていることは出鱈目だが、徳島藩の内情を知悉《ちしつ》してないと書けない。特に水練の場面などは、まるで見てきたかのように思える。

「大谷別邸や水路の件は、念の為、田沼様に申し開きをしておいたわ」

大谷別邸普請も水路掘削も、実際に重喜によって命じられた事業だ。が、理由は奢侈《しゃし》のためではない。飢饉《ききん》で苦しむ民に仕事を与えるためだ。

「藍政改革は、確かに最初の数年は後退を強いられる。が、いずれ大坂商人の支配から藍作人たちを救いだせる」

稲田に、というよりもこの場にいる全員にいったかのようだった。

「その上で、稲田よ」

急に重喜が声を落とした。

「な、なんでございましょうか」

「そろそろ、大名格のお主を正式な大名にするために動かねばならぬ」

「ありがとうございます。殿のお心遣いには感謝するばかりです。もし、私で動けることがあれば、何なりとおっしゃってください」

「そういってくれると助かる。実はな、お主の領地に竿《さお》を入れようと思ってな」

「さ、竿ですか」

稲田の声は震えていた。土地に竿をいれる、とは検地のことだ。

「そうだ。昨日、寺沢《てらさわ》に命じたので、そろそろお主の所領に到着するころだと思う。お主への報告が遅れたが、これも稲田を早く正式な大名にしたいという親心ゆえだ。許せ」

額に流れていた汗は、今や稲田の顔全体を覆うようになっていた。

「おや、どうしたのだ。何を青ざめている。まさか、検地をされて困ることでもあるのか」

「い、いえ。ただ、あまりにも急なことゆえ。せめて、私めにご一報をいれてくだされば」

「そうすれば、隠していた田畑をごまかせたのか」

そういってから重喜は大きく笑った。

「ああ、悪い冗談を口走ってしまった。許せ、稲田。新法を支持するお主のことを、私は誰よりも信頼しておる。これからも頼むぞ」

稲田は平伏するが、それは狼狽《ろうばい》する表情を隠しているようにしか見えなかった。

稲田が逃げるように退室していくのを、忠兵衛らは冷めた目で見送る。同席していた中老たちもつづき、腹心だけが残った。

「これで稲田めもおしまいだな」

そういったのは内蔵助だ。

「甘くありませぬか。先ほどの態度からも、田畑を隠し持っているのは明白。なぜ、私めに成敗することを命じてくださらなかったのですか」

佐山が詰め寄るが、重喜は「構わんさ」と取り合わない。横には長谷川貞幹もいる。どうやら、新しい重喜の腹心として認められたようだ。

「さて、稲田もこれでおしまいだ。邪魔者はもういない。いよいよ、新法をとり行う」

「殿」と、内蔵助が重喜の言葉を止めた。

「なんだ」

ふたりの間の空気が重くなる。忠兵衛は目をこすった。目に見えぬ何かをふたりが応酬している。

「どうしたのだ、内蔵助。なぜ、私の言葉を止めた」

「いえ」と、間をとるように目を伏せてから意を決したように――いや、話題を転ずるかのように内蔵助は口を開く。

「まだ、邪魔者はおります」

「それは誰だ」

「小物です。が、蜂須賀家代々の藩主を悩ませてきた害虫です。そ奴らを阿波から追い出さねばなりませぬ」

しばし考えていた重喜が「ああ」と手を叩いた。

「すっかり忘れていた。内蔵助、いけるか」

「無論のこと。忠兵衛、一緒に行こう。ふたりで阿波の害虫を退治して参ります」

二

「これはどういうことだ」

凄《すさ》まじい怒気を発したのは、平島公方《ひらじまくぼう》の家臣たちだ。貴族然とした衣服がぶるぶると揺れている。

「どういうこと、とは。お約束の九百五十石の土地でございます」

慇懃無礼《いんぎんぶれい》に忠兵衛は答えた。

「これのどこが領地なのだ。土地があるだけではないか」

仁木《にき》という男が指を突きつけた。そこにあるのは、ただの原野である。蜂須賀重喜の命令で、鷹《たか》狩りの土地を開拓していた。その石高は、十万石に達する。今年になって、やっと一部が田畑として使える目処がたった。当然のごとくまだ民はいないし、彼らが住む家や牛を飼う小屋などもない。水路が開かれている程度である。

「民はどうした。家屋は。この地を治める代官と庄屋はどこにいる」

仁木が目を釣り上げる。

「そんなものはおりませぬ。お約束は九百五十石の領地のみ。代官、庄屋、耕す百姓や小作は、そちらで手配ください」

冷ややかにいったのは、内蔵助だ。心中で「ざまあみろ」と悪態をついているのがひしひしと伝わってくる。

「貴様ら我々を……公方《くぼう》家を騙《だま》したのだな」

仁木らの怒りは、殺意に変わる寸前のように思えた。

「騙してなどおりませんよ。干拓の土地ではありますが、間違いなく上田に位置する田畑ばかりです。豊作の年ならば、千石以上の収穫も見込めましょう。あとは存分に領地として差配されるがよいでしょう」

忠兵衛は訥々《とつとつ》と説く。その背後で、「てめえらにそんな才覚があればだけどな」と内蔵助が小声でいうのが聞こえた。

ぴしゃりと誰かが首筋を叩いた。たったそれだけで憤っていた仁木らが黙りこむ。

「ほ、細川《ほそかわ》殿」

恐る恐る振り返った仁木らの視線の先には、真紅の狩衣を着る、細川が立っていた。

細川がゆっくりと前へ出て、忠兵衛と正対した。動こうとした内蔵助を「いい」と小声で制する。

「九百五十石分の土地です。ご不満か」

忠兵衛の言葉に、細川は怜悧《れいり》な表情を崩さない。

「そなた名前は」

息を吹きかけるように聞く。空唾を呑んでから、忠兵衛は答えた。

「柏木忠兵衛」

「柏木」と、わざとらしく細川が首を傾げた。

「どこかで聞いたことがあるな」

忠兵衛の全身の毛が逆立つかと思った。奥歯も軋む。まさか、斬った兄のことを忘れたというのか。いや、ちがう。覚えているのだ。だから、知らないふりをして忠兵衛を愚弄している。

「まあいいだろう。確かに、上田九百五十石分は受け取った」

激する忠兵衛を十分に楽しんだのか、なんでもないことのように細川はいう。

「し、しかし、細川殿」

狼狽《うろた》える仁木らを無視するように、細川はきびすを返した。干拓の土地を踏み躙《にじ》るようにして去っていく。

忠兵衛は澱んだ息を、一気に吐き出した。まだ、体が震えている。怒りが、こめかみの肌を引き攣《つ》らせていた。

「忠兵衛、大丈夫か」

「ああ、気分はよくないがな」

「心配するな。奴らにはもう、阿波に居場所はない」

細川らの姿は見えない。噂では九百五十石の加増をあてにして、家臣を大勢雇ったと聞く。遠からず、平島公方は干上がるであろう。

三

金蔵《きんぞう》は船縁《ふなべり》によりかかって海を眺めていた。大坂の港は見えない。その名残《なごり》として、鷗《かもめ》が頭上を舞っている。懐から煙管《キセル》を取り出し、火打石で火をつけた。

煙草を吸うのは、いつ以来であろうか。金蔵は、吸い口を歯形がつくほどに噛み締めていた。思い出す。日本左衛門《にっぽんざえもん》の兄貴が磔《はりつけ》にされた日を最後に、煙草は吸わなくなった。ということは、およそ二十年ぶりか。

深く煙を吸い、五臓六腑に染《し》み渡らせる。

「やってくれたもんやなぁ」

煙とともに憎悪の言葉を吐き出した。稲田からの報告で、徳島藩の詐術を知った。藍方役所を藍代官所と変え、年貢として藍玉を管理し、徐々に大坂商人を排除する。

煙を吸いすぎたせいか、鉄が鳴るかのような音が頭に響いた。

『阿淡夢物語』なる偽書をばらまいて、どうにか重喜の藍方役所を頓挫させたと思ったら、相手は一枚上手だった。

それだけではない。稲田の領地に検地が入ったという。隠し田畑の存在がばれ、稲田は失脚した。大名格は返上させられ、病気療養の名目で隠居させられた。

そして、平島公方である。九百五十石の百姓のいない土地を下賜された。加増をみこし、豪奢な暮らしを送っていたので、数年のうちに干上がってしまうだろう。

もし、今の状況を将棋にたとえれば——

金蔵は吸い口を咥《くわ》え、一気に煙を吸う。金将銀将を失い、敵の飛車や角行が虎視眈々《こしたんたん》と王将を狙っている。

「残る手はひとつですな」

背後から声をかけたのは、屋形船の船頭である。今日は客として阿波へ渡る船に乗っていた。

「ああ、こんなことやったら最初からお前らのいう通りしたらよかったわ」

唾を海へと吐き捨てる。上を見ると、鷗が数羽、帆の上に止まっていた。

「水練の稽古が三日後に開かれるそうです」

沖に安宅船《あたけぶね》を出し投錨し、藩士たちを泳がせる。七日にわたって続けられ、そのうちのどこかで重喜も参加する。

「稲田様の話では、二日目に重喜が参加するそうです。支度は万全です」

「操船は大丈夫か。川船とは勝手が違うんやろ」

「こういうこともあろうかと、阿波の海で船を操って鍛えておきました。高松の漁民くずれも何人か雇っております」

「ええ心がけや。稲田はんも人を割いてくれるいうてたけど、あれが手配するもんは信用ならんしな」

手下が同調の笑いを漏らす。

「港が見えてきました」

反対側の船縁にいた手下が、小走りで近づいてきた。着岸の支度のため、船夫たちが忙しげに動き回っている。帆が折り畳まれ、櫂《かい》は海面を撫《な》でるような動きに変わる。

船が岸につき、舷梯《げんてい》が渡された。

「めいめい、目立たんように降りや。阿波の町人をくれぐれもびっくりさせんように。吉野川にとめてる屋形船に集合やで」

金蔵が手をふると、甲板のあちこちにいた手下たちがさりげなく頭を下げた。舷梯を降りた先で待っていたのは、細川だ。潮風を吹き飛ばすような邪気を放っている。

いつもの貴族然とした姿ではなく、黒い袴《はかま》に同じく黒の小袖姿である。腰には大小の二刀があるが、これも鞘《さや》や鍔《つば》や柄巻《つかまき》などすべて黒の誂《あつら》えになっていた。

「遅かったな」

「また待たせてしまいましたな。稲田はんとこはまだ来てませんか」

「さあな、誰が来るかは聞いていないからな。まさか、俺の顔を知らぬわけではあるまいし、きっとまだなのだろう」

稲田の助力など不要だといいたげな声だった。が、事実、そうだ。稲田は洲本城代を解任されている。それまでは多くの与力を家臣同然に使役していたが、閉門同然の今は、使える人数などたかが知れている。

「もし」と、金蔵と細川に声をかける武士がいた。

「稲田家家臣、鹿山兵庫《しかやまひょうご》と申します」

短軀《たんく》だが肉付きはたくましい。特に首は猪《いのしし》のそれを見るかのようだ。背後には、五人の武者がいる。牢人風の男が三人、武家風が二人。

「遅かったな」

「訳があります。実は、面白い話が舞い込みました。重喜様の水練の日取りに関することです」

「二日目ではないのか」

「いつもと手筈《てはず》が違うことになりそうなのです。ここではご報告できませんので、ご足労よろしいでしょうか」

鹿山は油断なく周囲に目をやった。

「どうする、金蔵」

意外にも、細川が意見を聞いてきた。

「行きまひょか。大事のためには、どんな些細《ささい》なことも知っとかなあきまへんからな」

金蔵と細川は、鹿山の広い背中についていく。どんどんと細い道へと入っていった。徐々に日も落ち始めてきた。空はまだ明るいが、建物の陰は夜の気配を集めつつある。

突然、細川がギヤマンの小壺を取り出した。蓋をとると、柑橘の濃い香が辺りに漂う。

「それは、香料ですか。一体、何しはるんですか」

金蔵の問いに答えず、細川は足を止めて掌に香料をこぼし、こすりあわせて馴染ませる。

「金蔵、俺の肌を見るな。しばらく後ろを向いていろ」

「なぜ」といってからわかった。衆道《しゅどう》をたしなむ武士は、他人に肌を見せない。徳川家光と衆道の契りを結んでいた武士に、老中の堀田正盛《ほったまさもり》がいる。彼は家光が死んだ時、殉死したが、衆道の関係であるため死装束ごしに腹に刃を突き立て、他人に肌を見せることなく事切れた。

細川は衆道を嗜《たしな》んでいるのか。誰にと問う前に、烏帽子《えぼし》をかぶった平島公方の顔が思い浮かんだ。

諸肌脱ぎになろうとしたので、慌てて金蔵は背を向けた。先導していた鹿山が「何をされている」と胡乱《うろん》な声を出す。柑橘の香が風に運ばれてくる。それが徐々に変わってくる。品のない甘さが鼻腔にまとわりつく。細川の本来の体臭とあわさって、全くちがう香りに変わった。上品な甘みが、肉が腐ったような甘さに変わる。

これは——細川が山田《やまだ》の後室を殺した時に身に纏《まと》っていたものと全く同じ匂いだ。

「もう、いいぞ」

金蔵は振り返る。全身に香料を塗りつけたのか、肌は艶を増し甘い匂いが細川の殺気と混じりあっている。金蔵は全身に鳥肌が立つのを感じた。

「さあ、早く。もうすぐですので」

鹿山が再び先導しようとする。

「待て、その角に人の気配がする。人数は五人か」

細川の言葉に、鹿山が肩を撥《は》ね上げた。金蔵はすでに知っていたが、気づかなかったふりをする。

「殺気も感じる。お前たちも五人——いや鹿山をあわせて六人だ。いってこい。前後から挟み打ちにしてこい」

振り向いた鹿山の顔は、もはや味方のものではなかった。釣り上がった眦《まなじり》は手負いの狼《おおかみ》のようだ。

鹿山が指笛を吹くと、細川がいった路地から牢人風の男たちが五人出てきた。

「お前の独断か。それとも稲田の指図か」

細川が淡々とした口調で聞く。

「恨むなら稲田様を恨め」

鹿山はそういって刀を抜き放った。どうやら、稲田の指図らしい。

「金蔵、お前たちで後ろの五人をやれ」

いつのまにか、鹿山が連れてきた男たちが背後を塞《ふさ》いでいた。鹿山は新しく現れた五人とともに前に立ちはだかっている。

「へえ、わては商人やから荒事は苦手なんでっけど」

金蔵の苦言を無視するように、鹿山が短く「やれ」と叫んだ。前後から一斉に刺客たちが襲ってくる——はずだった。

それよりも速く、細川が動く。納刀したままの低い姿勢で飛び込んだ。居合いだ。血煙が噴き上がり、鹿山の横にいた三人が次々と倒れていく。

「速い」と、誰かがいった。あるいはそれは金蔵の言葉だったかもしれない。太刀筋が見えなかった。細川の手にあるのは、刀だ。しかし、尋常の刀ではない。重ね——刀の厚みが薄いのだ。普通の刀の半分ほどの厚みしかない。

風を切る音は、狼の悲鳴のようだった。

さらにふたりの首から鮮血が流れる。

鹿山は、後ろに飛び退《すさ》っていた。

細川は納刀して、地をするような足捌《あしさば》きで鹿山に近づく。

鹿山は刀を手に身構えている。あえて、居合いを受けるつもりだ。細川の刀は刃が薄い。それゆえに、金蔵の目で追えぬほどの速さを持つ。が、薄いがゆえに頑丈ではないはずだ。鍔迫《つばぜ》り合いに持ち込めば、折ることも容易《たやす》い——そうふんだのだ。

細川の横薙《な》ぎの居合いと鹿山の刀がぶつかった。

悲鳴をあげたのは、鹿山だ。

鹿山の刀がくの字に折れ、そのまま横面を襲った。斬るのではなく、叩く。鹿山の頭蓋が砕ける音がした。

細川が手にしていたのは、先ほどまで使った刃の薄い本差《ほんざし》ではない。脇差を手にしていた。その脇差は、重ねがぶ厚かった。金蔵が今まで見た、どの刀よりも厚い。

まるで野太刀のそれだ。

「重ねの薄い本差と厚い脇差の居合いでっか。これは見切るのが大変そうやわ。お見事でんな」

「お前たちもな」

細川の声で振り返ると、後ろを塞いでいた鹿山の部下たちが倒れていた。五人の首筋には針が刺さり、口から白い泡を吹いている。吹き矢だ。金蔵ではなく、念の為に後をつけさせていた手下の仕事だ。姿が見えないのは、あくまで隠密に徹しているからである。

苦悶《くもん》の声がした。見ると、鹿山が腹ばいになって逃げんとしている。それを細川が踏みつけた。とどめを刺すつもりかと思ったが、ちがった。本差《ほんざし》を抜き、逆手に持ち替え、すうと背中に刃を走らせた。

「き、き、きさ——まぁ」

鹿山が怒声を発した。その拍子で、血が大量に噴きこぼれる。斬られた背中が一気に朱に染まった。

「どうだ、背中の傷の味わいは。山賊風情の蜂家の陪臣にお似合いなのは、卑怯傷《ひきょうきず》だ」

「ゆ、許せん、よ、よ、よく——」

立ちあがろうとしたところで、鹿山が血を吐いた。そのまま倒れる。見開いた目は血走り、瞳に命の色はなかった。

最後は斬死《ざんし》ではなく、憤死のように金蔵には思われた。

四

忠兵衛は、武者たちが泳いでいる様子を眺めていた。すこし離れた沖合には旗をたなびかせる安宅船がある。今日は鎧《よろい》を着ていない。重喜が寺沢式部の砂袋が鎧より重いと知り、己も含めて全員に砂袋を負うことを命じたからだ。

「じゃあ、忠兵衛、俺たちは船へいくぞ」

いったのは内蔵助である。巻物を抱えた藤九郎もいる。

「ああ、舟橋から落ちるなよ」

忠兵衛は、これから長谷川貞幹と城で談合がある。一方の内蔵助と藤九郎は、安宅船の上で重喜と今後の藍代官所の方針を論じあう。重喜は多忙で、水練の合間さえも惜しみ政務をとっている。

いや、政務の合間に自身の鍛錬に励む、といった方がよいか。城に籠《こも》るよりも気晴らしになるという意味もありそうだ。

内蔵助と藤九郎が、安宅船まで渡した舟橋を渡っていく。海に目をやれば、砂袋を巻きつけた重喜が先頭を切って泳ぎ、そのすぐ背後に式部がつづいていた。

安宅船を出す水練は七日つづく。その間、安宅船は沖合に投錨し水夫《かこ》は数人しかおかない。七日のうち重喜が水練するのは一日だけで、その日の稽古は常より激しくなる。実際に何人か溺れる藩士もおり、そういう意味では『阿淡夢物語』に書かれた内容は誇張とはいえ、真実も含まれている。

そのせいか、今日の水練の参加者は十人に満たない。

「さて、いきましょう。長谷川様もお待ちですよ」

忠兵衛の従者がそういった。重喜が安宅船から下ろされた梯子《はしご》を手にとったのを見届けてから、忠兵衛は背を向ける。堤防に出ると潮気がそれだけで薄まるような気がした。まだ緑のすすきを横に見つつ歩く。

足が止まった。

前から誰かがくる。

「いやなお人が来ましたね」

従者はそういって顔をしかめた。

珍しいな、と思った。細川だ。貴族然とした姿ではなく、今日は黒い小袖と袴姿である。道を開けるのは忌々《いまいま》しいが、余計な衝突は避けたい。忠兵衛主従は道の端へとよる。

「よい心がけだな」

細川がそう声をかけた。いつもの剣呑の気はない。機嫌がいいのか、声が軽いような気がする。その後ろには、見覚えがない男たちが数人つづいていた。加増をみこして家臣を雇ったというから、彼らがそうであろうか。みな、たくましい体をもち、足捌きも容易ならない。

「珍しいですな。浜でお会いするのは」

無視するわけにもいかず、挨拶を返す。にやりと細川が笑った。嘲《あざけ》りは感じるが、怒気は微塵《みじん》もない。九百五十石の加増の件は、もう根に持っていないのだろうか。

「釣りだ」

ますます珍しい。細川が釣りを嗜むなど聞いたことがない。が、確かに背後の男たちは釣り竿を持っている。

細川が立ち止まった。そして、忠兵衛の方へと近づいてくる。忠兵衛は全身に力をこめて、込み上げる衝動を抑えねばならなかった。

「柏木といったな」

嫌な予感がした。また、あの時のように己を嬲るつもりか。もし、兄のことをいわれれば、己は正気を保てるのか。

呼吸が早くなり、汗が脇から滲んだ。

「今日は気分がいい。道をゆずったお前は賢明だったぞ」

息が耳にふきかかり、さらにつづく。

「兄とちがってな」

目の前がまっ白になった。拳《こぶし》が軋む。怒りが総身を乗っ取らんとした。何かが砕ける音がする。奥歯から血がにじんでいた。すんでのところで、忠兵衛は自制することができた。

「城へ帰るのか」

「……そうです」

「そうか、よく働けよ。我らも大物を釣ってくるからな」

よほど機嫌がいいのか、細川が忠兵衛の肩を馴れ馴れしく叩いた。そして、鼻歌を歌い離れていく。

「さあ、旦那様、行きましょう。遅れますよ」

とうとう従者が袖をひいた。

「待ってくれ」

忠兵衛はかがんで、草鞋の紐を締めなおした。立ち上がると、もう細川らの姿は見えない。どっと汗が噴き出した。

「ど、どうしたのです」

「匂いだ」

忠兵衛は額の汗をぬぐった。

「殺された八重《やえ》殿の体についていた匂いと……全く同じ匂いが、細川の体からした」

全身が粟立つ。気取《けど》られぬように必死に取り繕っていた反動か、聞こえるのではないかと思うほど心の臓が大きく胸を打つ。臭いに気づかねば、自制できなかったかもしれない。

「そ、それは――」

「と、殿が危ない」

それは、自身というよりも本能が言わせたかのようだった。

「お前は城へ帰れ。走ってだ。そして、長谷川様に殿が危ういと報せてこい。できるだけ大勢で水練の浜に来い、と」

「え、それは、なぜ」

「いいから」

言い終わる前に忠兵衛は走っていた。どうする。細川を追うか。だが、もう姿は見えない。この辺りは岩が多く、身を隠す場所にはことかかない。

すこししか走っていないのに息が苦しくなった。砂に足をとられても、よろめきつつ駆けた。揺れる舟橋に足をかけた時だった。

矢叫びの音が聞こえる。振り向くと、火矢が飛来していた。忠兵衛の進路を阻むように、次々と突き刺さった。炎が行手をさえぎる。

「くそ」

叫びつつ、小袖を脱ぐ。本差を口に咥えて、海に飛び込んだ。泳ぎながら袴を脱ぐ。泳法の稽古でやったことがあるので、すんなりとできた。

岩陰から小舟がわらわらと出てきている。その様子を見て、安宅船の上の武者たちが動揺するのがわかった。

縄梯子を手にとり、忠兵衛は甲板へと上がっていく。

「忠兵衛、何者だ、此奴《こやつ》らは」

船の上で、藤九郎が叫んだ。が、刀を咥える忠兵衛は答えられない。転がるようにして船縁をこえて、やっと「刺客だ」と叫んだ。

上半身裸の重喜がいた。表情は硬い。

一陣の風が吹き抜けた。暗雲が東の空から運ばれてくる。

水滴が、忠兵衛の頬を打った。

「助かったな、雨だ。火攻めはきかんぜ」

式部がいう。

「だが、こちらが火の手を上げても城の味方は気づかないがな」

内蔵助は冷静な声だったが、こめかみの皮膚が強張《こわば》っている。

「どうする、敵は三十人以上いるのではないか。もう舟橋は使えんぞ」

藤九郎の指さした先には、燃えてふたつに裂かれた舟橋があった。

「ちっ、誰が討ち手だ」

式部が水に濡《ぬ》れた髪を掻《か》き上げた。

「細川だ。さっきすれちがった。間違いない」

「平島公方のところの細川か」

内蔵助が唾を吐き捨てた。全員が重喜を見る。

「縄梯子を切っても間に合わぬだろう」

重喜は冷静だ。事実、小舟の上の賊の何人かはかぎ爪のついた縄を振り回している。手慣れた動きから、この襲撃が相当に練られたものだとわかった。

「九百五十石の加増が不服ゆえの意趣返しか」

この期に及んで、重喜はこの事態に陥った因果に興味があるようだった。

「奴らは、日本藩士を名乗る凶賊です」

忠兵衛がいった。重喜だけでなく、全員が忠兵衛を見る。

「山田に卑怯傷を負わせたという賊か。なるほど、合点がいったわ。徳島藩を転覆させたいが、万策つきたというわけだ」

どこか重喜は嬉しげだ。

「忠兵衛、奴らが凶手に打ってでたぞ。この一事が、私の政《まつりごと》の正しさを表している。もう奴らは、これしか打つ手がないのだ」

「殿、今はそれどころではありませぬ」

さすがに忠兵衛が吠えた。

「お前のその姿もな。矢倉の奥に、帷子《かたびら》と馬乗り袴ならあったはずだ。着替えてこい」

そういわれて、己が褌《ふんどし》姿であることを思いだした。

「俺もいくぞ」

上半身が裸の式部もついてきた。馬乗り袴をつけ、素肌の上に帷子を着る。矢倉の外に出ると、船縁から日本藩士を名乗る賊たちが顔を出しているところだった。次々と甲板へと降り立つ。その数は、四十人ほどか。

重喜と忠兵衛らの数は十二人、矢倉を背にして敵を迎えた。

「お招きにあずかり、光栄ですわ」

顔の半面に火傷《やけど》の痕をもつ男がそういった。

「金蔵、お前が日本藩士の首魁《しゅかい》だったのか」

忠兵衛は努めて冷静にいったつもりだが、その声は上擦《うわず》っていた。

「首魁っていうよりは金主ですな。まあ、日本藩士いうのは、わてが昔世話になった兄貴の名前からつけたんですけどね」

「じゃあ、首魁はどこにいる。その兄貴とやらがいるのか」

問う忠兵衛の横で、内蔵助が素早く目を走らせている。日本藩士たちが左右に分かれて、ひとりの男が現れた。黒い小袖に黒の袴――漆黒の鞘の二刀を腰にさした細川孤雲《こうん》が立っていた。

「残念ながら、日本左衛門の兄貴はもう鬼籍に入ってもうてます。わてが首魁でもええんやけど、さすがに徳島藩の国主を討つのは大仕事なんで、今日だけは日本藩の大将を細川はんにやってもらうことにしたんですわ。よろしいでっか」

まるで、将棋の代打ちを承諾させるかのような風情でいう。だめだ、といって退くわけもないので忠兵衛は無言だ。強風が吹き抜けて、甲板の上の旗がきしむ。

重喜は「ふむ」といってからつづける。

「内蔵助、お前が差配しろ。私は王将だ。居玉《いぎょく》でのぞむ。どこの馬の骨かわからん相手には、矢倉囲いも穴熊も不要だろう」

将棋の居玉は、王将を一歩も動かさない戦法だ。よほどの実力差がないと行わない。

「わかりました。藤九郎、お前は殿を守れ。式部は危うい味方を助けろ。他の者は、俺の指図で動け。そして、忠兵衛――」

内蔵助は呼びかけただけで指示は出さない。が、意図はわかった。一番強い奴と戦え——童《わらべ》のころ隣町との喧嘩《けんか》の際、忠兵衛に必ず託された役割だ。

黒ずくめの細川を睨《にら》む。

雨が勢いを増し、横殴りになった。黒雲が蓋をするかのように天を覆《おお》わんとしている。

船が揺れた。

帆がかしぎ、とうとう旗の竿が折れる。

それが合図だった。

獣のような怒号を放ち、日本藩の刺客たちが重喜らに襲いかかる。

五

剣戟《けんげき》と雨の音が甲板に満ちていた。忠兵衛は、ありったけの力で細川を睨む。全力で闘志をぶつける。しかし、細川は見向きもしない。納刀したままで、静かに重喜のもとへと向かっていく。

「細川ぁ」

忠兵衛の渾身の斬撃は、体を傾けてよけられてしまった。勢いあまって前のめりになった時、背中に冷気が走る。咄嗟《とっさ》に倒れ、転がる。うなじが湿っている。雨ではない。

細川が笑った。この男は、忠兵衛の背中に卑怯傷をつけんとしたのだ。この修羅場でそれをなさんとしたことに、忠兵衛は慄然《りつぜん》とした。一体、どれほどの技量なのか。

一方の細川は余裕の笑みをたたえている。刀の切っ先を、掌の上で何度か弄《もてあそ》ぶようにして叩いた。

「お前は兄とはちがって、よけるのがうまいな」

頭の中で何かが爆ぜたかと思った。

「貴様ぁ」

気づけば刀を振り上げていた。雄叫びとともに斬りかかる。

その足が止まった。

「忠兵衛」と、誰かが叫んでいたからだ。重喜だった。仁王立ちしたまま、鋭い顔つきで忠兵衛を一喝していた。

荒かった呼吸が、それだけで平静になる。振り上げた刀を、忠兵衛は青眼《せいがん》に戻した。

舌打ちをしたのは、細川だ。

「余計なことをしおってからに」

重喜を一瞥してから、忠兵衛へ顔を戻す。

「そうだ。いいことを思いついた。お前か重喜か、どちらかに卑怯傷をつける。それを、お前に選ばせてやる。どうだ、柏木、面白い考えだと思わんか」

芝居がかった所作で細川は納刀し、腰を低く沈めた。

忠兵衛は息をはく。

先ほどの細川の斬撃を追いきれなかった。理由はわかる。ゆっくりとした納刀の所作で、細川の刃が目に焼きついていた。細川の刀の刃は紙のように薄いのだ。

雨に濡れた唇を舐める。

あんな玩具のような刀で、斬り合うつもりか。忠兵衛の刀で受ければ、簡単に曲がるはずだ。

風が吹いて、水飛沫《みずしぶき》がふたりの間を走る。両者、同時に間合いをつめていた。

「忠兵衛、脇差の居合いだ」

叫んだのは重喜だ。細川が脇差に手をかけた——のが先か言葉に反応したのが先か。忠兵衛は背後に飛び退っていた。腹をかすったのは、細川の脇差の切っ先だ。

いや、それよりも脇差の刃厚である。まるで野太刀のように太い。

忠兵衛の帷子をかすった細川の剣は、その横にあった樽を粉々に粉砕した。木切れが、忠兵衛の足元に飛んでくる。

憤怒の表情を浮かべているのは、細川だ。目が血走り、眦《まなじり》が吊り上がっている。

「重喜、そんなに死に急ぎたいか」

首だけで細川が重喜に振り返った。守る藤九郎が間にいるが、技量の差は歴然としている。一方の忠兵衛は飛び退ったはいいものの雨で濡れる甲板で滑り、間合いが遠い。

細川が腰を沈め、重喜に近づかんとした。藤九郎が刀を繰り出す。それを、細川は難なくよける。だけでなく、藤九郎が一歩二歩と後退しはじめた。細川が刀を抜いていないにもかかわらず、だ。

わずかな体の動きに、藤九郎が過剰に反応してしまっているのだ。

助けにいかんとする忠兵衛を、日本藩の刺客たちが阻む。技量は並だが、人を殺し慣れているのか、全く躊躇がない。ひとりを斬り伏せ、ひとりを船縁から海へと突き落とした時、藤九郎が肩を押さえてうずくまっていた。いつのまにか細川は抜刀し、藤九郎を斬っていたのだ。血に濡れた本差を細川が納刀し、重喜へと目をやる。もう、細川を阻む者は誰もいない。そして、忠兵衛はやっと最後の刺客を倒したところで、さらに間合いが遠くなっていた。

今、細川が重喜に斬りかかれば防ぐ手立てはない。

「細川ぁ」

忠兵衛は刀を甲板に深々と突き刺した。その音に反応した、細川が振り返る。

帷子を脱ぎ捨て、忠兵衛は背中を向けた。

「なんの真似だ」

「背中を斬らせてやる」

「笑止だ。そんな時間稼ぎにのるか」

「俺にかわされるのが怖いのか。そりゃそうだろうな。お前は、俺たちを野盗の子孫と馬鹿にしている。守護の子孫が、背を向けた男を斬り損ねたら一生の恥になるからな。それこそ卑怯傷以上の恥辱だ」

忠兵衛の心臓が早鐘のように鳴る。背後の気配を必死に探る。

頼む、挑発にのってくれと祈る。重喜様ではなく俺を斬ってくれ、と祈る。

その最中も、日本藩士たちと徳島藩士たちが斬り合っていた。内蔵助の指揮を受けた式部が果敢に打ち込み、時に内蔵助自身も渾身の突きで援護する。日本藩士たちの中で出色なのは、金蔵だ。短い刀を縦横無尽にふるって、徳島藩士ふたりを圧倒していた。

「舐めるなよ、下郎」

細川の声がした。背中ごしにも殺気が近づいてくるのがわかった。

腰を曲げて、忠兵衛はかわす準備をする。背中を叩く雨滴が増したように思われた。そんな中でも甘すぎる匂いが届く。風が吹いたのか。ちがう、細川が斬りかかったのだ。

忠兵衛の背中に熱が走る。雨とはちがう温かいものが背中を流れだす。斬られたと確信した。浅《あさ》傷《で》か深傷かはわからない。

唯一、忠兵衛がわかっているのは——

手に持つ銛《もり》から、細川の心臓の鼓動が伝わってくることだ。

「き、貴様——それでも武士……か」

細川の苦悶の声が聞こえた。忠兵衛は甲板にある銛を拾っていたのだ。そして、細川の斬撃と同時に、それを背中ごしに突き刺していた。細川の血が銛を伝い、忠兵衛の手を赤く染めた。

振り返り、細川と対峙《たいじ》する。

よろよろと腹の中央に銛を突き刺された細川が後退する。

「よくも、こ……んな下賤な武器で……」

忠兵衛は甲板に刺さった刀を抜いた。奇声をあげて、薄刃の本差が襲ってきた。が、銛が刺さった体では、先のような速さはない。刀をぶつけると、耳をつんざく異音とともに薄刃の本差は帽子折れした。

細川が厚刃の脇差を抜く。しかし、またしても切っ先が空を斬る。忠兵衛の斬撃の方が速く、間合いも長かった。喉笛を斬り裂かれた細川が叫ぶ。

が、それはもう人の言葉ではなかった。口から血泡《ちあわ》を大量に吹き出す。

「兄の仇だ」

忠兵衛は大上段に刀を構えた。細川は脇差を鳥居の形にして受けけんとする。

渾身の一撃は、細川の脇差を両手からもぎ取り、床に叩きつけていた。忠兵衛の太刀が細川の額を割り、それでもなお勢いを殺すことなく、眉間を真っ二つにした。

細川の頭はさながら包丁で斬った西瓜のようだった。頭蓋がぱくりとさけて、血が噴き零《こぼ》れる。

細川はどうと倒れた。

しんと静まり返る。大将ともいうべき細川の死が、日本藩士たちの動きを止めていた。

いや、あまりのことに徳島藩士たちもだ。

「逃げろ」

一斉に声を上げたのは、日本藩士の刺客たちだ。背を見せて、船縁を飛び越えて荒れる海へと落ちていく。

「ひでえ」と、式部が声に出して船縁から海をのぞきこむ。忠兵衛もつづく。

荒れる海に、刺客たちが呑み込まれている。傷を負っているものは波に呑まれると、再び姿を現すことはなかった。泳いでいる者はひとりもいない。もがき、あがき、苦しみ、大きな波がくると二度と姿を見せることはなかった。

「何の皮肉だよ。『阿淡夢物語』におんなじような場面があったぞ」

式部がぶるりと震えた。

「しぃげよしぃぃぃ」

叫び声がした。

はっと振り返る。金蔵だ。脇差を振りかざし、居玉のままの重喜を襲わんとする。その太刀を防いだのは、藤九郎だ。手負いの体で、必死に金蔵の攻めを防ぐ。鍔迫り合いしている隙に、内蔵助の抜き胴が決まった。腑《はらわた》が飛び出るが、凄まじい力で刀を薙《な》ぐと藤九郎と内蔵助が吹き飛んだ。

「おのれ」

式部が背中から突きをいれる。切っ先が腹から出るが、金蔵は止まらない。式部の着衣を摑《つか》むや、怒声とともに投げ飛ばした。船縁に体を強《したた》かに打ちつけ、式部は気を失った。

が、その時には徳島藩士たちが間に立ちはだかっていた。構わず突進する金蔵に、次々と刃が突き刺さる。それでも、前進は止まらない。どころか、何人かが深傷を負う。

重喜は不動だ。刀を杖のようにして立ち、鞘から抜かない。忠兵衛がやっと重喜の横へと駆けつけた。

金蔵の足が止まった。火傷の痕はない。誰かの斬撃を受けて、頬の肉がそげていた。

「ほんま、あんさんは……わての邪魔ばっかしくさってからに」

そういって朱に染まる歯を見せて忠兵衛に笑いかけた。

「金蔵、ここまでだ。観念しろ」

「忠兵衛はん……観念も何も……これだけ斬りつけといて、よう……いうわ」

金蔵は片膝をついた。斬り裂かれた服が、風にはためく。

「金蔵といったか。なぜ、このような凶事に及んだ」

重喜が問いを発した。

「日ノ本のためや」

忠兵衛らは目を見合わせた。

「あんさんら……知ってるか。えげれすいう国があんねん。それが……どれだけえげつない商いをしているか。天竺《てんじく》の民を……どんだけ泣かせてるか」

金蔵がむせて血を大量に吐き出した。

「えげれすは……いつかこの日ノ本を盗みにきよる。天竺の民にしたように……な。えげれすの……日本左衛門の兄貴よりえげつない商人が……攻めてくるんや」

「お前たちが阿波の民にしたようにか」

金蔵が唇を歪めたのは、微笑したからだろうか。

「さすが、重喜はん……かしこいなあんたは。えげれすの商人に勝つには……商いの力しかあらへん……。武の力では……かなわへん」

「だから、阿波の民を、阿波の藍作人を虐《しいた》げたのか」

「わて……が何かの法度を犯しましたか。商いに関しては……わては無実や。重喜はんらを……殺そうとしたけど……商いでは法度を守った……」

とうとう金蔵が両膝をついた。

「えげれすの……商人にかつにはえどとおおさか……に、とみを……ざいをあつめんとあかん」

「それは道理やもしれんな」

忠兵衛は驚いて重喜を見る。

「何をいっているのですか」

抗議の声は無視された。

「だが、それだけでは駄目だ。倹約だけでは、国が立ち行かぬようにな。中央への集中と辺地への分配。それを両輪にせねば、国の経世済民は成り立たぬ」

金蔵が目を見開いた。

「わては……うれしいわ。さいごに……こんなかしこな……ひととたたかえて」

よろよろと金蔵が立ち上がった。

「しげよし……はん、あんたはすば……らしい君しゅや、ごっついかしこいし肝も……ふとい。あんたの下で……なら、は、はたらきたいと、本気で、いまはおもうで……」

金蔵は愛おしげな目で重喜を見た。

「しげよしはん……やくそくしてくれへんか」

しばらく重喜は無言だった。

「何をだ」

意を決したように重喜は問い返す。

「あんたはおもろ……い。はたから……みてても……たのしかった。せやから……やくそくしてや。あんたの……正しいとおもったことを……やりきる……って」

重喜が目を見開いた。

「なにがなんで……もやりきる……って。だきょう……なんか……せえへん……て。わては……それを……じごくで……みさしても……らう」

「わかった。約束する」

ざわりと甲板の上の藩士たちがざわめいた。

「よかった。これ……でこころおきな……く――」

そういった刹那、金蔵の腹から吐き出されたのは臓腑だ。内蔵助の抜き胴の傷が開いたのだ。目鼻口耳から血を噴きこぼし、金蔵は倒れる。甲板にできた水たまりが、たちまち朱に染まった。

一際大きな風が吹いて、金蔵の着衣をはためかせる。

斬り裂かれた布がひらひらと舞う。

血の色をたっぷりと吸ったそれは、まるで意志を持つかのように重喜の胸へと貼りついた。

十一章　主君押し込め

一

平島公方《ひらじまくぼう》の屋敷は徳島藩士らに物々しく囲まれていた。その様子は屋敷の中にいる柏木忠兵衛《かしわぎちゅうべえ》にもよくわかった。そんな中、涼しい顔をしている男がいる。屋敷の主である平島公方だ。その態度に、忠兵衛ら詰問使の苛立《いらだ》ちもつのる。

「本当に知らなかったのですか」

厳しい声で忠兵衛は問い詰めるが、平島公方の表情はやはり変わらない。

「何度もいわすでない。私は知らぬ。細川《ほそかわ》めが勝手にやったことだ」

「そんな言い訳が許されると思っているのですか」

大声でいったのは、佐山市十郎《さやまいちじゅうろう》だ。

「だが、知らなかったのは事実だ。重喜《しげよし》殿を討て、などという大それたことを細川に命じた覚えはない」

平島公方に動揺は一切ない。細川が凶手におよんだと聞けば、少なからず驚くはずだ。そして、その細川が死んだと聞けば、狼狽《ろうばい》するはずだ。しかし、眉ひとつ動かさない。

「それよりも仁木《にき》や吉良《きら》たちはいつ帰ってくるのだ。不便で仕方がないのだ」

仁木や吉良、石堂《いしどう》たちは、徳島城で樋口内蔵助《ひぐちくらのすけ》や林藤九郎《はやしとうくろう》の厳しい吟味を受けている。

「忠兵衛、いいか」

襖《ふすま》が開いて顔を出したのは、徳島城で仁木らを吟味しているはずの藤九郎だ。

「奴らの調べは終わったのか」

部屋を出て聞くと、藤九郎はうなずいた。表情に疲れがにじんでいる。

「あの三人も知らなかったようだ。細川の独断だ」

「本当か」

「奴らがいうには、細川は何かを行う時、平島公方の許しをえるようなことは一切しなかったそうだ」

忠兵衛の眉宇《びう》が硬くなった。

「平島公方の望むことを感じ取り、細川が動く。常にそうだったらしい。平島公方は、家臣たちに命じることは滅多にない、ともいっていた。細川が先んじて動いていたからだ。風呂や飯、剣の稽古、書物や衣服を購《あがな》うのも、すべて細川が動いた。何も聞かずにな。夜の伽《とぎ》も、だ」

「じゃあ、細川が勝手にやったことなのか」

「そうとらざるをえない。平島公方は何も命じていない。一言一句たりとも、だ。そして、殿からの伝言だ。藩士たちを連れて徳島に戻れ。あまり追い込みすぎると、他の大名や公家から横槍《よこやり》が入るかもしれない、とのことだ」

背後を見た。佐山が必死の形相で問い詰めているのが、襖の隙間からわかった。

「そのかわり、借財についての禁令をいよいよ出すことになった。忠兵衛、お前から公方に伝えろ。とどめを刺してこい」

「そうか。わかった」

忠兵衛は部屋に戻った。佐山の舌鋒《ぜっぽう》を、平島公方はのらりくらりとかわしている。

「佐山、これまでだ。城へ帰るぞ」

「なんですって」

佐山が険《けわ》しい目を向けてきた。忠兵衛は無視して、平島公方を見る。

「仁木らの吟味の結果、細川の独断と判断せざるをえないようです。我らはこれにて徳島に戻ります」

「そうであろうな。ご苦労なことよ」

「いずれ、仁木ら三名もここに戻ってくるでしょう」

「早くしてくれぬか。不便で仕方がない」

平島公方が手を叩《たた》いた。現れたのは若い小姓だ。頬と唇に紅をさしている。今まで見たことがない顔だ。

「茶の仕度をしてくれ」

「わかりました。茶室の設《しつら》えはどういたしましょうか」

平島公方の顔色が変わった。

「言わねばわからぬのか」

初めて、平島公方が感情らしきものを見せている。

が、すぐにいつもの表情に戻った。

「今日の気分は茶室ではない。ここに茶器を運びなさい」

床の間に飾る掛け軸や花器の指示を矢継ぎ早に出していく。

「わかりました。万事、仰せのようにいたします」

「うむ、はやく私の好みを把握せよ。そうでなければ、細川の苗字はやれんぞ」

驚いて、平島公方を見る。そして、小姓に目を戻した。小姓は深々と頭をさげている。その首筋に唇の痕《あと》があるのがわかった。

「見ない顔ですな。新しい家臣ですか」

「そうだ。公家の紹介で引き取った」

忠兵衛の問いに、犬でも譲ってもらったかのように答える。

「細川の苗字をやるといっておりましたが、親戚ですか」

「あいつは公家の三男坊だ。武士の血は流れておらん。が、いずれ、細川の名跡を継がせる」

また平島公方がため息をついた。

「とはいえ、まだ私が命ぜねば何もできぬ。が、仕方あるまい。細川の時のように一から仕込むまでだ」

忠兵衛の胸のうちに、えもいわれぬ感情が湧きあがる。あえて言葉にすれば、怒り、そしてそれ以上の失望。平島公方にとっては、細川でさえも取り替えがきく駒でしかないのだ。

「さあ、用事はすんだであろう。去るがいい。私は忙しいのだ」

「ひとつ、お伝えせねばならぬことがあります」

感情を抑えて忠兵衛はつづける。

「来月、新しい禁令が出ます。武士が町人に貸し付けすることを禁ずる、というものです」

平島公方の目がわずかに見開かれた。財政難の徳島藩には、貸し付けできる武士などいない。

これは、平島公方に向けての禁令だ。町民への貸し付けの利は、年に一千両にも及ぶ。その源を断つのだ。

だが——

「私に、その禁令が通用するとでも」

平島公方は皮肉げに笑った。事実、客将扱いの平島公方が法度《はっと》を破ったとて罰は受けない。

「もし禁を犯せば、武士はもちろん借りた町人にも重い罰が下ります」

すう、と平島公方の顔から笑みが消える。

「どれだけ安い利子で貸し付けようとも、民はそれを嫌がるでしょう。はたして、公方様にお金を借りたいと思う民がいるでしょうか」

忠兵衛はこうべを巡《めぐ》らせ、部屋の隅々を見た。百石の暮らしには過分な調度で埋めつくされている。

「いらぬお世話ですが、今すこし慎ましくされてはいかがか。百石の禄にあうお暮らしとは思えませぬ。いや、失礼、九百五十石の領地のことを失念しておりました」

与えた干拓の地は、雑草に覆われてひどい有様というのは知っている。

一礼して部屋を出た。廊下で小姓とすれ違った。一目で高価とわかる茶器を運んでいる。襖を開けて入っていく。しばらくもしないうちに茶器が割れる音が届き、つづいて怒声も響く。

「ふん、さっさと阿波から出ていけ、貧乏公方め」

佐山が吐き捨てた。重喜に心酔しているだけあり、そっくりな口調だった。

二

徳島城に帰ってきた忠兵衛の報告を、樋口内蔵助は黙って聞いていた。

「借財の禁令のことも伝えた。平島公方はますます苦境になる。襲われたことについては、細川だけの罪になってしまったのは残念だがな」

「まあ、いいさ」と、淡泊な声で内蔵助はつづける。「仁木や吉良などは小物だ。放っておいても害にはならん。いずれ、平島公方は阿波に居場所がなくなる」

内蔵助にとっては、平島公方の一件はすでに決着がついているようだった。

「稲田《いなだ》様の方はどうなる」

「加賀国で病気療養中だ。げっそりやつれて、本当に病気になりかねんそうだ。復帰の目は万にひとつもない。念のため藤九郎をやって監視させる」

「では、改革に反対する勢力はなくなったのだな」

忠兵衛の言葉に内蔵助はうなずいた。

「あとは、新法だな」

つづけて話しかけるが、内蔵助は無言だ。

「はたして、役席役高の制なのか三塁の制なのか」

忠兵衛がひとりごとをいうような格好になっている。役席役高の序列改革ならば、噴出する反対の声を抑えることはあたう。しかし、三塁の制を重喜が実行するならば、徳島藩は間違いなく分裂する。

重喜の胸中はわからない。ただ、新法としかいっていない。

最近の裁きには、不穏なものが混じりはじめていた。家臣たちの禄を減らす裁きが多いのだ。そうなると自然と序列が下がる。無論、禄を減らされた者にはそれなりの罪状があったのだが……。

「裁きで家臣たちの禄を減らすことで、殿は三塁の制を実行しているのではないか、とみなは心配している」

やはり、内蔵助は無言だ。

「内蔵助、お前はどう思う。殿は三塁の制を実行しようとしているのか。それとも、たまたま禄を減らす裁きがつづいているのか」

長い沈黙の後、内蔵助は口を開いた。

「殿が三塁の制を実行するならば、お前はそれに従うのか」

脳裏によぎったのは、十一年前の重喜の声だ。

『何があっても私を裏切るな。お前だけは俺の味方でいろ。どんなことがあってもだ。仲間や旧友を敵に回すことがあっても、決して私を裏切るな』

船の上で秘色《ひそく》の手拭いに誓ったことが、昨日のことのように思い出される。

「俺は――」

「式部《しきぶ》は俺につく。三塁の制にはのれんといっていた」

忠兵衛の言葉にかぶせるように内蔵助はいった。そして苦々しげにつづける。

「藤九郎は俺たちにはつかない。あれは聞くまでもない。良くも悪くも武士の鑑《かがみ》だ。主君への忠義に殉ずる。たとえ自分の家が潰《つぶ》され妻子が路頭に迷うとしても、だ」

それは、内蔵助と藤九郎が敵同士になる、ということだ。

「お前はどうする。忠義に殉じるのか、それとも阿淡両国につくすのか」

「もし、殿が三墨の制を実行すれば、主君押し込めで退位させるのか」

「室町の世から主君を押し込んだ例は数多《あまた》ある。悪しき主君をすげ替える易姓革命の思想は、唐にもある。悪しきと知りつつ、主君に忠義を尽くすのは、悪だ」

それは忠兵衛というよりも、この場にいない藤九郎にいっているようにも聞こえた。

内蔵助が、忠兵衛を見据える。「お前はどうなのだ」と目で問うている。

秘色の藍の誓いを守りぬくのか。その結果、蜂須賀《はちすか》家は改易されるかもしれない。忠兵衛の柏木家も無事ではいられない。美寿《みす》や歌代《うたよ》も路頭に迷う。藤九郎ならば、それでも主君につくすだろう。が、忠兵衛にはわからない。

「なぜ、お前が、藤九郎や俺のようにすぐに答えが出せないかわかるか」

忠兵衛は首をふった。

「お前は、武士として殿に仕えていないからだ」

「そ、そんなことはない」

「いや、ちがわない。お前は武士ではなく、友垣や兄弟の情に近いものを殿に持っている。そういう意味では、細川と同じだ」

「馬鹿、俺は殿とは衆道《しゅどう》の契りを結んでいない」

そもそも、重喜は衆道を嗜《たしな》まない。

「そうだろうな。だが、お前が殿に仕えるのは情愛ゆえだ。お前は殿のことが好きなのだ。お前が、十五年前に岩五郎《いわごろう》という名前の殿を見つけ口説き落としたから、情が湧いたのかもしれない」

「俺は誰よりも殿に諫言《かんげん》している。怒りをかったことも一度や二度ではない」

「そうだ。お前は、俺たちの誰よりも殿のことが嫌いだ。殿の短所欠点を誰よりも知っているからだ。まるで親子や兄弟のように、だ」

忠兵衛は絶句した。

「お前ほど深く好悪の情を殿に抱いている者はいない。あるいは殿もお前に同様の情を抱いているやもしれん。だからこそ、お前は迷うのだ。武士として殿に仕えていないからな。俺や藤九郎は、よくも悪くも武士として殿と接している。ゆえに、答えは容易《たやす》く出せる」

内蔵助や式部は徳島藩に忠義をつくし、藤九郎は蜂須賀重喜に忠義をつくす。

「忠兵衛、しばらく交際を控えよう。お前はお前で、どうするかを決めろ。その結果、お前が俺たちの敵に回るならば、それは仕方がない」

内蔵助は部屋を出ていった。忠兵衛はひとり取り残される。

頭を抱えた。

俺は何に殉じるべきなのか。重喜を裏切らないと秘色の藍に誓った。しかし、その結果、徳島藩がふたつに割れ、改易されてもいいのか。

爪が頭に食い込む。

もし、重喜が進める三塁の制が悪政ならば話は早い。全力で重喜を止める。あるいは腹を切って諫死する。が、内蔵助が過去にいったように、三塁の制は正しい制度なのだ。

ただ、百年早すぎるだけなのだ。

三

重喜は、城内にある馬場で馬に乗っていた。

「おお、忠兵衛か」

馬の上から重喜が声をかけた。

「随分と乗りこなせるようになりましたな」

重喜が乗っている馬は気性が荒く、幾度も乗り手を鞍《くら》から転げ落としていた。去勢することを考えていたら、重喜がそれを止めた。悍馬《かんば》に乗ってこその武士だといい、自身の手駒にしたのだ。しかし、乗りこなすのは至難で、当初は十数える前に落馬させられてばかりだった。が、今は一番遅い序の足ではあるが鞍の上に乗っている。

もっとも、砂がついた着衣の様子から見るに、何度か鞍から落とされてはいるようだが。

「いや、まだだ。破の足にすれば、たちまち振り落とされる」

なぜか嬉《うれ》しそうに重喜がいう。その表情を、忠兵衛はまぶしいと思った。

「序の足に乗れるようになれば、すぐに破の足も急の足も乗りこなせるでしょう」

馬の足は序破急と三段階ある。

「どうしたのだ。世辞などいう男ではあるまい。何かあるな」

重喜に見透かされてしまった。

「新法のことです」

重喜の顔から笑みが消える。

「厩舎《きゅうしゃ》から馬をもってこい。忠兵衛、馬の上で走りながら話そう」

二騎は軽い足取りで馬場を回る。忠兵衛の馬は気性が優しく、こちらを気遣うように走ってくれていた。一方の重喜の馬は、隙あらば乗り手を落とさんとしているのがわかる。

馬場を一周したところで、忠兵衛が口火を切った。

「殿、新法の正体を教えてください。役席役高ですか、それとも三塁ですか」

「新法は新法だ。それ以上でも以下でもない」

重喜は、三塁の制をやるつもりだ。返答で忠兵衛は確信した。

罪を犯した家臣の禄を能力に見合ったものに下げたのは、その手始めだ。そして、蠅《はえ》を箸でつまむように、徐々に三塁の制を行き渡らせる。

「三塁の制をやるつもりですな」

重喜は無言だ。否定しなかったのが何よりの答えだった。

重喜が三塁の制を諦めてくれることを、心のどこかで祈っていた。そうすれば、藩はふたつに割れることもない。内蔵助と対立することもない。

「お願いがあります。三塁の制はやめてください」

「なぜだ」

馬が強く地面を蹴った。いつのまにか、二騎は破の足で走っている。撥《は》ね上げられた砂が着衣にふりかかる。

「三墨の制は百年早くあります。徳島藩が割れます。ご実家の佐竹《さたけ》家が銀札を発行した時のように……いや、それ以上にです」

重喜が鋭く睨《にら》みつけてきた。

「百年早いのではない。徳島藩が百年遅れているのだ」

「そうかもしれません。ですが、それは徳島藩だけではありません」

三墨の制を取り入れられる藩など、この日本のどこにもない。

そもそも役席役高の制は前代未聞だ。徳川吉宗の足高《たしだか》の制にならったというが、それは正確ではない。吉宗の足高の制は、実務官僚に石高《こくだか》の低い旗本を起用する策だ。老中などの政権を担う役は、それまで通りだった。が、役席役高の制は、老中にあたる家老や中老の地位さえも、下位の家臣に開放した。これだけでも、実は幕府から睨まれるに足る。

「たとえそうであっても、私は正しいことをやる。この手で藩政改革を成し遂げる。そう誓った」

十一年前、阿波へ帰る船の上で確かに重喜はそう宣言した。

そして、京弥の秘色の手拭いをふたつに裂き、忠兵衛と契りを交わした。

「三墨の制のせいで、うまくいっている藍代官所さえも駄目になるかもしれないのですぞ。そんなことを、京弥《きょうや》が喜びますか。誓ったではないですか。『養子になる家のよき当主となる』と」

忠兵衛の尻が鞍から浮いた。いつのまにか、急の足で馬は走っている。馬蹄が飛ばす小石が、忠兵衛の体に次々と当たった。

「逆だ。藍代官所ははじまったばかり。あれを百年つづくものに変えねばならん。そのためには、商いの才覚のある家臣の登用が必須だ。小川《おがわ》のような商才のある者を多く取り込まねばならん。樋口や林、寺沢、そして忠兵衛、お主でも力不足なのは承知していよう。役席役高の制ではとても足りぬ。私は京弥のためにも三塁の制を行い、藍代官所を大きな商いの場に変える。三塁の制を実行できぬ方が、悪しき養子だ」

「その結果、国がふたつに割れるのですぞ。それは悪しき養子ではないのですか」

「良い法度で国が割れるならば、そこまでだったというだけだ。私も徳島藩もな」

馬同士がぶつかり、鞍の上で重喜と忠兵衛の体が大きく跳ねた。

「それに、誓ったのは京弥だけではない」

「だけではない？」

はっとした。

『しげよしはん……やくそくしてくれへんか』

半死半生の男の呻《うめ》き声が脳裏によみがえる。

まさか――

「唐國屋《からくにや》の金蔵《きんぞう》ですか」

そう声を放った途端、忠兵衛の乗る馬が前足を上げた。鞍から投げ出され、地面の上を転がる。

「忠兵衛、私は妥協せん。正しいと思ったことをやりきる」

重喜は全力で走る悍馬の上でそう叫んだ。

四

いつもは見物人たちの活気で熱いとさえ感じる参勤交代の船出だが、忠兵衛には寒々しく感じられた。内蔵助や式部は重喜とともに江戸へと行く。一方の忠兵衛は阿波に残る。

内蔵助と式部が話しこんでいた。その横を忠兵衛は通りすぎる。目はあったが、口は開かなかった。あれ以来、内蔵助や式部らとは疎遠になった。政務で必要最低限のやりとりをするだけだ。他の家老や中老、物頭たちの中にも、忠兵衛をさける者がぽつぽつと見受けられるようになった。すでに三塁の制と役席役高の制の戦いは始まっているのだ。忠兵衛は、三塁の制を実行する重喜側だと見られていた。

乗り込む船の前で、重喜が焚《た》き火《び》にあたっている。ちらとこちらを見た。

「忠兵衛、最近、顔色が悪いな。悩みでもあるのか」

よくもいえたものだな、と怒りがわいた。

「そんな顔をするな。悩みの原因は、私だな。それよりも、お前は樋口や寺沢らとは昔からの付き合いなのか」

「はい。藤九郎もあわせて、四人で同じ道場や塾で学びました」

「喧嘩《けんか》はよくしたのか」

「まあ、四人おりますれば、なにかしら誰かと誰かがぶつかっておりましたな。悪さもよくしておりましたし」

火にあたる重喜の口元が笑みで和らいだ。

江戸へいく家臣の家族たちが歓声を上げる。「父上――」と、手をふる童《わらべ》の姿がやけに目立った。

そんな彼らに応える家臣たちは、みな誇らしげだ。

「なるほど、そなたらは悪童だったのだな」

「ええ」といってから、急に思い出がよみがえった。あれはまだ十歳にもならぬ頃だ。四人で、参勤交代の船に忍びこもうということになった。そして、江戸へいって名所や旧跡を見て回ろうと。多くの大名屋敷や江戸城を目に焼き付けようと。

気づけば、忠兵衛は当時のことを重喜に語っていた。

「参勤交代の船出はお祭りのようなものです。見送りのふりをして、私たち四人は舷梯《げんてい》をそっと上がり、船底に隠れました」

そして、四人で江戸へついたら何を食べる、どこの寺や神社へいく、とひそひそと話しあった。あの頃は、これらの船が大坂止まりであることを理解していなかった。そして、いざ船が港を出ると、急に四人は不安に襲われた。最初に泣いたのは、式部だったか。あるいは藤九郎か。いや、己だったかもしれない。ひとりが涙を流すと、すぐに全員が泣き出した。異変を察した船夫がやってきて、大騒ぎになった。幸いにも経由する淡路の港につくと、ちょうど阿波へ行く船があったので、それに乗せられて帰ってきた。こっぴどく叱られたのはいうまでもない。

「そうか。そんな無鉄砲な四人とは知らなかった。私は、とんでもない奴らに担がれたのだな」

忠兵衛は頭をかくしかない。

「忠兵衛、今は辛《つら》い時だな」

はっとして顔を上げた。

重喜に心配されるのは初めてではないか。

「私は三塁の制をやる。必ずやりきる」

何人かの家臣が、驚いてこちらを見た。その中に、内蔵助と式部もいる。

忠兵衛の心臓が不穏な音を奏でる。

「私は妥協はしない。三埜の制で、この徳島藩を救う。そして、阿波の藍を天下一の大商いにしてみせる」

とうとう、重喜はみなが聞こえるように宣言した。

背を向けて物陰へと消えていくのは、内蔵助だ。

「樋口や寺沢らは、私の敵に回るだろう。それもわかっている」

一転して、小さな声で重喜がいう。風が吹いて炎が猛《たけ》り、重喜の袖を炙《あぶ》った。

「たとえ、ひとりも味方がいなくてもやりきる」

もし、今、重喜に約束の履行を迫られたら。秘色の藍に誓ったように、重喜と共に三埜の制と心中してくれといわれたら……内蔵助たちと戦ってくれと乞われたら……己は、どう答えるのだ。

心臓の音が、蹄音《ていおん》のように感じられた。

やはり、まだ答えは出てこない。

「あの時の約束の藍……手拭いは持っているか」

忠兵衛はそっと懐《ふところ》から手拭いを取り出す。

「見せてくれるか」

半ば奪うようにして、重喜は取り上げた。その手首には、同じものが巻きつけられている。

「ふむ、あれから十年以上たつのに色が褪《あ》せていない。いい色だ」

空に透かし、重喜が目を細めた次の瞬間だった。秘色の手拭いを火中に放り投げた。

「な、なに……を」

あまりのことに、つづく言葉が出てこない。

「忠兵衛、これでお前との約束は破棄したことになる」

「こんな無茶が許されると思っているのですか。契りをなんだとお考えか」

「もう、お前を縛るものはなくなった」

意味がわからなかった。

「私に殉ずる必要はない」

はっとして目を見開く。

「忠兵衛、お前は自由に生きろ。約束はなくなった。友を大事にするのも、またひとつの生き方であろう」

そして、家臣たちに顔を向けた。

「今より参勤交代に出立する。同行する者は速《すみ》やかに船に乗れ」

わっと見物の衆が囃《はや》したてる。

重喜が舷梯をのぼっていく。なぜか足が重たげだ。肩も落ちている。あの姿を、忠兵衛はどこかで見たことがある。記憶を確かめようとしたら、重喜の背後に内蔵助や式部がつづいた。ちらりと見えたふたりの顔は、かつてないほどに険しい。

忠兵衛を置き去りにするようにして、船は港を出ていく。

五

昏《くら》くなる庭を忠兵衛はじっと見ていた。腕を組み、ひたすらに考える——否、悩む。

「あなた、どうしたのですか」

背後から美寿が声をかけてきた。が、答えられない。

「迷っておられるのでしょう」

美寿には詳細を教えていないが、妻同士の付き合いから様子は伝わっているようだ。

「なあ、美寿」

半身だけ妻に体を向けた。

「殿につくか、内蔵助らにつくか、俺は迷っている」

「あなたはどちらにつきたいのですか」

「わからない。俺にはどちらが正しいかわからない」

いや、どちらも正しいから苦しんでいるのだ。

「家臣やお前たちのことを考えると、俺は内蔵助につかねばならん」

ぎゅっと目をつむった。それでいいではないか。秘色の手拭いは、重喜によって燃やされた。重喜の敵になったとて、裏切ったことにはならない。

「だからといって、殿を見捨てたくない。内蔵助らが主君押し込めなどをやる光景は見たくない」

何より、重喜の改革の先にある風景が見たい。五家老の専横を打破できたのは、重喜の行動と発想の力があったからだ。みなで創り上げた藍代官所が、どう発展するかを知りたい。

が、三塁の制を実行すれば、徳島藩は滅ぶ。

「俺には……正しい答えがわからん」

頭をかきむしった。

「いいではないですか。それで」

美寿を見た。

「答えがわからなくても結構ではないですか。あなたは、他の四羽鴉《よんばがらす》に比べれば頭のいい方じゃあないでしょう」

「いってくれるな」

笑おうとしたが上手《うま》くできなかった。

「その分、あなたは全力でぶつかるのだけが取り柄でしょ。名君がいるかどうかもわからずに、江戸へ駆けつけた時がそうでした。答えもわからずに行動する。それは、他の四羽鴉にはできないことです。きっと重喜様にも」

風がふいて、木の枝がゆれた。

「あなたは、どうなってほしいのですか」

手元を見ながら考える。

やはり、わからない。

ただ、ひとついえるのは、佐竹家のような血を見る事態にはしたくない。

「わからないのを承知で動けばよいのでは。答えを見つけてから動いても手遅れですよ。どうせしくじるなら、足掻《あが》くだけ足掻いてからしくじった方が気持ちがよいでしょう」

確かにそうだ。

江戸に名君がいるあてを待っていては、重喜には出会えなかった。

「よし」とつぶやいた。肚《はら》がすわってくる。

馬鹿といわれてもいい。重喜と内蔵助の衝突を止める。

無論、その方策は全く見当もつかないが……。

「なあ、美寿、もし……その結果、柏木家がお取り潰しになったらどうする」

どちらからも敵とみなされれば、きっとそうなる。

「その時は、阿波以外の場所に住む好機だと考えればいいでしょう。大坂や江戸がいいですね。美《お》味《い》しい甘味処がたくさんありそうですし」

「軽口でいってるんじゃない。柏木家の家臣たちを路頭に迷わせることになるかもしれんのだぞ」

「たくさん恨まれたらいいではないですか。お礼参りが怖いのですか。返り討ちにしてやりなさい」

そういう問題ではないが、心はふっと軽くなった。ははははと笑声が漏れた。

忠兵衛は決心した。

「ならば、すぐに藤九郎と連絡をとろう」

藤九郎は今、稲田を監視しており、阿波にはいない。

「忠兵衛様、ご、ご来客です」

中間《ちゅうげん》が襖の戸を慌ただしくたたいた。美寿と顔を見合わせる。声が切迫している。

「佐山様です。ぼろぼろのお姿で来られました。ひどい傷を負っています」

忠兵衛は立ち上がり、玄関まで走る。沓脱石《くつぬぎいし》のところに、佐山がうずくまっていた。縄でしばられていたのか着衣にはむごい皺《しわ》が入っている。血に染まった草鞋《わらじ》も転がっていた。

「どうしたのだ」

佐山が血と土にまみれた顔を上げた。

「忠兵衛……殿、主君押し込めです」

「なんだと。どういうことだ」

一月ほど前から、佐山は重喜の命をうけて阿波を離れていたことを思い出す。

「高松を……探っておりました」

先代、先々代の徳島藩主は、高松松平家からの養子だ。蜂須賀家の後見役も受け持ってくれている。

「なぜ、高松に」

「殿の命を受けてです。内蔵助らの動きを……探っておりました。押し込めをするには、他藩の合意が必要です」

内蔵助らが押し込めをしても、幕府から否をつきつけられれば失敗する。高松松平家の祖をたどれば水戸徳川家にいきつく。高松松平家から幕府に取りなしてもらい、押し込みの許しを得る算段だろう。

いや、それよりも……内蔵助らがそこまで動いていたことに遅まきながら愕然《がくぜん》とする。

「内蔵助の手の者と……高松の家老たちが談合しておりました。それを盗み聞いたのですが、見つかってしまい」

捕まりはしたが何とか監視の目をまき、阿波までたどりついたという。

「城には知らせたか」

「内蔵助めは、ほとんどの家臣を……味方につけています。知らせては、相手の思う壺です」

くそ、と内心で吐き捨てた。

「押し込めはいつやるかわかるか」

「殿が江戸についてからです。江戸の藩邸で……やるといっておりました」

「もっと詳しい日取りはわからぬのか」

在府は長ければ一年になる。

「わかりません。早ければ、ついてすぐやも……。ひとつ確かなのは……、すでに相当に手筈《てはず》を整えていること」

まだ、重喜らは参府の途上のはずだ。

「忠兵衛殿しか、頼れる人はおりませぬ。どうか……殿を救ってください。内蔵助めの野心を挫《くじ》いてください」

「わかった。とりあえず、俺の屋敷で手当てを受けろ。ただし」

忠兵衛は立ち上がった。美寿が持ってきた二刀を腰にさす。

「俺は、内蔵助の敵でもないし、殿の味方でもない」

「な――」

「正直、どちらの味方かわからん。が、内蔵助の押し込めは止める」

それだけいって、忠兵衛は屋敷を飛び出した。

六

柏木忠兵衛は、駕籠《かご》の天井から垂れる紐を必死に握っていた。それでも揺れる早駕籠では、尻がうき、時に弾《はじ》き飛ばされそうになる。

早馬とちがい、早駕籠ならば夜を徹して進むことができる。過去には赤穂から江戸の百五十五里を四日半で踏破した例もある。もっとも、駕籠の中の人物は半死半生の体であったというが……。

早駕籠が止まった。引き手たちが交代するのだ。小屋の中から新しい引き手たちがぞろぞろと現れる。

「旦那、少し休むべきだよ。大坂からここまで、旦那は不眠不休だ。死んでもおかしくないぜ」

「いいから、早く交代してくれ」

引き手たちが顔を見合わせた。

「早くっ」

「わかりましたよ。ただ、駕籠の中で昇天するのだけは勘弁してくださいよ。縁起が悪いんでね」

新しい引き手たちが駕籠を担ぐ。凄《すさ》まじい速さで進んでいく。天井から伸びる紐が忠兵衛の手に食い込んだ。

「旦那、ここから先は平坦だ。寝るなら今のうちだぜ」

引き手が乱暴な声で教えてくれる。忠兵衛は紐を手に強く巻きつけ、目を瞑《つむ》った。

何度か駕籠に体を打ちつけたが、どんどんと微睡《まどろみ》が深まっていく。

「忠兵衛はん」

夢うつつで語りかけられた。

「忠兵衛はん、起きなはれ」

はっとまぶたを上げる。揺れる駕籠の中だ。あたりは暗くて風景はわからない。その横で提灯《ちょうちん》を手に必死に走る男がいる。頬に火傷《やけど》の痕があった。唐國屋の金蔵が汗だくになって、駕籠の横を走っている。

「お、お前、死んだのではないのか」

「ひひひ、死んださかいに、こうして枕元に立ったんですわ。まあ、立つんやなくて、走らされるとは思ってもみませんでしたけどな。ちっと忠告させてもらおうと思って。重喜はんのことは諦めなはれ」

「な、なにをいう……」

「所詮、あのぼんぼん、商いのことなんか、なんもわかってまへんわ」

走りながら金蔵が首をすくめる。

「だって、そう思いませんか。わてら大坂の商人の間では、藍の売場ができると思ってたんですわ。大坂の雑魚市や米市場みたいなんを想像してたんです。これ、できたらえらいことでっせ」

ふと、別のことを思い出した。


――国元に藍の売場を相立て候儀は……


幕府が藍方役所を不可との裁定を出した時の文だ。売場とは、どういうことだ。あれは、売買を監視するための場でしかない。

「武士にもそんなおとろしいこと考えるやつがおったんやって、肝が冷えましたで。けど、いざでけたん見てみると、単に役人が売買を見張るだけ。拍子抜けしましたわ」

突然、視界がゆれた。金蔵が風車のように回転している。いや、己が転倒しているのか。肩をしたたかにうち、駕籠から放り出されたことを悟った。

「大丈夫ですか」

引き手たちの狼狽の声が届く。手をみると、ちぎれた紐が握られていた。よろよろと立ち上がる。月あかりが辺りを照らしていた。

金蔵の姿はない。どうやら、夢を見ていたようだ。

「大事はない。紐が切れた。新調してくれ」

そういって草むらにしゃがみこんだ。素早く帯を解き、用をたす。駕籠に揺られている間は、大小便などする暇はない。

「旦那、できましたよ」

引き手が駕籠の屋根を叩いた。

「ご苦労」

素早く帯を締め、駕籠に乗り込む。真新しくなった紐を手にまきつけた。汗で湿っていた先ほどとちがい、心地よく乾いている。きりりと肌に食い込んだ。

「江戸まであとどれくらいだ」

「日の出の頃につきやす」

「あと何刻で日の出だ」

「一刻もねえよ。ほら、旦那、東の空が明るくなりかけてる」

駕籠が浮いて、また激しく揺れだす。暗がりが徐々に薄まり、太陽が地面に引き手と駕籠の影を長くのばそうとする。

とうとう陽が完全に昇った。

「旦那、ついたぜ」

声と同時に駕籠が止まり、思わず顔を壁に打ちつけた。

「助かった。礼をいう」

駕籠を出て息を吸う。砂塵がまじっていない空気がこれほど美味《うま》いとは思わなかった。

しばらく体に空気を染みこませる。

空の駕籠を担いで、引き手たちが来た道を引き返すのを見送った。

「忠兵衛、早かったな」

ゆっくりと振り向いた。寺沢式部がいる。無精髭《ぶしょうひげ》が顎に青みを帯びさせているから、前日から待っていたのかもしれない。

「式部、聞いたぞ。殿を押し込めるそうだな」

忠兵衛が厳しい声で問いかけると、「仕方あるまいて」と式部は素っ気なく応じた。

「あまりにも性急ではないか」

「お前には報《しら》せなかったが、今、幕閣や大奥で『阿淡夢物語』が広まっているのよ。悪評ってのは、恐ろしい勢いで広まるものだぜ」

大儀そうに、式部は自らの肩をもむ。

「老中は、徳島藩の改革をよく思っていない。お前や殿が思っている以上に、だ。そこにきて、『阿淡夢物語』の悪評がかぶさった。悪いことに、水練の時に藩士が溺れ死ぬ様子も真実になっちまった。まあ、溺れ死んだのは徳島藩士でなく、日本藩を名のる悪党だが、な。どうも、生き残った残党どもが老中や大奥に密告したらしい」

大きく息を吐き出して、式部は間をとった。

「留守居役の中尾《なかお》殿のもとに、徳島藩の国政について吟味があるかもしれんと内々に報せが入った。二月ほど前だ」

思い出すのは、十数年前に起こった郡上一揆《ぐじょういっき》だ。郡上藩を治める金森家では抑えきれず、とうとう幕府が吟味に入った。その結果、多くの一揆首謀者が獄死刑死する——だけでは終わらなかった。郡上藩金森家は改易、老中からも罷免《ひめん》される者がでるなど、幕府高官からも多くの罪人が出た。

「公の吟味になれば、最悪だ。俺たちだって綺麗《きれい》な手ばかりを使ったわけじゃないからな。郡上藩の二の舞だけは避けねばならない」

「だから、江戸への参府を機に押し込めを決意したのか」

「俺たちが思っているよりも、ずっと状況は逼迫《ひっぱく》している。俺たちは四日前、江戸についたばかりだが、その前日に老中から四ヶ条の尋問書が藩邸に届いた。対応したのは留守居役の中尾殿だ」

式部は、いつもとちがう落ち着いた声でつづける。

「何より、尋問書を持ってきた旗本に忠告されたのさ。老中が公式の吟味に移る支度をしている、と。二月前に報された時は〝吟味があるかもしれない〟だったが、このたびは〝吟味に移る支度をしている〟だった。残された道はふたつ、だけだ」

式部は指を二本立てた。

「ひとつ、尋問書の四ヶ条を認め、殿に隠居していただき、吟味をさける。もうひとつの道は、殿を隠居させずに吟味を受けてたつ。が、この場合は——」

式部はあごをしゃくった。つづきを忠兵衛がいえということだ。

「徳島藩は改易を免れない」

「そういうことだ。残念なことに、『阿淡夢物語』のおかげで、どこの大名も徳島藩を助けてくれそうにない。火傷《やけど》はしたくないのさ」

「殿は、隠居には納得したのか」

式部は悲しげに首を横にふった。

「認めるわけがないだろう。隠居すれば、偽りの文書である『阿淡夢物語』の悪評を認めたと世間はとるからな。間違った悪評に身を屈するぐらいならば、滅びた方がましだ、と殿は仰せだ」

忠兵衛は天を仰いだ。

「で、だ。俺たちは決断することにした。いずれ、殿は三塁の制をやると確信していた。だから、主君押し込めの支度はぬかりなくやっていた。というよりも、こたびの殿の在府中にやるつもりだった。それが、着府とほぼ同時になってしまったわけだ」

あえて、悪びれた声で式部はいっているようだった。

「もうひとつの誤算は、お前がこんなにも早く到着したことだ」

周りを見る。他に人の気配はない。

「あと半日遅れてついてくれたら、足軽も応援に駆けつけてくれたんだがな。いかんせん、高松からの飛脚が来るのが遅くて、俺しか動けなかった」

やれやれ、と芝居がかった口調で式部がいう。

「忠兵衛、お前はどうするのだ。殿に殉じて滅びるのか。それとも、俺たちについて徳島藩を救うのか」

　忠兵衛は瞑目した。様々な思いが胸をよぎる。

「俺は押し込めには加わらぬ」

「では殉じるのか」

「殿を説き伏せる。十分に納得いただいた上での隠居なら、俺は認める」

　ははは、と乾いた笑いを式部は発した。

「悪いが、そんな悠長なことをしている暇はないんだよ」

　式部が紐《ひも》を取り出し襷《たすき》掛《が》けにして、袴《はかま》の股立《ももだち》をとる。忠兵衛も同様に襷掛けにして、股立をとった。

「忠兵衛、徳島藩のためだ。手加減はせんぞ」

　ぽきりと、式部が拳《こぶし》を鳴らした。

七

　どさりと倒れたのは、式部だった。ごほりと咳《せ》き込み、赤い唾が盛大に散った。

「畜生め」

　罵声を、忠兵衛に投げかける。顔は真っ赤に腫《は》れ、こめかみや口の端が切れ、鼻からは血が流れている。ひどい姿だが、それはきっと忠兵衛も同様だろう。何より殴りあった拳がひどく痛い。きっと、折れているだろう。

「式部、俺はいくぞ。内蔵助を止めてみせる」

忠兵衛が腕で顔をぬぐうと、血がべったりとついていた。

「待てよ」

足を止めて、振り返る。式部が大の字に寝ている。

「どうして、刀を抜かなかった。俺を舐《な》めているのか」

「お前が抜かなかったからだ。あと、舐めてはいないが、俺の方が強いという自負もあった」

前に向き直ろうとしてやめる。

「俺も聞くが、式部はなぜ抜かなかった」

「お前と同じだ。お前が抜かなかったからだ。けど、お前は甘いぜ。次は内蔵助と戦うことになるぞ。あいつは……俺とはちがう。間違いなく抜く」

「だろうな」

内蔵助はそういう男だ。目の前の障壁を取り除くため、最短にして最適の手をとる。たとえ友が相手だとしても、だ。

「じゃあ、俺は行く」

忠兵衛は駆けた。

顔から流れるものが血よりも汗の方が多くなるころになって、徳島藩邸についた。

「ちゅ、忠兵衛様、どうされたのですか」

門番たちが驚きの声をあげた。

「殿にお目通りせねばならん。至急に、だ」

門の横の小さな入り口に無理やりに体をねじこんだ。

「あっ」と声をあげた。藩士たちが庭や屋敷を囲っていた。彼らを差配しているのは——

「内蔵助っ」

忠兵衛は、男に叫びかける。ゆっくりと内蔵助が振り向いた。

「何をしている。どうして屋敷を囲っている」

「今から殿に隠居をおすすめしてくる」

「押し込めをするつもりだろう」

「殿次第だ。快く隠居を認めてくだされば、手荒なことはしない。今までと変わらぬ暮らしを送っていただく」

「認めなければ……」

内蔵助の左手は、すでに鞘《さや》を握っていた。

「ご乱心なさったと判断する。なるだけ傷はつけぬようにするつもりだ」

その時だった。庭に面する屋敷の障子が勢いよく開いた。現れたのは、重喜だ。囲っていた藩士たちが一斉に後退る。

「樋口、これは一体、どういうことだ」

重喜が激情をはらむ声でいった。

「殿、幕府の吟味が入ってからでは遅くあります。今すぐにご隠居をご決断ください」

頭を下げずに、内蔵助はつづける。

「後継は千松丸《せんまつまる》君ということで、高松松平家や井伊家にも了承を得ています」

「証文や起請文のたぐいはあるのか」

内蔵助は無言だ。

「樋口、口約束は危ういぞ。お前らしくないな。詰めが甘い」

「ご安心を。殿さえ隠居していただければ、万事、うまくいきます」

「嫌だといったら」

あえてだろうか、重喜は挑発するようにいう。

「押し込めを実行するまで、です」

重喜の背後に人影が走る。縄を持つ藩士たちが身構えていた。内蔵助の手の者たちだ。

「孤立無援といったところか。よくぞ手懐《てなず》けたものだな。悪いが、それでも隠居に応じる気はない。昨日もいったであろう」

「殿が隠居に応じないならば、役席役高の制も藍代官所も公儀によって潰《つぶ》されてしまいます。全ての改革が水泡に帰します。我々は手荒なことはしたくありませぬ。ぜひ、ご自分の意思で隠居してください」

内蔵助は両膝をつき、深々と頭を下げる。が、左手は腰にある刀を握ったままだ。

しばらく無言で両者は対峙《たいじ》する。

ため息を、重喜は吐き出した。

「樋口、せめて十数年早く、押し込めを実行するべきであったな。その頃の私ならば、喜んで隠居したであろう」

十一年前、まだ重喜は改革に乗り気ではなかった。が、その年、阿波への帰路の船の中で、改革を成し遂げると誓った。

「では、隠居はせぬ、と」

「ああ、まだ改革は成し遂げていない」

「いえ、十分に成果を出しました。あとは、我らが改革を引き継ぎます」

「無理だ。樋口よ、お主は確かに有能だ。しかし、商いのことをわかっておらぬ。お主だけではない。他の藩士も同様だ。お主らでは、阿波の藍を大商いに育てることはできぬ。商いの力で、阿波という国を強くすることはあたわぬ」

重喜が、囲む藩士たちにゆっくりと目をはわす。

「小川の建議書を思い出せ。あれだけの策を考えつくものが、この中にいるか」

何人かがうつむいたが、内蔵助だけはまっすぐに重喜を見ていた。左手の親指が鍔《つば》にかかっている。

「もし、あの建議書をお前たちが考えていたならば、私は喜んで隠居してやったであろうな。が、今のお前たちでは無理だ。そんな阿呆どもに、徳島藩の国政をあずければ、藍代官所はいずれ形骸と化し、再び大坂商人に支配される」

とうとう内蔵助が前のめりになる。すうと、右手が腰の刀へと吸い込まれる。内蔵助が刀を抜いた時が合図なのか。囲む藩士たちも、一歩足を前へと出した。

「おりますっ」

叫んで飛び込んだのは、忠兵衛だ。両腕を広げて、内蔵助の前に立ちはだかった。

「忠兵衛、どけ、斬《き》るぞ」

とうとう内蔵助は鯉口《こいくち》を切った。

「邪魔だ。忠兵衛、私は樋口と論じているのだ」

重喜の怒号も背中を打つ。

「いえ、どきませぬ」

ふたりに向かって叫んだ。殺気がほとばしった。内蔵助の右手が動く。

居合い――。

忠兵衛を袈裟《けさ》懸《が》けに斬らんとする。

白刃が襲ってきた。

歯を食いしばり、右手を動かす。内蔵助の刀の切っ先を平手で打った。軌道が変わると同時に、左手を添わせ、半身になる。

抜刀と同時に前へと駆けていた藩士たちが止まった。砂埃《すなぼこり》だけが、余勢をかって重喜のもとまで届く。

「真剣白刃取り――」

誰かがそんな声をあげた。

「ひ、樋口様の全力の斬撃を白刃取りしたのか」

また違う誰かがうめいた。抜刀と同時に押し込めを実行する手筈《てはず》だったのだろう。が、忠兵衛が立ちはだかったことで、内蔵助の手筈が狂った。中途半端に抜けば、忠兵衛に柔で制される。ならば、抜刀と同時に斬るしかない。が、それを忠兵衛が真剣白刃取りで押さえた。あまりの絶技に、殺到するはずの藩士たちも足を止めざるをえなかった。

忠兵衛は後ろ蹴りの一撃を、内蔵助の腹にいれる。虚を突かれていた内蔵助は、刀を手放しどうと倒れた。

「柏木殿は、我らの敵か」

囲む藩士たちが殺気をたぎらせる。

「否、敵にあらず。また、殿の味方にもあらず」

内蔵助の刀を持ち、ひとりひとりに切っ先を向ける。

「双方、納得してもらうためにきた」

「仲裁人を気取るな」

立ち上がった内蔵助の右手は、すでに脇差の柄《つか》を握っていた。

「いや、ちがう」

そこで考えた。ことここにいたっては、重喜の隠居は止められない。

「俺は、殿に喜んで隠居してもらうためにここに来た」

抜き身を手にもったまま、重喜に正対した。

「俺が、納得の上で隠居するだと。進んで隠居するぐらいならば、牢に入れられた方がましだ」

重喜の額には血管が浮いている。

「ですが、殿は先ほどいいました。小川の建議書を私たちが考えていたならば、喜んで隠居していただろう、と」

徳島城の天守閣で、改革で大切なのは人の心、といった。政《まつりごと》の形を変えることには意味はない、それよりも人の心の形を変えねば、いずれ改革は有名無実となる、と。

「そうだとも。お前たちに、小川の案に匹敵する策が思いつくのか」

忠兵衛らが小川の建議書の内容を思いつけなかったのは、その心が旧態依然だったからだ。

「思いつきます」

忠兵衛は怒鳴りかえした。重喜の眦《まなじり》が吊り上がる。

「申したな。ならば、この場でいってみろ。もし、虚言だったときはどうなるかわかっているのか」

重喜が腰の刀に手をやった。忠兵衛はその殺気を正面から受け止める。背後からの内蔵助の殺気と前後から挟み打ちにあう。

「斬り捨ててもらって結構」

一歩、忠兵衛は前へと出た。

「ならば、いうてみろ。貴様の策とやらを」

「藍《あい》の市——藍大市でございます」

忠兵衛は言い放った。

びくりと、重喜の手が震えた。刀身はわずかに鞘から姿を現している。

「あいおおいち」

誰かが復唱した。

「大坂には、天下に名だたる市場があります。堂島の米市場がそうです。全国諸藩の年貢米を全国の商人が売買し、ここで決まった値が全国の米の値になります」

しんとみなが静まりかえる。

「それと同じことを、阿波の藍ならばできます。いや、堂島の米市場は全国の米があって初めて成り立ちます。しかし、阿波の藍ならば、いえ、阿波の藍だけで全国の商人を徳島に呼び寄せて、値を決める市ができます」

「市だと……」

背後で内蔵助がうめいた。

「そうだ」と、内蔵助を一瞥《いちべつ》してつづける。

「今の藍代官所は、単に藍の売買を見張っているだけにすぎませぬ。そうではなく市にするのです。それだけではありません。全国の商人を泊める旅籠《はたご》、取り引きが決まった時に祝いをする料理屋、芝居や土産――」

忠兵衛は必死に弁をくる。

「様々な商いがおこります。小さな大坂、いや小さな江戸を、この阿波の地につくるのです。その肝となるのが、藍の値を決める市――藍大市です」

きんと頭が痛む。今さらながら、寝不足と長旅の疲れで意識が朦朧《もうろう》としてきた。視界がぼやけているので、必死に腕でこすった。

『忠兵衛はん、きばりや』

金蔵の声が、聞こえたような気がした。

『ほれ、わしが折角、きっかけを作ったったんや。藍の市のことを、阿波の大商いのことをあんじょう説きなはれ。ほら、もっと舌回さんと。重喜はんも内蔵助はんもぽかんとしてまっせ』

そんな幻の声を最後に、忠兵衛の意識はぷつりと切れた。

八

家臣たちが続々と徳島藩邸の一室へと入っていく。異様だったのは、みな何かひとつ秘色の装いを身にまとっていることだ。秘色の肩衣《かたぎぬ》、秘色の裃《かみしも》、秘色の小袖、あるいは秘色の足袋。忠兵衛もそれに加わっている。秘色に染めた扇子をぎゅっと握りしめる。

男たちが綺麗に整列する。遅れて上座にやってきたのは、重喜だ。

「我ら一同、一晩、寝ずに考えました」

先頭にいた内蔵助が目配せすると、別の男が絵図や書きつけを広げる。重喜が眉間をこわばらせたのは、あちこちに朱墨で訂正がなされていたことだ。たった一晩で考えたものなので、清書する暇がなかったのだ。

「忠兵衛提案の藍大市を再度、我らで揉みました。まず場所ですが、吉野川に隣接する新町の浜を使います。両岸には、いずれ藍商や藍師たちの蔵を建てる予定です」

秘色の肩衣を身につけた内蔵助が、絵図を前にして説明する。その横には秘色の小袖に秘色の裃と、秘色づくしの服を着た式部がいるが、顔が腫れていた。痛むのか何度も表情を歪《ゆが》めている。

内蔵助の説明は淀《よど》みなくつづいた。

市は年に四回開く。最初は十一月の朔日に開かれる売止市で、ここで古い藍をすべて売る。次が新しい藍がでる十一月の中旬の市で、これを大市と呼称する。他に十二月朔日と中旬にも市が開かれる。

もっとも規模が大きいのが大市となる。二日にわたって行われ、六日前に荷の水揚げ、翌日、藍の品質検《あらた》め、大市前日に代官所で精良品を選抜し、四つの等級づけを行う。

そして上等の品から競《せ》り市を二日にわたって行う。

「今の藍代官所は個々の藍の取引きに不正がないか、諸国の値と乖離《かいり》していないかを見張るだけです。が、藍大市はそうではありません。特定の日を決めて商人を集め、品評し競りを行うことで、日本全国の藍の値を阿波で決めます。それだけの規模の市にします」

重喜は、じっと内蔵助の説明に聞き入っていた。すべてが終わり、顔を上げる。

「見事だな」

ぽつりとつぶやいた。

「これが本当に成れば、天下に類をみない市となるであろう」

忠兵衛を含めた全員がうなずいた。

「よくぞ、藍大市、思いついた」

一転して強い声で、重喜はいった。背をそるようにして、天井を見る。

「だが、これは新規だ。江戸や大坂以外で、全国の商人が集うような市がたったことはない。日ノ本の物の値を決める市は、すべて江戸か大坂にある」

「ですので、すぐには開きません。大坂への藍の出荷を徐々に減らしていくように、じわじわとゆっくりとやりとげてみせます」

内蔵助の言葉に、こくりと重喜はうなずいた。

「その上で、殿にお願いの儀があります。隠居をしていただきたくあります」

内蔵助の低い声が響きわたる。

「別になりたくて藩主になったわけではない。これで、岩五郎《いわごろう》のころの暮らしに戻れるならば何も不満はないさ」

息を長く吐き出した。

「覚悟しておけ。私が本気になって遊べば、国庫さえも傾くぞ」

「承知の上でございます」

内蔵助の即答に、重喜はにやりと笑った。

「そして、今ひとつ。隠居をする条件として、今ここで誓え。藍大市を必ずや成し遂げると。何年、何十年かかったとしても諦めぬ、と」

内蔵助と忠兵衛、式部、そしてつづく家臣たちが上半身を起こした。重喜に向かって胸をそらす。

「我ら、この場にいる家臣一同、身につけた秘色の藍に誓いまする。何があっても藍大市を成し遂げる、と」

全員が一斉に唱和した。そして、忠兵衛は深々と頭を下げる。内蔵助と式部がつづいた。


これより数日後——

明和六年十月晦日《みそか》、徳島藩藩主、蜂須賀重喜は家督を嫡子の千松丸にゆずり、隠居した。

宝暦明和の変というべき、重喜の改革頓挫劇はあまりに謎が多い。わかっているのは五家老を粛清し、樋口、柏木ら四名を重用したこと。核心に迫る資料は少ないが、ひとつ興味深いものが今に残されている。〝重喜様御代御内密御用之書附〟と記された箱にしまわれた書状だ。精神疾患をもつ蜂須賀一族を後継者にたてないことを、重喜と五人の家老らで約束していた。重喜が直面した問題の複雑怪奇な政治局面を示す数少ない証であり、皮肉にも互いに争った重喜と五家老が唯一共に守り通した秘密であった。

密約を順守した重喜は、在位十五年、改革の道半ばで一線から退いた。

十二章　空の色

一

忠兵衛《ちゅうべえ》は小山を登っていた。杖《つえ》をつかねば足取りも覚束《おぼつか》ない。老いたな、と思う。目も悪くなり、近くのものも遠くのものも見えづらい。何度もつまずきながら坂と階段を登っていく。剃髪《ていはつ》した頭には、冬の風は刃物のように感じられた。襟巻きを鼻の下まで持ってきて、寒さをやりすごす。陽が出ていることだけが救いだ。

忠兵衛が登っているのは、万年山という徳島城近郊にある小山だ。頂上には蜂須賀《はちすか》家の墓所がある。古くからあるものではなく、重喜が造ったものだ。仏式で葬られることを嫌い、儒式のものをあつらえたのだ。今から約四十年前、重喜が二十九歳、まだ藩主であったころに造った。

目をつむると、秘色《ひそく》の藍がまぶたの裏に蘇《よみがえ》る。

三十九年前、藩主であった重喜は隠居した。藩政は、樋口内蔵助《くらのすけ》が主導することに一時は決まった。

しかし、公儀は甘くなかった。

政《まつりごと》を全て旧に復するべし、と幕府は命じたのだ。役席役高によって地位を得た内蔵助、忠兵衛、式《しき》部《ぶ》らの身分も元に戻された。だけでなく、内蔵助と式部は、隠居した重喜の近習《きんじゅ》役を務めることを名目に藩政の表舞台からも遠ざけられた。内蔵助は閑職をしかと務めたが、式部は重喜の不興を買い、二十年前に謹慎の罰を受けた。

林藤九郎《はやしとうくろう》も三人同様に元の地位に復されたが、藩政に戻ることはなかった。重喜の後を追うように隠居し、板野郡吉野村に庵を結び余生を静かに暮らした。

同じく佐山市十郎《さやまいちじゅうろう》も隠居したが、重喜隠居の七年後に病を得て急死してしまった。

こうして、徳島藩では藩主直仕置が崩壊した。山田《やまだ》家をのぞいた、四家老が国政を差配することになる。

一時は大名格にまで昇りつめた稲田植久《いなだたねひさ》だが、国政に復帰することはなかった。偽りの病気療養で加賀国に滞在していたが、その地で病を得て、重喜が隠居した翌年に死去。

賀島《かしま》親子はどうなったか。重喜によって隠居閉門を強制された父の政良《まさよし》は、近親対面も禁ぜられるなど厳しい待遇がつづいた。十年後の安永四年に近親対面は許されたが、翌年病に臥し、安永九年に没した。父の隠居後に後を継いだ息子の備前《びぜん》は、邸宅が全焼するなどの不運もあったが、大過なく家老職をつとめ九年前の寛政七年に没した。

国政を専横したのは、長谷川貞幹《はせがわていかん》だ。倹約令を推し進めるが強引な手法に反対者も多く、天明九年に罪をえて蟄居《ちっきょ》を言い渡された。

重喜の跡を継いだ千松丸は、蜂須賀治昭《はるあき》と名乗った。当初こそは家老の長谷川貞幹の専横を許したが、徐々に力を蓄え、後に藩主直仕置を復活させた。

そして、重喜だ。

隠居してからは、それまでの質素な暮らしが嘘のように遊興にふけった。銭を湯水のごとく使い、三味線の芸者を呼び、夜を徹して歌舞や詩吟にうつつをぬかした。朝になると剣術や遠乗り、読書に没頭し、日が落ちるまで絵や茶の芸事の稽古に励んだ。あまりに派手な遊興のため、幕府からあわや蟄居を言い渡されそうになるなど、隠居後も騒動の種となりつづけた。

『阿淡夢物語』の悪評には生涯悩まされた。熱海で療養している時、同宿の絵師が読書と剣術に励む重喜の姿を見て、『阿淡夢物語』の暗君と同一人物とはとても思えないと零《こぼ》しているのを忠兵衛は耳にして苦笑したものだ。

そして、七年前の享和元年十月二十日、六十四歳で重喜は没した。

平島公方《ひらじまくぼう》は、今は阿波にいない。細々と阿波で暮らし、忠兵衛らとやりあった当主の義宜《よしのぶ》は三十年前に亡くなり、その息子の平島義根《よしもと》が三年前になってやっと阿波を退去した。

足利の姓に戻し、今は京で暮らしているという。

大坂商人と徳島藩の確執は長引いた。

徐々に藍の出荷の量を減らす策は有効だった。重喜隠居の十九年後になって、やっと大坂商人が気づき奉行所に訴状が出る有様だった。

そして、四羽鴉《よんばがらす》だ。

もう忠兵衛以外は世にいない。林藤九郎は重喜より十七年早くに死没、樋口内蔵助は重喜の二年後に寺沢式部は七年後——今年の四月に没した。

忠兵衛も大きな病を得て、三十年ほど前に息子に家督を譲り、今は伊藤道樗《いとうどうちょ》と号している。伊藤は、三代藩主の乳母をつとめた柏木家の始祖の夫の姓だ。

忠兵衛は、重喜の墓石の前にたった。目を細めて文字を読む。

——故阿淡二州太守源元公之墓

結句、重喜の改革で残ったものは多くない。

この儒式の墓地とあとは……

寒風が入道頭をなでる。ぶるりと体が震えた。きびすを返し、忠兵衛は山を降りる。

山の下で待っていたのは、美寿《みす》だ。やや腰は曲がっているが、目と耳と歯は忠兵衛よりも達者である。いまだに甘いものに目がない。

「お墓参りはどうでしたか」

「風は寒かったが、まあ日は心地よかったな」

「ねえ、あなた」

美寿が忠兵衛の襟巻きを直しつつきく。

「結局、重喜様は名君だったのでしょうか。それとも暗君だったのでしょうか」

忠兵衛は聞こえないふりをした。その答えがわかれば何の苦労もしない。

亀のような歩みでふたり町に出る。

昼だというのに、あちこちに提灯《ちょうちん》がかけられている。色とりどりの幟《のぼり》も林立していた。店や屋敷の前には、朱色の酒桶が積み重ねられ、心地よい薫香《くんこう》が立ち上っている。三味線や囃子《はやし》の音が流れていた。道行く人はみな浮き足立ち、祭りの日のような熱が燻《くすぶ》っている。

景色が開け、海と川が現れた。川には白壁の藍蔵が立ち並び、川上からやってきた舟が着岸し、蔵に藍俵を次々と運びいれている。

忠兵衛の若かったころにはなかった光景で、蔵が建ち並ぶ様は大坂の堀を彷彿とさせた。

そして、沖を見る。帆をはらませる船が何隻も連なって、こちらへと向かっている。

海からくる船を誘うように、大きな幟が立てられた。

――藍大市

目の悪い忠兵衛でも、墨書された文字を読むのは容易だった。

忠兵衛らが献策した、藍大市は、成就するのに大変な時を要した。徳島藩の藩政が混乱した時期には頓挫しかけた。

だが、蜂須賀治昭が成長し藩主直仕置を復活させて、潮目が変わった。治昭は老中と粘り強く交渉し、四年前の文化元年にとうとう藍大市の開催にこぎつけたのだ。

藍を買い付けにきた他国の船が港に入ってくる。舷梯《げんてい》が渡され、商人たちが降りてくる。上方や江戸、九州、東北の言葉が入り混じっていた。声を驟《しゅう》雨のように浴びていると、身体《からだ》の芯が温《ぬく》もるかのようだ。

大太鼓が鳴らされた。日本全国の藍の値を決める藍大市が、もうすぐ開かれる。

囃子の音色が興をそえる。まだ商いははじまっていないのに、気の早い男女が道で踊っていた。

独特の節まわしで歌も歌う。

忠兵衛は天を見上げた。青というよりも薄い藍の色味を帯びた空が広がっている。

どこまでも、どこまでも。

あの藍は、なんという色だろうか。

取材協力

徳島城博物館館長　根津寿夫
藍の館　館長　森 美つ子
藍住町教育委員会社会教育課　重見髙博

初出

本書は、「読楽」２０２３年６月号〜２０２４年５月号に掲載された作品を加筆改稿したものです。

木下昌輝（きのした・まさき）
1974年、奈良県生まれ。2012年に「宇喜多の捨て嫁」でオール讀物新人賞を受賞し、作家デビュー。2015年『宇喜多の捨て嫁』で第4回歴史時代作家クラブ賞（新人賞）、第9回舟橋聖一文学賞、第2回高校生直木賞を受賞。2015年咲くやこの花賞（文芸その他部門）受賞。2019年『天下一の軽口男』で第7回大阪ほんま本大賞受賞。2019年『絵金、闇を塗る』で第7回野村胡堂文学賞受賞。2020年『まむし三代記』で第9回日本歴史時代作家協会賞（作品賞）、第26回中山義秀文学賞を受賞。2022年『孤剣の涯て』で第12回本屋が選ぶ時代小説大賞受賞。著書に『人魚ノ肉』『金剛の塔』『炯眼に候』『応仁悪童伝』『愚道一休』など。

秘色の契り　阿波宝暦明和の変 顚末譚

二〇二四年十月三十一日　第一刷

著者　木下昌輝
発行人　小宮英行
発行所　株式会社徳間書店
〒一四一-八二〇二　東京都品川区上大崎三-一-一　目黒セントラルスクエア
電話（〇三）五四〇三-四三四九（編集）
（〇四九）二九三-五五二一（販売）
振替　〇〇一四〇-〇-四四三九二
本文印刷所　本郷印刷株式会社
カバー印刷所　真生印刷株式会社
製本所　東京美術紙工協業組合

ISBN978-4-19-865905-9